Hermann Hering

Doktor Pomeranus

Ein Lebensbild aus der Zeit der Reformation

Hermann Hering

Doktor Pomeranus
Ein Lebensbild aus der Zeit der Reformation

ISBN/EAN: 9783743621114

Hergestellt in Europa, USA, Kanada, Australien, Japan

Cover: Foto ©Raphael Reischuk / pixelio.de

Manufactured and distributed by brebook publishing software (www.brebook.com)

Hermann Hering

Doktor Pomeranus

Doktor Pomeranus,

Johannes Bugenhagen.

Ein Lebensbild aus der Zeit der Reformation.

Von

D. Hermann Hering,

Professor in Halle.

Mit Bildniß.

Halle 1888.

Verein für Reformationsgeschichte.

Inhalt.

Fünfte Abteilung. Lebensabend.

Erste Abteilung.

Die Jugendzeit; Anfänge evangelischer Erkenntnis.

Erstes Kapitel.

Kindheit, Schul= und Studienjahre.

Ein Süddeutscher, Otto von Bamberg, hat den heidnischen Pommern das Evangelium gebracht und heißt ihr Apostel. An der Stätte, wo er das erste pommer'sche Bistum gründete, der alten mächtigen Wendenstadt Julin, ist zwei und ein halbes Jahrhundert später der Mann geboren, welcher auch ein Evangelist heißen darf, weil er dem Evangelium, das durch die Reformation der Christenheit wiedergeschenkt worden war, in Norddeutschland und über Deutschlands Grenzen hinaus die Wege geebnet hat: Johannes Bugenhagen, den die Zeitgenossen meist Pomeranus nannten. Er ist nicht Reformator in dem umfassenden und tiefen Sinn wie Luther gewesen, nicht ein Prophet, welcher durch sein mächtiges Zeugnis die Christenheit erschütterte; auch reichte er nicht heran an die Lehrergröße Melanchthons: aber doch übertraf er Beide in Einer Hinsicht. Die Regungen und Bestrebungen evangelischen Geisteslebens mit dem Gefüge fester Ordnungen zu umhegen, den im Werden begriffenen Gemeinden ihre kirchlichen Arbeitsaufgaben klar zu machen und aufs Gewissen zu legen, für die Lösung derselben die Mittel und Wege zu zeigen und bereiten zu helfen, das ist seine besondere Gabe; so ist er ein Kirchenbaumeister von Gottes Gnaden, und in diesem Sinn mochte ihn wohl Luther einen rechten Bischof nennen.

Längst war die Herrlichkeit des alten Julin verblichen, als das Mittelalter zu Ende ging; auch seiner kirchlichen Ehrenstellung war Wollin früh verlustig gegangen, als das Bistum fünfzig

Jahre nach seiner Gründung schon aus der den Einfällen der Dänen ausgesetzten Stadt nach Cammin verlegt wurde. Die Bürger waren am Anfang des vierzehnten Jahrhunderts schon so wenig wohlhabend, daß Herzog Wratislav IV. ihre Abgaben ermäßigte, und in der Zeit der Reformation sagte man der Bevölkerung nach, daß sie, obschon im Ganzen geartet wie andere Pommern, etwas „unhandlicher" und roher sei. Der Tadel der Volkssünden, welchen wir Bugenhagen in seiner Pomerania aussprechen hören, trifft wahrscheinlich seine Wolliner Landsleute nicht am wenigsten. Aber die Erinnerung an den heiligen Otto lebte, von der Kirche gepflegt, fort, mit Legenden und Liedern das Volksgemüt umrankend.

Zu den ratsfähigen Geschlechtern der Stadt gehörten die Bugenhagen. Für die Ableitung des Namens wird man auf den „Hagen", das unfriedete Grundstück eines Buge oder Bugge d. i. Burkhardt geführt, und in der That saß ein altes Adelsgeschlecht, dessen Geschichte mit der Pommerns und seines Fürstenhauses in glänzenden Epochen, wie in tragischen Momenten verflochten ist, auf einem Besitztum dieses Namens. Ob die Wolliner Familie zu jenem Adelsgeschlecht gehöre, ist bis jetzt nicht festzustellen.

Dem Ratsherren Gerhard Bugenhagen wurde am 24. Juni 1485 ein Sohn geboren, welcher in der Taufe den Namen Johannes empfing. Der Knabe ward sicherlich in Zucht und Gottesfurcht erzogen; ich hatte, das bezeugt er später von sich, die heilige Schrift lieb von Jugend auf. Die Eltern, welche, wie es scheint, nicht wohlhabend waren, fanden eine gütige Gönnerin in einer Schwester des Herzogs Bogislav, welche bis 1512 Aebtissin eines Frauenklosters in Wollin war, und oft hörte der Sohn Vater und Mutter dankbar ihrer Wolthaten gedenken.

Der Knabe durchlief sicherlich den damals üblichen Bildungsgang; Grammatik und Musik mag er mit Vorliebe getrieben haben; wir erfahren aber nicht, in welcher Anstalt er unterrichtet ward. Die Schule, welche in Wollin seit Jahrhunderten bestand, war 1317 dem Kloster der Cisterzienserinnen durch Wratislaw IV. überwiesen worden und stand daher unter dem Patronat der Aebtissin Maria, jener Wohlthäterin der Familie Bugenhagen.

Es ist immerhin möglich, daß der Sohn hier seine ganze Bildung empfangen hat. Doch mag er ebenso wie Luther durch verschiedene andere Schulen auch außerhalb seiner Vaterstadt hindurchgegangen sein.

Siebzehn Jahr alt bezog er in Greifswald die Universität und ward am 24. Januar 1502 als Johannes Bugghenhaen de Wollyn inscribiert. In Greifswald, wo ebenso wie auf andern Hochschulen die scholastische Methode, die Wissenschaften zu betreiben, sich ablebte, kam es seiner Fähigkeit und Lernbegier zu gute, daß ebendamals in die Artisten=Fakultät die ersten Lichtstrahlen des Humanismus fielen, welcher auch in Deutschland einen neuen Frühling der Studien heraufführte. Hermann vom Busche, ein Adliger aus Westfalen, des Alexander Hegius Schüler, hatte Italien besucht, war mit den Häuptern des Humanismus, auch mit dem 20 Jahre jüngeren Hutten befreundet und versuchte nun an den deutschen Universitäten die Keime der aus den Alten geschöpften Bildung auszustreuen. Einen Missionar des Humanismus hat ihn Strauß genannt; denn verhetzt, verdrängt, gab er es doch nicht auf, eine andere Hochschule für seine lateinischen und griechischen Klassiker zu erobern. So kam er von Rostock vertrieben, 1502 nach Greifswald, um den scholastischen Sauerteig auszufegen und dagegen Cäsar und Lucan zu erklären und die Studenten an der Hand des Grammatikers Priscian in eine tiefere Kenntnis der lateinischen Sprache einzuführen.

Zu den Füßen dieses eifrigen Mannes hat auch Bugenhagen gesessen. Von ihm angeregt las er die lateinischen Schriftsteller, übte er sich im schriftlichen Gebrauch der Sprache und im Versemachen, wie es der humanistische Lehrgang mit sich brachte. Auch andere hervorragende Humanisten mögen ihn durch ihre Bücher gefördert haben. Mochte nun auch Melanchthon Grund haben, Bugenhagen einen Grammatikus zu nennen, so ist derselbe doch ein Humanist im eigentlichsten Sinne nicht geworden. Es war zu viel gewachsene Naturart in ihm, zu viel niederdeutsche Behaglichkeit, Derbheit und Witz mit der Neigung sich ungehindert ins Breite zu ergehen, als daß Stilübungen und klassische Feile des Ausdrucks das Erstbestimmende in seiner Schriftstellerei hätten werden sollen.

Bedeutsamer als durch formale Schulung ist aber der deut=
sche Humanismus mit seinem Ernste und seinem Eifer um reine
Frömmigkeit vielen Jünglingen eine Vorschule für das Evangelium geworden. Indem er sich beeiferte, von den herrschenden
Autoritäten weg zu den Quellen zu führen, lenkte er nicht nur
zum klassischen Altertum, sondern zu der Bibel und zum Studium
der Kirchenväter zurück. Ein erneutes Studium derselben wurde
durch ihn erweckt. Wir werden sehen, daß auch Bugenhagen
seinen humanistischen Studien religiöse Förderung verdankt hat.

Zweites Kapitel.
Wirksamkeit in Treptow und Kloster Belbug.
Evangelische Regungen.

Nach kurzem, nicht volle zwei Jahre währenden Studium
schon, verließ er die Universität. Häufig wirkten damals junge
Männer unmittelbar nach dem Studium als Lehrer; auch Bugen
hagen wurde, noch nicht zwanzig Jahre alt, 1504 an die Schule
zu Treptow a. R. als Rektor berufen. Er trat dadurch in einen
Wirkungskreis ein, welcher bedeutungsvoll für sein Manneswerk
werden und ihn zugleich mit dem kirchlichen Leben in Verbindung
bringen sollte.

Vor der Stadt, nur durch eine kleine Wiese von ihr ge=
trennt, erhob sich auf einem Hügel, auf welchem einst die Wenden
dem Belbog, dem Gotte des Lichtes geopfert, das Kloster Belbuk.
Eine alte Gründung lundischer Mönche, — um 1180 — dann
von Prämonstratensern besetzt, war das Kloster später unter die
Schutzherrschaft der Apostel Petrus und Paulus gestellt worden
und im Sonnenschein herzoglicher Gunst zu Macht und Reichtum
gediehen. In der Mitte des 13. Jahrhunderts hatte es den
Flecken Treptow vom Herzog Wratislav erkauft. Auch nachdem
im Jahre 1277 die Stadt viele deutsche Bewohner erhalten und
teilweise Selbständigkeit erlangt hatte, behauptete Belbuk mancher=
lei Gerechtsame oft mit streitbarem Mute. Das Patronat über
die Kirchen war stets in den Händen der Aebte geblieben, eben
so besetzten sie die Schule unter Gutheißung des Bürgermeisters

und des Rates von Treptow. Durch den Abt Heinrich Bolde=
wan berufen, trat Bugenhagen alsbald auch zu diesem selbst in
ein Verhältnis des Vertrauens, und durch seine Geschäftstüchtigkeit
sehen wir ihn schon 1505 in das Amt eines kirchlichen Notars
befördert.

Mit seinem Herzen stand er ebenfalls in der kirchlichen
Anschauung über den Weg zum Heil. Beichte und Genugthuung
blieben auch damals für manches ernstere Gemüt, für suchende
Jünglinge eine Gesetzesschule, welche für die Gnade erziehen half.
Bugenhagen, früh von ausgelassener Jugendlust zu einer ernsten
Lebensrichtung gelangt, verfiel zunächst jener abergläubigen Hoch=
schätzung kirchlichen Heiltümer und Ablässe, in der Tausende
Gott genugzuthun meinten. Sein Eifer verschaffte ihm sogar den
Ruf besonderer Heiligkeit. Auch als der Stachel des Gewissens
ihn um so schärfer verwundete, da der Herr ihm, wie er selbst
später bezeugt hat, seine Sünde an ihren Früchten zeigte, kam
es nur zu vorübergehender Erkenntnis. Immer noch blieb er
mehr am Beichten und Genugthun als am Worte Gottes hangen,
bestärkte sich im Vertrauen auf menschliche Weisheit und blieb,
auch wo er die Sache Christi vertreten und fördern wollte, in
der Gleichsetzung der kirchlichen menschlichen Forderungen mit
den göttlichen befangen. Mit inniger Dankbarkeit hat Bugen=
hagen, als er in Wittenberg erkannt hatte, was Glaube sei, die
Hand des gütigen Vaters gepriesen, welche ihn aus diesen Irr=
tümern erlöst habe.

Doch lernte er seinen Schülern bessere christliche Speise, als
die in Schulen gewöhnliche bieten. Ihm, dem Bibelforscher, lag
daran, auch seine Zöglinge, so gut er's vermochte, in die Schrift
einzuführen. Während die Jüngeren den Glauben und die zehn
Gebote lernten, las er mit Geförderten die Briefe des Paulus
an Timotheus und die Psalmen. Bald drang der Ruf seines
Unterrichts über den Schülerkreis hinaus. Fromme Bürger,
Priester, Mönche kamen, um den Lektionen des schriftkundigen
Rektors, zuzuhören und immer mehr erwuchs derselbe zu einem
Lehrer und Leiter der religiös Angeregten. So innerliche Arbeit,
wol auch der Wunsch der Freunde, mögen ihn dann gegen das
Jahr 1509 bestimmt haben, sich die Weihe als Priester erteilen

und in ein Kollegium aufnehmen zu lassen, eine Genossenschaft, welche eine Anzahl von Geistlichen wol durch die Formen des gemeinsamen Lebens, wie sie für die Geistlichkeit der Domkirchen Regel war, verband.

Unterrichtend und predigend fuhr er fort, in der Schrift zu forschen und die Kirchenväter zu studieren, und schon nach drei Jahren sehen wir ihn zu einem bewußten Suchen nach besseren Quellen gereift, als sie aus den scholastischen Lehrauctoritäten flossen. Ein Brief vom 23. April 1512 an den angesehenen Humanisten Murmellius gewährt uns einen Einblick in sein theologisches Streben. Er ist der Scholastiker, eines Albert und Bonaventura überdrüssig geworden. Am Studium des Hieronymus, Ambrosius und Lactanz hat er eine andere Theologie kennen gelernt, und er möchte von Murmellius, dem er nach der Humanisten Weise den Zoll der Bewunderung und Verehrung überreichlich entrichtet, einen ähnlichen rechten Theologen erfahren in der Gegenwart, in die er voller Sorgen blickt. — Dieser rechte Theologe, Luther war schon da, hatte die Krisis, in der Bugenhagen stand, ebenfalls, nur gewaltiger, durchlebt und gewann ebendamals in der Schrift und an der Hand der Väter die Grundlagen einer neuen ächten Theologie. Aber neun Jahre vergingen noch, bis die beiden sich fanden, um in einem Geiste mit einander verbunden zu bleiben.

In dieser Zeit ungefähr wird aus seinem Eifer um die Bibel seine erste theologische Schrift hervorgegangen sein. Als er vor seinen Zuhörern, — waren es die Geistlichen des Kollegii oder seine Schüler, — das Evangelium des Matthäus erklärte, begegneten ihm Zweifel, ob die evangelischen Berichte über die Auferstehung des Herrn übereinstimmten. Ihm aber galt der Grundsatz, daß die Schrift ihre Glaubwürdigkeit im Ganzen einbüße, wenn sie auch nur an einigen Stellen nicht geschichtlich zuverlässig sei. Daher stellte er, um so gefährliche Widersprüche gerade in dem Zeugnis der Bibel von der Auferstehung, dem höchsten Christentrost auszugleichen, die Geschichte des Leidens und der Auferstehung harmonistisch zusammen; und diese Jugendarbeit sehen wir später den hochbetagten Greis wieder aufnehmen.

Für den tüchtigen Bibelausleger, der sich unter seinen Augen entwickelte, fand Abt Boldewan in einigen Jahren noch andere Verwendung. Auch ihm erschien vielleicht gerade durch die Wirksamkeit Bugenhagens das Schriftstudium als Hauptmittel, um das sinkende Ordensleben unter die Zucht des Geistes zu stellen. Selbst ein gelehrter und in der heiligen Schrift belesener Mann richtete er daher Vorlesungen über biblische Bücher für die Mönche ein und ernannte Bugenhagen zum Lektor. Da aus den Ordensleuten viele Geistliche hervorgingen, so mußte dies neue Amt Bugenhagen immer mehr in eine kirchliche Wirksamkeit einführen. Der Reformeifer, der jenes Amt geschaffen hatte, wurde ihm eine Vorschule für die Reformation.

Wie ernstlich es ihm um eine Besserung des kirchlichen Lebens zu thun war, zeigt eine Festpredigt aus jener Zeit, gehalten auf St. Peter- und Paulstag, den 29. Juni, am Feste der Schutzpatrone des Klosters. Es ist eine Heiligenpredigt, aber sie glänzt schon im Licht aufgehender evangelischer Erkenntnis. Mit Bewußtsein lehnt er den Ruhm jener Prediger von sich ab, welche Gott kaum mehr Ehre geben, als den Heiligen; er möchte vielmehr zu ihrer Nachahmung anreizen. Er verweilt ferner gerade bei dem Schwachheitsruhm des Paulus, der ihm die Gewißheit der Vergebung und die Hoffnung der Erneuerung verbürge. Weiter preist er, und sein Wort zielt auf die willkürlichen, die Gnade in ihrer Vollgültigkeit verkürzenden Bußübungen, den Eifer dieser Heiligen, den Menschen den Heilweg aufzuthun, ihre Freigebigkeit, die Sünden allen Bußfertigen zu vergeben ohne andere Buße als die: Sündige hinfort nicht mehr! So sind dieser Apostel Söhne und Erben alle die, welche gern fromm sein möchten, die Menschen des guten Willens, welche die Engel bei der Geburt des Erlösers selig priesen, nicht die, welche verkehrten Sinnes auch in der Beichte mit unwahrem: Es reut mich! Gott belügen. Mit gleichem Ernst erhebt er die Forderungen der Liebe, in welcher die rechte Heiligkeit sich zeige, der Liebe, welche den Dürftigen unterstütze, den Traurigen tröste, den Unwissenden belehre, den Sündigenden strafe und das alles um Christi willen. Gieb, ruft er und spricht damit aus, was er später in den evangelischen Kirchenordnungen ins Werk zu setzen sich bemüht hat, gieb dem

Schwachen, Blinden, Gichtbrüchigen, dem Nachbarn, der sich schämt zu betteln, den armen Jungfrauen, damit sie nicht aus Not getrieben werden, sich einem schandbaren Wesen zu ergeben. Mit Schärfe und einer lebhaften Beredsamkeit, die in ihrem Feuer etwas an die Predigten Luthers in jener Zeit erinnert, wendet er sich gegen die Opfer, welche eine abergläubige Frömmigkeit in überreicher Fülle für Seelmessen auf die Altäre der Kirche legte. Nicht nach Seelmessen wird Christus am jüngsten Tage fragen, sondern das wird er sagen: Ich bin hungrig gewesen, und ihr habt mich nicht gespeist. Den Priestern, welche um jene Stiftungen zu rechtfertigen einwenden möchten: Wovon sollen wir leben? hält er das in ihrem Stande gemein gewordene äußerliche Treiben, ihre Völlerei und Unzucht vor, wodurch sie zum Volksgespött geworden seien und auch die guten Priester in Verachtung brächten. Er schließt mit der Versicherung, daß er aus der heiligen Schrift, nicht aus Lust, anmaßlich Andere zu meistern, sondern von der Liebe gedrungen so geredet habe und prägt, um die Wahrheit seiner Rede zu erweisen und allem Hader zu wehren das Wort Christi seinen Hörern ins Herz: Gehet hin und lernet, was das sei: Ich habe Wohlgefallen an Barmherzigkeit und nicht am Opfer.

Drittes Kapitel.

Die Pomerania. Ein evangelisches Lehrschreiben. Der Eindruck der Schriften Luthers auf Bugenhagen.

In diese Zeit praktischen Wirkens nun fällt ein Auftrag, der Bugenhagen einige Zeit als Urkundensammler und Historiker beschäftigt hat; eine Episode, welche doch Spuren in seiner Entwickelung hinterläßt und uns Züge zu seinem Bilde bietet.

Churfürst Friedrich der Weise hatte Spalatin beauftragt, eine Geschichte seines Hauses zu schreiben und Herzog Bogislav X. gebeten, auch in Pommern nach Urkunden und Chroniken forschen zu lassen. Der Herzog wurde durch seinen Sekretär Valentin Stojentin, einen humanistisch gebildeten Edelmann, der einst Ulrich's von Hutten Studiengenosse in Frankfurt a. d. O. gewesen war,

auf Bugenhagen aufmerksam gemacht und trug demselben persön=
lich in Schloß Rügenwalde auf, ganz Pommern nach allen das
Altertum betreffenden Schriften zu durchforschen, damit Friedrich
dem Weisen gewillfahrt werde. Alsbald machte sich Bugenhagen
auf die Reise und durchzog von Oliva anhebend Pommern bis
Stralsund und Kloster Neuenkamp, doch ohne Ertrag für die
Wünsche des sächsischen Churfürsten; denn was er fand, war zu
bekannt, als daß es eine Mitteilung nach Sachsen gelohnt hätte.
Um indeß die Hoffnung, welche der Herzog und sein Gönner
Stojentin auf ihn setzten, nicht ganz unerfüllt zu lassen, sicherlich
auch aus Liebe zur pommer'schen Heimat und zu ihrem Fürsten=
hause begann er die gefundenen alten Berichte, Chroniken und
Notizen zunächst als eine Stoffsammlung für die Zukunft
zusammenzufügen. Bald sah er sich indeß großen Schwierig=
keiten gegenüber, und es schien ihm, als sei sein Mut größer
gewesen als seine Kraft. Dem Zureden Stojentin's dankte er
es, daß seine Hoffnung sich neu belebte, auch wuchs ihm sein
Können und seine Einsicht, mochte er sich auch oft drei Tage
den Kopf zerbrechen, um ordnend, sichtend und im Verlauf seiner
Arbeit auch mit kritischem Urteil zu schreiben. In einer Frist,
deren Kürze auf ein ungewöhnliches Vermögen, sich schnell zu
fassen, schließen läßt, vollendete er sein Werk. Mit widmenden
Zuschriften überreichte er seine „Pomerania" am 27. Mai 1518
dem Herzog Bogislav und dessen Söhnen, so wie seinem Gönner
Stojentin.

Eine Würdigung dieses Werkes als einer geschichtlichen Dar=
stellung bleibt den Fachmännern vorbehalten. Schon ist von
solchen eingehend nachgewiesen worden, daß Bugenhagen seine
Quellen nur zusammengefügt hat, daß er bis in die Form von
ihnen abhängig gewesen ist, aber doch erkennen sie auch in dieser
Kompilation das Urteil an, mit welchem ihr Verfasser manche
Fabeln abwies, und in der Art, wie er seine Quellen auf ihre
größere Zuverlässigkeit schätzte und auswählte, dürfen sie immer=
hin die Anfänge einer Kritik erblicken. Wahrheitsliebe, Gewissen=
haftigkeit und sittlicher Ernst leuchten überdies aus der Dar=
stellung und aus den eingeflochtenen Urteilen über die Zeit=
genossen hervor.

Gerade diese Exkurse erregen als Beiträge zu dem Charakter=
bilde des Verfassers unser Interesse. In ihnen sind die freimü=
tigsten Zeugnisse über das Volksleben und über die kirchlichen
Zustände enthalten, auch an das Gewissen des Fürsten wenden sich
einzelne Mahnungen. Der so schrieb, war nicht nur den Jahren
nach ein Mann geworden. Noch sehen wir ihn in religiösen
Anschauungen befangen, wie sie auch die Besseren beherrschten:
das Stiften und Beschenken von Klöstern ist ihm ein Gott wohl=
gefälliges Werk; er lobt die Fürsten und Adligen, die vor Zeiten
ihren Eifer um die Religion durch reiche Spenden bethätigt, und
er tadelt das Erkalten dieser Freigebigkeit in der Gegenwart.
Aber doch ist diese Wertschätzung eine andere als die gewöhnliche:
er hat im Auge, daß dadurch für den Gottesdienst gesorgt worden
ist, und er verhehlt nicht, daß leider manche Schenkung und Stiftung
in den Klöster übel verwendet werde. Der scharfe Tadel, den
er ausspricht, ist sicherlich nicht blos ein Wiederhall der Schriften
des Erasmus, der die Unwissenheit und Unsittlichkeit der Mönche
und Nonnen geißelte und dessen encomium moriae er schon
1517 gelesen hatte. Er hatte selbst gesehen und beobachtet. Ge=
rade jetzt, während er in Kloster Belbuk an seiner Pomerania
schrieb, wurde ein für das Ordensleben tief beschämender Vor=
fall gemeldet, dessen Einzelheiten er seiner Feder nicht anver=
trauen mochte.

Bezeichnend für ihn ist es nun, daß er in der Einrichtung
von Lectorien, von biblischen Vorlesungen für die Mönche einen
Weg zur Hülfe sieht. Die Bestrebungen Boldewans sähe er also
am liebsten von allen Klöstern aufgenommen. Sie haben ihm
selbst ein Jahrzehnt später bei seinen Kirchenordnungen mit
vorgeschwebt.

Die heilige Schrift setzt er weiter auch gegen die angemaßte
Auktorität der kirchlichen Legenden. Den Fabelkrämern, welche
über Pontius Pilatus, über die Abkunft des heiligen Stephanus
und das Leben des Verräters Judas sich so genau unterrichtet
geberdeten und sich dreist auf die heilige Schrift beriefen, ent=
gegnet er, die Bibel sei lauter, darum unvermischt mit solchen
Fiktionen und kein Jota von ihr falle hin. Noch schlimmer in=
des als die Anmaßung dieser Unwissenheit erschien ihm das

Pochen auf die Bibel als eine Beweisquelle für kirchliche Ge=
rechtsame. Hatte es für ihn eine Zeit gegeben, in welcher er
die kirchlichen Rechtssatzungen überschätzte, so ist er, das bemerkt
man, jetzt von diesem Irrtum frei geworden und er hat erkannt,
wie das Recht dem Geiz dienen mußte.

Hatte er schon soviel Licht gewonnen, so überrascht es nicht,
daß er auch dem Mißbrauch des Ablasses entgegentritt. Zwar
bestreitet er noch nicht den Ablaß selbst: er beschränkt sich darauf,
die üble Geschäftsseite dieses Gnadenhandels aufzudecken, über
welche von vielen Seiten im sittlichen wie im wirtschaftlichen
Interesse geklagt wurde, aber bemerkenswert bleibt doch der Frei=
mut, mit welchem er von dem gierigen Treiben des päpstlichen
Legaten Marino erzählt: den habe, nachdem er die Schweden
„mit seinem Ablaß abgemolken“, der Papst ins Bistum Cammin
eingeschoben, ja Marino habe, nachdem er des Papstes Hände
mit Ablaßgeldern gefüllt, nach dem Kardinalhute gestrebt. Mit
einer witzigen Anspielung, welche ihre Schärfe gegen die Kurie
selbst wendet, wünscht er da, daß nicht Petrus und Simon ein
Bündnis eingehen.

Auch die Sünden seines Volksstammes züchtigt er mit sitt=
lichem Eifer. Er liebt seine Pommern, man fühlt es, wo er von
ihren Tugenden, von ihrer Ehrlichkeit und Treue spricht und er=
zählt, wie der heilige Otto sich gewundert, daß es nicht Schloß
und Riegel bei ihnen gebe. Doch weist er auch altheidnische
Züge in volkstümlicher Unsitte nach, wie den Strandraub, dem
schon der heilige Otto entgegengewirkt und den Papst Leo X. vor
zwei Jahren aufs neue verboten hatte. Vor allem aber sieht er
die alte heidnische Völlerei im Schwange gehen, die Begleiterin
der alten Götzenfeste, und er erinnert, wie einst zur Sommerzeit
bei solchem Fest seine Landsleute, die alten Juliner in die aus=
gelassene Lustigkeit mit ihren Gastmählern, Tänzen und Gesängen
und damit in das Heidentum zurückgefallen seien. Und wie sie
damals getrunken, so tranken sie noch immer, nach sauren Wochen=
tagen die Sonntage heidnisch entweihend, durchschwärmten zur
Weihnacht, wenn sie einmal die Kirche besucht, den ganzen Tag
und einen Teil der Nacht hinzu und feierten zu Pfingsten die
Ankunft des heiligen Geistes als Bacchusjünger. Und so sah er

es nicht nur die Bauern und Bürger halten, sondern auch die Abligen und ersten Leiter des Volkes. Endlich, damit er seinem Stande nicht durch die Finger zu sehen scheine, spricht er sich voll Unwillen über die Priester aus, welche entschuldigend sagten: Die Zeit bringt es so mit sich. Ja, zu solcher Gottlosigkeit sei es gekommen, daß ein rechtschaffener Priester, welcher nicht des Kelches Christi und des Kelches der Dämonen teilhaftig werden wolle (1. Kor. 10, 21) und sich der unreinen Dinge schäme, als ein eigensinniger Kopf ausgeschrieen werde. Freimütig, obschon mit bescheidener Zurückhaltung, also daß er die Schmach nicht gerade aufdeckt, klopft er auch an das Gewissen seines Herzogs Bogislav, der damals schon alternd in die Lüste der Jugend zu sinken begann. Er erwähnt seine hohen Gaben, nennt ihn einen glorreichen Fürsten, fügt aber hinzu: Das nur wünschen wir, daß er den Ruhm der Gerechtigkeit, welchen er auf Erden bei Menschen besitzt, in seinem Gewissen vor Gott in Acht nehme.

Auch die besonderen Gaben des Verfassers werden dem auf= merksamen Leser hie und da durch kleine Züge verraten. Es ist ein Mann, der den Wert zeitlicher Güter für kirchliche Institutionen ohne Geiz schätzt: Stiftungen sind ihm eine Freude, für die schöne Cisterzienjer Kirche bei Neuencamp hat er ein offenes Auge; be= sonders erregt sein Interesse die 124 Jahre alte Orgel, die er besser findet, als die neuen Werke; er versucht sie zu spielen, aber die Claviatur ist ihm ungewohnt und unhandlich. Daß er ein Schulmann ist, wie er den Wert des Unterrichts schätzt, zeigt sich in dem Lob, das er dem ehrwürdigen Vater Boldewan für die Einrichtung eines Lektoriums spendet und in seinen Gedanken über die Reform der Klöster.

Die Monate, in welchen Bugenhagen an seiner Pomerania arbeitete, sind dieselben, in welchen Luthers Thesen durch Deutsch= land flogen. Ob diese damals in die Hände des Belbuker Rek= tors gelangt sind, welchen wir innerlich der Reformation entgegen= reifen sahen, wissen wir nicht. Aber die ersten Wellenschläge der kirchlichen Bewegung lassen sich im Osten Deutschlands spüren. Im Januar 1518 trat in Frankfurt a. d. O. Knipstro in öffent= licher Disputation gegen Tetzel auf. In Stralsund unterwand sich ein Laie, Heinrich Witte, Tuchhändler und Magister, mit

Dominikanern über kirchliche Streitfragen zu disputieren, obschon nur mit dem Erfolg einer kränkenden Niederlage. Wenn nun von 1518 ab auch der eine von den Söhnen Bogislavs mit einer Anzahl pommerscher Adliger, unter ihnen Peter Suave, in Wittenberg studierte, Rektor der Universität wurde, als solcher der Leipziger Disputation beiwohnte und 1520 im Oktober Luther in einem Briefe ermahnte, standhaft seinen Weg zu gehen, damit die göttliche Wahrheit an den Tag komme, so läßt sich doch wohl annehmen, daß die Wittenberger Ereignisse den Kreis tiefer angeregter Männer zu beschäftigen anfingen, dessen Führer Bugenhagen war. Wahrscheinlich wurden einzelne Predigten und Traktate Luthers ihm schon vor dem Jahre 1520 bekannt und führten ihn dann schon näher an die evangelische Erkenntnis heran, daß das Heil, die Gerechtigkeit umsonst, aus lauter Gnade dem gläubig Vertrauenden dargeboten werde.

Zu dieser Annahme nötigt ein Lehrschreiben Bugenhagens an die Schüler in Treptow, ein Gutachten zugleich über die Frage, was von Doktor Martinus zu halten sei. Wir wissen nicht, in welchen Zeitpunkt es fällt: ein Abschiedsschreiben Bugenhagens vor seinem Abgang nach Wittenberg wird man in demselben nicht finden dürfen, denn in diesem Augenblick würde Bugenhagen sich doch noch bestimmter zu Luthers Gunsten ausgesprochen und von der Schrift Luthers über die babylonische Gefangenschaft nicht geschwiegen haben, die auf ihn einen so tiefen Eindruck gemacht hatte, und die es ihm geradezu zur Pflicht gemacht haben würde, seine Meinung zu äußern. Doch muß es nach 1518 geschrieben sein, denn in diesem Jahre erschienen die Schriften Luthers, welche er anführt. Und gewiß unter dem Einfluß derselben hat abermals ein Fortschritt seiner religiösen Erkenntnis seit jener Festpredigt am Peter-Paulstage stattgefunden. Klar und mit großem Nachdruck spricht er es jetzt aus, daß in dem Glauben an den Erlöser, im Ergreifen seiner Verheißungen die Gewißheit des Heiles, der völlige Trost des Gewissens liege, ja in dem Streben, von der Gnade des wahrhaftigen Heilandes alle Verdunkelungen abzuwehren, führt er das Wort Pauli Röm. 9, 16 an: So liegt es nun nicht an Jemandes Wollen oder Laufen, sondern an Gottes Erbarmen. Doch geht er nicht weiter auf die Lehre von der

Prädestination ein: möglich immerhin, daß er sich ihr zuneigte. Jetzt liegt ihm besonders daran, Vertrauen auf eigene Leistung, auf die kirchlich aufgelegten Genugthuungen, wie auf den eigenen Vorsatz abzuwehren. Nur die sittliche Besserung, die sich auch in vergebender Liebe zeigt, hebt er als notwendig hervor. Dann äußert er sich — zum ersten Male — über Luther und „seinen Handel", sicherlich den Ablaßstreit bezeichnend. Er drückt sich vorsichtig aus, doch billigt er seine Schriften; besonders zwei Büchlein, die Auslegung des Vaterunser und den Traktat über die zehn Gebote rät er seinen Schülern sich zu kaufen. Diese seien so christlich, daß Niemand sie verwerfen könne, der nicht ein Feind der Wahrheit sei.

In einigen zugefügten Bemerkungen begegnet noch Bugenhagen dem Mißverstand, als sei es nicht nötig, Gutes zu thun wenn wir allein durch den Glauben gerechtfertigt werden. Auch hierin erkennen wir in ihm einen geförderten Schüler Luthers. Noch zwar leitet er die Heiligung, Liebe und gute Werke nicht so wie dieser aus der Fülle der empfangenen Gnade ab, er verknüpft sie vielmehr mit der Richtung wider das alte Ich, welche schon in der rechten Zöllnerbuße angehoben hat; aber die Entzweiung mit sich selbst, Selbstverurteilung und Verzweiflung an der eigenen Gerechtigkeit ist in den früheren Schriften und Predigten Luthers eine häufig wiederkehrende Forderung, welche mit seinem Eingehen auf die Mystik zusammenhängt. Auf diese Forderung sehen wir auch Bugenhagen eingehen. Ein neues Zeugnis, wie leicht die tieferen Gemüter damals von dem Zuge zur ethischen Strenge ergriffen wurden, nachdem sie von dem oberflächlichen Werkdienst der Kirche sich losgesagt hatten.

Dennoch erschrak der so weit durch Luther Geförderte, als ihm spät im Jahre 1520 eine neue Schrift Luthers zu Gesicht kam. Er war gerade bei dem Treptower Pleban, dem Pfarrer Slutow zu Tische — die Kirchherrn verköstigten gewöhnlich ihre Vikare — da übergab Slutow Bugenhagen das Buch, das ihm von Leipzig zugesandt war. Es war Luthers Schrift von der babylonischen Gefangenschaft. Was bedeutete die Bestreitung kirchlicher Mißbräuche, welche Bugenhagen je und je in Traktaten und Predigten Luthers mit Billigung gelesen haben mochte, gegen diese tiefgreifende Polemik! Sie mußte ihm wie ein Stoß nach dem Herzen der Kirche erscheinen. Denn die Sakramente, gerade die kirchlichen Handlungen, welche allgemein als ehrwürdig, kräftig und wirksam galten, waren einer Kritik unterzogen, die überall Mißbräuche und Irrtümer nachwies, Mißbräuche so schwer, daß der Verfasser das Wort von der babylonischen Gefangenschaft auf die Kirche anzuwenden wagte. Nicht nur, daß die Siebenzahl der Sakramente bekämpft, der Kelch im Abendmahle für die Laien unter Billigung der böhmischen Ketzerei zurückgefordert war, es wurde auch das Mysterium der Wandlung selbst bestritten und der Höhepunkt des katholischen Kultus, die unblutige Wiederholung des Opfers Christi, ein gottloser Mißbrauch genannt.

Bugenhagen soll nach dem Durchblättern der Schrift Luthers gerufen haben: Seit Christi Leiden haben viele Ketzer die Kirche hart angefochten, aber ein so verderblicher ist nie aufgestanden, wie der Verfasser dieses Buches! Und doch erschrak er um so heftiger, als er dem Inhalt jenes Buches näher stand, als er sich dessen bewußt war. Denn als er es wieder und wieder sinnend durchlas, fiel es ihm wie Schuppen von den Augen. Vor dieser Beweisführung, in welcher Luther seine Meisterschaft voll entfaltete, sank ihm eine Autorität nach der andern hin, und bald trat er vor die übrigen Geistlichen mit dem Urteil: Die ganze Welt ist blind und voll kimmerischer Finsternis, dieser Mann allein sieht die Wahrheit! In Besprechungen über den Inhalt der gewaltigen Schrift überzeugte er die Freunde, welche die Elemente evangelischer Erkenntnis eben durch seinen Einfluß schon in sich aufgenommen hatten, und so schloß sich immer enger um das Evangelium ein Kreis gleichgesinnter Männer dort in Treptow zusammen, welche später für die Sache der Reformation in Norddeutschland bahnbrechend gewirkt haben. Bugenhagen, ihr Führer, that sogar einen für sein Leben entscheidenden Schritt: er schrieb an Luther und bat um eine Regel für das christliche Leben. Denn die Frage, wie sich der rechtfertigende Glaube zum christlichen Leben und den guten Werken verhalte, wie diese aus jenem abfolgten, war ihm selbst noch nicht völlig klar geworden. So eben hatte Luther die Antwort auf diese Frage in dem Sermon von der Freiheit eines Christenmenschen gegeben, in welchem er nachwies, daß der Christ in dem rechtfertigenden Glauben in dem Vollbesitze des Heiles und aller Gnade, in der Gemein=schaft Gottes und Christi stehe und obschon für sein Heil nicht auf den Weg der Werke gewiesen, doch durch jene Gnadenfülle zur Arbeit der Heiligung an sich und zum Dienst der Liebe an=getrieben werde. Von dieser Schrift schickte er persönlich ein Exemplar an Bugenhagen, welches noch jetzt vorhanden ist, und schrieb auf das Titelblatt die Worte: Du hast mir geschrieben, ich möge Dir angeben, wie man leben solle. Ein wahrer Christ bedarf keiner Sittenregeln, denn der Geist des Glaubens leitet ihn zu allem, was Gott will und die brüderliche Liebe fordert. Lies also dies! nicht Alle glauben dem Evangelium. Der Glaube läßt sich im Herzen spüren.

Der nach Erkenntnis dürstende pommer'sche Priester wird den Sermon Luthers mit mehr Ernst gelesen haben, als der lebensfrohe, in Kunstgenüssen satte Papst, dem der Reformator ihn in deutscher Treuherzigkeit gewidmet hat; und fortan bleibt Bugen=hagen der Frage mit besonderem Interesse zugewandt: Welches sind die rechten Werke, und wie entstehen sie durch den Glauben? Als Schriftsteller tritt er in den Kampf gegen das Werktum der römischen Kirche mit ein; scharfe Polemik gegen dasselbe durch=zieht alle seine exegetischen Arbeiten und als Organisator des kirchlichen Lebens hat er ebenfalls zur praktischen Lösung dieses Problems beigetragen.

Zweite Abteilung.

Lehrjahre und erste Amtsführung in Wittenberg.

Viertes Kapitel.

Bugenhagen in Wittenberg. Uebergang vom Lernen zum Lehren. Ehe und Hausstand. Erwählung zum Pfarrer.

Für jetzt war wohl die Frucht dieser Anknüpfung das Verlangen nach Wittenberg zu gehen; auch sein Freund Peter Suave, welcher mit Herzog Barnim seit 1518 dort war, lud ihn ein, zu kommen. Im Frühjahr 1521 war er an dem Orte, an welchem sich ihm die Thür zu seiner Lebensarbeit bald aufthun sollte. Bugenhagen war 35 Jahre alt, nicht volle 2 Jahre jünger als Luther. In der Fülle rüstiger Kraft stehend, voll Arbeitslust, mit Kenntnissen wohl ausgerüstet, machte er auf die Wittenberger sofort den Eindruck eines gereiften Mannes. Auch in evangelischer Erkenntnis war er soweit gefördert, daß der Student bald ein akademischer Lehrer ward. Nur kurze Zeit zwar genoß er den Umgang Luthers, derselbe reiste schon am 2. April nach Worms ab; aber der Verkehr mit Melanchthon gestaltete sich früh herzlich und freundschaftlich. Melanchthon widmete Bugenhagen die Ausgabe des griechischen Textes des Römerbriefes, welche er für seine Zuhörer wol 1521 veranstaltete, und schloß seine Widmung mit dem für den Empfänger ehrenvollen Zeugnis: „Nach Deinem Beispiel, teurer Johannes, lassen wir uns von Paulus bilden." In dem Streben, auf die Lehre dieses Apostels sich mit Erkenntnis und Leben zu gründen, begegnete sich also schon damals Bugenhagen mit den Reformatoren.

Um zu hören und zu lernen war er gekommen, und gern hätte er es dabei bewenden lassen, aber ungesucht bot sich ihm alsbald ein Anlaß zum Lehren, zur Erklärung der Psalmen. Schon zweimal hatte er in Pommern nach seinem Ausdruck sich mit Schweiß in dieser Arena abgemüht; jetzt wollte er Landsleuten, Studierenden aus Pommern, einen Dienst leisten, um die noch unverbildete Jugend zu bewahren und zur Frömmigkeit zu locken. Anfangs las er in seiner engen Behausung vor wenigen Zuhörern, aber bald baten auch Andere um die Erlaubnis, ihn zu hören, und wie hätte er ihnen das Wort Gottes mißgönnen sollen! Er war noch nicht bis zum 16. Psalm gelangt, da drängten sich solche Scharen hinzu, daß sein Zimmer sie nicht faßte, und er mit der Vorlesung einzuhalten genötigt war. Die Bitten vieler Studenten, der Wunsch der Häupter der Universität, die Aufforderung Melanchthons selber bestimmten ihn dann, dies sein Privatissimum in eine öffentliche Vorlesung zu verwandeln, und das mit bestem Erfolg, denn das Auditorium war „keineswegs leer", und sein Freund und Gönner Melanchthon befand sich zuweilen selbst unter den Zuhörern. Auch waren für den unbemittelten Lektor, welcher keinerlei Einkünfte genoß, die Geschenke nicht ohne Wert, an welchen es die freigebige Dankbarkeit mancher Studierenden nicht fehlen ließ.

Zugleich nahm er, obschon nicht hervortretend, Anteil an dem weiteren Vordringen der Reformation. Als die von den Wittenberger Augustinern 1521 ausgehende Bewegung gegen die Messe und für die Einführung einer evangelischen Abendmahlsfeier unter beiderlei Gestalt von der Universität mitvertreten wurde, hat er als letzter das Gutachten derselben mitunterzeichnet. Weiter machten Luthers Ausführungen über das Unchristliche der Mönchsgelübde einen tiefen Eindruck auf ihn. Jene Schrift kam in seine Hände, als er gerade mit Peter Suave bei Melanchthon, der Beide verköstigte, zu Tische war. Das war für Bugenhagen eine Ueberraschung, ähnlich der des vorigen Jahres, als er an der Tafel des Treptower Kirchherrn den Traktat vom babylonischen Gefängnis erhielt. Er rief aus: Die Sache wird eine Veränderung der öffentlichen Zustände bewirken! mit so schnellem Blick sah er die Entwurzelung der tief in die socialen und ökonomischen

Verhältnisse eingreifenden Institution des Mönchtums voraus. Dieser Augenblick hat sich Melanchthon genau eingeprägt; noch in der Gedächtnisrede auf Bugenhagen hat er ihn mit Lebendigkeit geschildert.

Von ebenso weittragender Bedeutung war es, daß damals einige evangelische Prediger in die Ehe traten, wie 1521 der Kemberger Propst Bernhardi aus Feldkirchen, im Februar 1522 Justus Jonas. Diesen Erstlingen, welche den argen Gewissensbann des Kölibats gebrochen und zur Begründung des evangelischen Pfarrhauses mitgeholfen haben, hat sich auch Bugenhagen zugesellt. Zwar ward sein erstes Verlöbnis im Sommer 1522 aufgelöst, weil die Braut, eine Wittenberger Bürgerstochter, wohl durch die Furcht vor der Schmach, welche eines geweihten Priesters Weib damals in Vieler Augen tragen mußte, abgeschreckt ward, wenn anders ein feindselig gesinnter Berichterstatter Glauben verdient. Bald darauf aber verlobte sich Bugenhagen mit einem jungen Mädchen, von der wir nur wissen, daß sie am 1. Mai 1500 geboren, den Vornamen Walpurga trug, und am 13. Oktober fand die Hochzeit statt. Luther und andere Lehrer von der Universität waren als Gäste zugegen, und die Freunde hatten dafür gesorgt, daß es nicht an Mitteln zu festlicher Freude gebreche. Auf Luthers Fürbitte hatte Spalatin vom Kurfürsten Wildpret und ein Goldstück ausgewirkt und an Luther geschickt, Stillschweigen heischend; denn der Fürst wollte nicht dafür gelten, als bezeige er heiratenden Priestern besondere Gunst.

Hätte es sich doch nur um eine bloße Beihülfe zu fröhlichem Hochzeitsmahle gehandelt! Aber der tüchtige Mann, dessen Wert von Tag zu Tage mehr geschätzt wurde, entbehrte jeglicher festen Versorgung. Die Reformatoren bemühten sich, hier Wandel zu schaffen; Melanchthon hatte schon im Januar 1522 mit Spalatin verhandelt und auf die Einkünfte des Allerheiligenstiftes hingewiesen, die sogar für alle Lektoren ausreichen würden. Im September war Luther Spalatin gegenüber auf denselben Vorschlag zurückgekommen; denn schon verlautete von einer Berufung Bugenhagens nach Erfurt, und die Ungewißheit seiner eigenen Zukunft erwägend wünschte der Reformator „den ersten Professor in urbe et orbe nächst Philippus" Wittenberg zu erhalten. Spalatin,

durch Luthers Fürbitte zu Bugenhagens Hochzeit abermals erinnert, sandte dann auch mit den Geschenken Vertröstung auf
die Zukunft und ermahnte Bugenhagen, wohl mit Bezug auf
die Erfurter Berufung, in Wittenberg zu bleiben. Doch wandte
sich die drückende Lage nicht sogleich zum Bessern. Wenige
Wochen nach der Hochzeit mußte Bugenhagen den bei Hofe viel-
vermögenden Freund Spalatin mit Klagen und Vorstellungen,
diesmal über seine unzulängliche allzuenge Wohnung angehen.
Gern werde er sich ein Häuschen kaufen: doch es würden 150,
ja 200 Goldgulden als Preis verlangt, und solche Summen
seien, wie er sagte, noch nicht bei ihm gewachsen! Er dachte
daher an Hülfe durch die Freigebigkeit des erlauchten Fürsten:
doch weil der Fürst nicht dafür gelten wolle, einen verheirateten
Priester zu hegen und zu pflegen, so werde er jede ihm erzeigte
Wohlthat geheim halten und nicht undankbar sein.

Auch auf Bugenhagens Lehrthätigkeit warf diese seine dürftige Lage einen Schatten. Es galt als ein Ruhm der Universität, daß sie, durch den Fürsten dazu in Stand gesetzt, die Vorlesungen unentgeltlich bot; allein Bugenhagen war genötigt,
Honorar zu verlangen. Unmutig äußerte sich Luther darüber,
daß andere, welche keinen Vergleich mit Jenem aushielten, ihre
Besoldung empfingen, ohne zu lesen. Er meldete auch Spalatin,
daß über dies Mißverhältnis gemurrt werde, wenn das Murren
sich auch nicht gegen Bugenhagen richte, und bat ihn, sich der
Sache anzunehmen.

Da öffnete sich Bugenhagen ein neuer wichtiger Beruf, welcher ihn dauernd mit Wittenberg verbinden, seine besten Gaben
für den Aufbau der evangelischen Gemeinde entfalten, ihm später
auch seine äußere Lebensstellung sichern sollte. Der erste evangelisch gesinnte Pfarrer an der Stadtkirche Wittenberg's, Simon
Heuns, nach seiner Vaterstadt Brück genannt, des Kanzlers Bruder,
ein gelehrter, frommer, aber schon alternder, seit langem kränklicher
Mann, starb. Das Kapitel des Allerheiligenstifts erwählte als
seinen Nachfolger Amsdorf, fragte, als dieser ablehnte, ebenfalls
vergeblich bei Luther an und brachte zuletzt Wenkeslaus Link in
Vorschlag; doch auch dieser zog es vor, in Altenburg zu bleiben.
Da zwischen den einzelnen Versuchen, die Stelle zu besetzen, lange

Zeit verstrich, und Luther, wie die Vertreter der Gemeinde an diesem Mißstand zu tragen bekamen, verabredete der Rat mit dem Kapitel einen letzten Termin, und da auch dieser überschritten wurde, und man dem Patronat Mangel an ernstem Willen glaubte schuld geben zu können, so schritt der Rat mit Vertretern der Gemeinde zur Wahl, ohne das Kapitel weiter zu fragen. Dieselbe fiel auf den „Priester Johann Pomer." Auch dieser erhob anfänglich Schwierigkeiten, bat um Frist: da machte Luther solchem Zögern eine Ende. Ehe die Frist abgelaufen war, und ohne daß der Rat ihn dazu aufgefordert hätte, verkündete, „konfirmierte und bestätigte" er den Erwählten von der Kanzel als tüchtig zu solchem Amte. Aber er beseitigte auch dadurch nicht Bugenhagen's Bedenken: Er habe sich immer für zu gering geachtet zu solchem Stande und beurteile sich jetzt noch ebenso. Auch schien die Besoldung für die Ansprüche zu wenig auszureichen, welche an den Pfarrer gemacht wurden. Würde es möglich sein, von 75 Gulden Einnahmen an Korn, 20 Gulden an Zinsen, 16 Gulden aus der Kirche zwei Kapläne zu besolden, einen Diener und eine Magd und zuletzt auch noch das Pferd zu unterhalten, das für die Ausrichtung der Seelsorge auf den Dörfern dem Diakonen zur Verfügung stand? Jedenfalls konnte der Pfarrer sich und seine Familie nicht ernähren, wenn er auch dazu noch verpflichtet sein sollte, dem Kapitel 40 Gulden Pension zu geben und 20 Gulden für den angefangenen Bau eines neuen Pfarrhauses an des Pfarrers Heinse Erben zurückzuzahlen, während viele der früher üblichen Einnahmen, z. B. von Vigilien und Seelmessen in Wegfall kamen. Zuletzt muß doch diese Schwierigkeit, auch der zwischen dem Kapitel und dem Rat sich erhebende Streit ausgeglichen worden sein, und Bugenhagen ward Pfarrer von Wittenberg.

Diese Besetzung bedeutete in zwiefacher Hinsicht eine Epoche in der Geschichte der Gemeinde. In bewegter Zeit, in welcher manche Wirren sich ankündigten, wurde an dem Vororte der Reformation das Amt einem Luther durchaus ergebenen, mit großen praktischen Gaben und einer reichen pastoralen Kraft ausgerüsteten Manne befohlen. Und weiter hatte für alle Zukunft im Modus der Besetzung ein Umschwung dadurch stattgefunden,

daß dem Kapitel das Recht derselben abgenommen und der Gemeinde überantwortet worden war. Der Rat, zehn Vertreter
der Gemeinde und die Universität wählten fortan den Pfarrer
von Wittenberg, und die Wittenberger Kirchenordnung von 1533
verweist ausdrücklich auf die Vorgänge von 1523 zurück.

Fünftes Kapitel.

Ordnung der Wittenberger Gemeinde. Kampf mit dem Stift.
Predigt, Seelsorge, Anfänge schriftstellerischer Thätigkeit.

Gerade die Verhältnisse der Gemeinde, in welcher der Christenheit das Licht des Evangeliums aufs Neue aufging, machten
ein entschieden reformatorisches Wirken des Pfarrers dringend
notwendig, stellten an den eben Gewählten hohe Anforderungen.
Die stürmische Bewegung des Jahres 1522 hatte tiefe Spuren
in Schule, Kultus und Gemeindeleben hinterlassen, wenn auch
der ärgsten Verwirrung schon durch Luther gesteuert worden
war. Karlstadt hatte nicht vergeblich gegen die Wissenschaft geeifert; die Befehdung derselben hatte sich bis in die Knabenschule
fortgesetzt. Der Schulmeister Georg More, einer von denen, die
sich des Geistes rühmten, verkündigte damals auf dem Kirchhof den
Preis der Verachtung des Lernens. Das nahmen sich die Schüler
und ihre Eltern zu Herzen, und die Schulräume wurden zum
Brotverkauf eingerichtet.

Es war bekanntlich Luther, der durch seine Predigten in der
Fastenzeit 1522, Zeugnisse voll Macht und Weisheit, jenen Bann
brach und dann auch die Verhältnisse neu zu ordnen begann.
Allein es war ein Notbau, welcher noch viel vermissen ließ.
Durch die Ermahnungen Luthers, nicht leichtfertig zum Abendmahl hinzuzulaufen, erstand die Privatbeichte als Einrichtung doch
nicht wieder. Wochengottesdienste fanden 1522 doch nur während
der Fastenzeit statt, in der Luther selbst über die zehn Gebote
predigte. Die Liturgie des Sonntagsgottesdienstes blieb ärmlich
ausgestattet: der Diakonus mußte mit dem Küster die lateinischen
Gesänge, Introitus und Kyrie singen, da der Schülerchor zugleich
mit der Schule sich aufgelöst hatte.

Dem neuerwählten Pfarrer blieb daher an der Seite Luthers, der für eben dieselben Bedürfnisse immer mitthätig blieb, eine Fülle organisatorischer Arbeit. Zunächst suchte er die Schule wieder einzurichten; Magister Johann Drüller ward als Knabenlehrer berufen, und die Bürger gewöhnten sich, die Kinder wieder zur Schule zu schicken. Um die Gemeinde mit Gottes Wort so reichlich zu versorgen, wie es diese Zeit der Neupflanzung des Evangeliums erforderte, wurde in der Pfarrkirche tägliche Predigt eingerichtet. Auch die Privatbeichte ward wiederhergestellt, dergestalt, daß eine Prüfung im Glauben, in der Lehre und dem Wandel stattfand. Vor allem suchte Bugenhagen eine geordnete Seelsorge wiederaufzurichten, welche der hochfliegende Geist der Schwärmer ganz vernachlässigt hatte. Magister Sebastian Fröschel, welchen Bugenhagen für diesen Dienst annahm, und der bei ihm im Hause seine Kost empfing, predigte fortan den Armen im Spital und half die Gefangenen, die zum Richtplatz ausgeführt wurden, trösten. Vorher pflegte man dieselbe wie unvernünftige Tiere abzuschlachten, wohl nicht erst in Folge jener Versäumnisse, sondern von alten Zeiten her durch Schuld der Kirche. Seit Bugenhagens Berufung hat keiner dieser armen Sünder ein unchristliches Ende genommen, Einen ausgenommen, der, wie Fröschel uns erzählt, in der Zeit der Bauernrevolution alle Reden von Gott und Ewigkeit abwies, um in die Hölle und zu den Teufeln und dann mit den Teufeln in die Bauern zu fahren, denn der Bauernaufstand war vor der Thür.

So zeigen schon diese Anfänge Bugenhagens seine besondere Gabe des Ordnens kirchlicher Verhältnisse, und schon jetzt gilt sein Bemühen der Einrichtung der Predigt, des Schulwesens, der Seelsorge, ein Streben, von dem wir ihn in erweiterten Arbeitsgebieten immer erfüllt sehen werden.

Während die Pfarrgemeinde zu evangelischer Abendsmahlsfeier gelangte, behauptete sich indes wie in einer Burg im Allerheiligenstift der alte Meßgottesdienst, zäh festgehalten von den Stiftsherren, beschirmt auch durch den Wunsch des Churfürsten, daß dem Willen der Stifter, seiner Vorfahren, nichts abgebrochen werde. So wurden hier noch Seelmessen für die Abgeschiedenen im Fegefeuer gelesen, Vigilien gehalten, Messen ohne Communi kanten still celebriert: nach dem schriftmäßigen Urteil Luthers lauter Verleugnung einer höheren Stiftung, der Einsetzungsworte Christi. Luther war daher entschlossen, solchen Unfug nicht ferner zu dulden, und in dem von ihm eröffneten Kampf stand Bugen= hagen ihm zur Seite. Als Luther nach mehrfachen Bitten und Ermahnungen am 2. August von der Kanzel eine scharfe Er= klärung gegen die Herren im Stift erlassen hatte, trug auch Bu= genhagen, — wir kennen den Zeitpunkt nicht genau, — dem Rektor und der Universität die Sache in einem Gutachten vor. Doktor Martinus, die ganze Stadt, ja Christus selbst forderte die Abschaffung aller Messen, welche gegen die Einsetzung Christi seien und vielmehr zur Gotteslästerung gereichten, nachdem jetzt das Evangelium aufs Neue enthüllt worden sei. In der Messe werde Christus für Lebendige und Todte geopfert, dadurch die Barmherzigkeit Gottes und das Blut Christi verleugnet, und in den Verdiensten der Heiligen Vergebung der Sünden und das ewige Leben gesucht, um anderer Gottlosigkeiten und mehr als kindischer Albernheiten zu geschweigen. Hierin liege ein Anlaß zur Beunruhigung der Evangelischen, welcher zu beseitigen sei, um zugleich dem Entstehen von Sektenwesen vorzubeugen. Und diese Beseitigung müsse eine völlige sein; die Herren dürften auch nicht Eine Messe, auch nicht Sonntags behalten. Liebten sie das Evangelium, begehrten sie voll Durst nach Gerechtigkeit das hei= lige Sakrament des Leibes und Blutes Christi zu empfangen, so möchten sie sich nicht ferner absondern, sondern in die Witten= berger Gemeinde kommen, wo Wort und Sakrament sei, und demütig sich dem nahen, welcher sich für uns bis zum Tode am Kreuz erniedrigt habe.

Bugenhagen macht hierauf Vorschläge auch für die Reform der anderen, in Gesang, Gebet und Schriftverlesung bestehenden Gottesdienste. Die Vigilien seien abzuschaffen; alles, was zur Anrufung der Heiligen und zu dem Glauben an ihr Verdienst gehöre, sei aufzugeben, das Gebet nicht mehr als ein gewinn= bringendes Geschäft oder als Mittel zur Erlangung des Heiles zu betreiben. Sonst möchten die Stiftsherren von Psalmen, Ge= sängen und Schriftlektionen behalten, was sie am Tage des Ge= richtes mit reinem Gewissen vor Gott verantworten könnten.

Die Domherren erschienen bereit, solchen Vorhalten Folge
zu geben. Sie erbaten und erhielten von Luther Belehrung,
wie der Gottesdienst einzurichten sei, während der evangelisch
gesinnte Propst des Stiftes, Jonas, dem Churfürsten selbst die
Notwendigkeit einer Reform vorstellte. Dieser aber berief sich auf
die Stiftungsurkunde seiner Vorfahren und fuhr fort, sich ungnädig
über alle Neuerungspläne und die gegen seinen Willen dennoch
eingeführten Aenderungen zu äußern. Hierüber verging fast das
Jahr 1524.

Als dann aufs Neue Luther den römischen Meß=Kultus im
Sprühfeuer seines heftigen Zornes verarbeitete, als er die Obrig=
keit aufrief, ging auch der Rat mit der Universität und Ge=
meinde das Kapitel mit dem dringenden Ansuchen an, den „Greuel"
abzuthun. Da gaben die Domherren nach; Weihnachten 1524
wich die Messe im Stift zu Wittenberg der evangelischen Abend=
mahlsfeier. Auch der Churfürst Friedrich hatte seinen Wider=
stand aufgegeben, und Ostern darauf ist auch in seiner Gegenwart
zu Lochau die Messe samt den Einsetzungsworten deutsch gehalten
worden.

Gleichzeitig wirkte Bugenhagen von der Kanzel der Witten=
berger Pfarrkirche als Verkündiger des Evangeliums. Vor kur=
zem erst sind einige Predigten aus jener ersten Amtsführung ans
Licht getreten, allerdings nur in skizzenhafter lateinischer Nach=
schrift, welche das, was eine Rede kennzeichnet, ihren leben=
digen Fluß wenig erkennen läßt. Aber ihr Inhalt ist in der
Hauptsache doch ausgedrückt. Sie behandeln, wie die evangeli=
sche Predigtlitteratur dieser Epoche überhaupt, die Hauptstücke
evangelischer Heilserkenntnis, den Unterschied von Gesetz und
Evangelium, von göttlichem und menschlichem Erkennen; sie
suchen den Glauben an die versöhnende Gnade Gottes in die
Seelen einzupflanzen, Gottes Wirken, seine Gnadenwahl und
seinen Heilswillen betonend gegenüber der Eigenwilligkeit mensch=
licher Wege und der Anmaßlichkeit menschlicher Werke. Scharf
und schroff tritt dieser Gegensatz hervor. Gegen die Heuchel=
werke wird nachdrücklich alles natürlich gute Werk, das Leben in
den göttlichen Ordnungen, wie in der Ehe und im Beruf, in
Schutz genommen, und ähnlich wie in Luthers Sermon von der

Freiheit wird die Züchtigung und Bezähmung des eigenen Leibes
und die Übung hilfreicher Nächstenliebe als das rechte chriftliche
Werk hervorgehoben.

Auch der Kampf gegen die Schwärmer hat Spuren in jenen
Reden Bugenhagens hinterlaffen, find fie doch in dem Jahre
1524 gehalten, in welchem der kommende Aufruhr fich fchon an-
kündigte. Bugenhagen erkannte fo wie Luther die Gefahr, mit
welcher die Umdeutung der geiftlichen, inwendigen Freiheit in
eine äußerliche, foziale Befreiung das Evangelium bedrohte.
Auch er dachte wie Luther an des Teufels Tücke, der gern anrichten wolle, daß es heiße: Da fieh, was die Predigt des Evangeliums wirkt! Daher mahnt er in den Predigten zum Gehor-
fam gegen die Obrigkeit: Alles fei in diefen befaßt, nur der
Glaube nicht! Die Schwärmer hatten das Strafrecht beftritten:
er vertritt mit Luther das Recht des Schwertes. Doch beurteilt
er damals die religiöfe Sinnesart der Schwärmer günftiger, als
die der römifchen Werkheiligen; ihm entging nicht der Zug der
Demut, mit welchem jene, obfchon ohne erfchrockenes Gewiffen,
doch nichts. von ihren Werken erwarteten, fondern zu Gott und
Chrifto ihre Zuflucht nahmen.

In der Form find die Predigten fchlicht, doch noch nicht
losgelöft von den Künfteleien der allegorifchen Auslegung. Die
Betrübnis des Jairus, daß ihm fein Töchterlein geftorben ift,
gilt Bugenhagen als Bildnis der Betrübnis über unfere Sünde,
weil diefe Trauer zu Chrifto führe; und was das Weib, die den
Saum des Gewandes Chrifti anrührt, vorher von den Ärzten
erduldet hat, läßt ihn an die Mönchswerke, an die Abläffe und
an die Rofenkranzgebete denken, welche das Gewiffen unruhig
machen, ftatt es zu ftillen. Wer es erfahren hat, fetzt er hinzu,
der weiß es. Ja, im weiteren Verlaufe der Predigt möchte er unter
der Tochter des Jairus die Synagoge und unter dem kranken
Weibe die Heidenfchaft verftehen. Aber diefe Künfteleien find
doch bei ihm, wie bei Luther nur auflebende Elemente einer aus
der Vergangenheit ererbten, durch die kirchliche Sitte tief ein-
gewurzelten Methode. Es kommt doch auch vor, daß er wie in
der Predigt über die Parabel von den Arbeitern im Wein-
berge neben den Ausdeutungen den einfachen Sinn bietet: wir

sollen erkennen, daß wir alles durch Gnade haben, daß wir auf
Andere nicht scheel sehen. Der Takt einer einfachen Schrift=
auslegung verleugnet sich demnach nicht völlig.

Auf Bitten Spalatin's stellte ferner Bugenhagen in dieser
Zeit ein Hülfsbuch für die Prediger zusammen, deren Viele, zu
fruchtbarer Verkündigung des Heils unfähig, ihre Stärke im
Schelten auf Mönche und Nonnen suchten. Was Bugenhagen
in seiner Schrift bot, um ihrer Schwachheit aufzuhelfen, war eine
schlichte, einfache Zerlegung der evangelischen Texte mit kurzer
Andeutung des Gesichtspunktes, unter welchem jeder Abschnitt zu
behandeln sei.

Charakteristischer indes als seine Predigten sind für die be=
sondere Gabe Bugenhagens diejenigen Kundgebungen, mit welchen
er zur Lösung schwieriger sittlicher Fragen etwas beigetragen
oder als Warner Anderen ins Gewissen geredet hat.

Er war noch nicht ins Pfarramt berufen, als gegen Ende
des Jahres 1522 mancherlei drohende Anzeichen einen Gewalt=
streich der römischen Partei fürchten ließen, und Churfürst Fried=
rich den Theologen die Frage vorlegte, ob es recht sei, wenn er
um des Evangelii willen Krieg führen würde? Da war es Bugen=
hagen, welcher mit einer selbständigen Auffassung, der Luthers
entgegen, auftrat. Denn während dieser das Recht des bewaffne=
ten Widerstandes gegen den Kaiser leugnete, seinem Fürsten die
Pflicht zu leiden, sich verfolgen und gefangen nehmen zu lassen
vorhielt, unterschied Bugenhagen zwischen dem Gebot, Unrecht zu
leiden und der besonderen Pflicht eines Fürsten. Als Beschützer
seiner Unterthanen dürfe dieser nicht dulden, wenn Jemand mit
Unrecht unterdrückt werde; er habe daher sein Land auch gegen
Verfolgung des Glaubens durch den Kaiser zu schützen. Seine An=
sicht, welche Amsdorf teilte, ist später mit der staatsrechtlichen
Begründung, daß ein deutscher Reichsfürst zum Kaiser nicht im
bloßen Unterthanenverhältnis stehe, im Rat der deutschen Protestanten
zur Geltung gelangt. Da hat denn Bugenhagen hervorgehoben,
daß er von Anfang das Recht des Widerstandes vertreten habe.

Mit Freimut und doch ohne Vordringlichkeit, mit einem
bescheidenen Innehalten dessen, was ihm zustand, hat Bugenhagen
schon in jener ersten Zeit seines Wirkens auch Seelsorgerrat er=

teilt und hierbei zugleich als Warner seine Stimme für das
Evangelium erhoben. Zeugnisse hierfür sind uns in einigen
Briefen und gelegentlichen Lehrschriften erhalten. Mit der Reformation wurde eine reiche Literatur dieser Art durch den Ernst
und die suchende Liebe evangelischer Gesinnung hervorgerufen.
In ihr entfaltete Luther wieder die unvergleichliche Fülle, Kraft
und Tiefe seines Geistes; aber auch Bugenhagen hat hier mit
seiner Begabung für seelsorgerliche Zusprache räumlich ent-
fernten Brüdern gedient.

Seine Landsleute waren die ersten, deren er sich so annahm. Ueber den Kreis evangelischer Männer, der sich in Bel-
but gesammelt hatte, und von denen einige das Evangelium mit
Freimut verkündigten, war kurze Zeit nach Bugenhagens Weg-
gang Verfolgung hereingebrochen, zu welcher besonders Erasmus
von Manteuffel, Coadjutor des Bischofs von Kammin angestachelt hatte. Da wandte sich Bugenhagen an einen der ersten
kirchlichen Würdenträger Pommerns, den Vice-Dominus von
Kammin, Doktor Johann Suave, den Oheim seines Freundes
Peter Suave. Jener, ein für die evangelische Wahrheit innerlich
schon gewonnener Mann, hatte von Bugenhagen Winke über die
praktische Benutzung von Psalmen erbeten: statt deren erhielt er
eine in diesem Zeitpunkt doppelt bedeutsame Erörterung über
die Sünde wider den heiligen Geist. Mochte Bugenhagen diese
Frage nicht mit Absichtlichkeit gewählt haben, so hatte doch der
Ernst der Lage sie ihm aufgedrängt. Er wußte, daß außer
Johann Suave noch andere hochgestellte Geistliche dem Evangelium Beifall gaben; und an sie alle ging seine Zuschrift. Er
wollte sie doch gewarnt haben, wenn sie, um ihre kirchlichen
Titel und Einkünfte nicht einzubüßen, die Verfolgung des Evangeliums gutheißen und so mit ihrem Fuß in der unauflöslichen
Schlinge der Sünde gegen den heiligen Geist gefangen werden
sollten.

Eine andere mehr lehrhafte Schrift widmete Bugenhagen
einem Gliede der herzoglichen Familie, der Tochter Bogislavs,
welche mit dem Herzog Georg von Liegnitz vermählt war, „die
Summe der christlichen Seligkeit". Mit einer Belehrung über
den Heilsweg verbindet sich hier wieder die Bestreitung der fal-

schen „guten Werke" und des falschen Gottesdienstes. Mit mann=
haften Worten legt der Verfasser zugleich Zeugnis von der
Glaubenszuversicht ab, die da macht, daß man auch sein Leben
um des Wortes Gottes willen in die Schanze schlägt.

Dem ganzen niederdeutschen Volksstamme leistete er ferner
in jener Zeit einen wichtigen Dienst. Das neue Testament, wel=
ches Luther auf der Wartburg ins Hochdeutsche übersetzt hatte,
war im September 1522, in zweiter Auflage im Dezember er=
schienen. Dem Volk der norddeutschen Tiefebene konnte diese
Frucht der Reformation erst durch Uebertragung in seine Mund=
art frommen, weil bei ihm das Plattdeutsch nicht nur Bauern=
Dialekt sondern Verkehrs=, Gerichts= und Kanzelsprache war.

Zwar gab es Uebertragungen der älteren vorlutherischen
Bibelübersetzung in jenen Dialekt: in Lübeck war eine Ausgabe
1494, in Halberstadt noch 1522 erschienen; aber wie weit stan=
den sie hinter der Arbeit des genialsten Uebersetzers zurück, die
mit neuen Mitteln der Erkenntnis aus dem Grundtexte geschöpft
im Vollsinn des Wortes zugleich die erste Verdeutschung der hei=
ligen Schrift war, so daß diese aus der Gemütsart und Rede=
weise des deutschen Volkes und zu seinem Herzen sprach! Ein uns
Unbekannter hat das Segenswerk Luthers alsbald ins Nieder=
deutsche übertragen. So erschien 1523 in Wittenberg bei Mel=
chior Lotther dem Jüngeren „dat Nyge Testament tho düde" und
bei einer zweiten Ausgabe vom Jahre 1524 ist dann Bugen=
hagen als Mithelfer beteiligt. „Wowol dat desse arbeyt ys vul=
lenbracht dorch eynen anderen", sagt er in einem kurzen Nach=
wort, „doch hebbe ick gehandelt unde rädt gegeven in allen örden
und steden, dar ydt swer was in unse düdesch tho bringende.
Gade sy loff unde ere. Amen". Er rühmte an der Ueber=
setzung, daß sie der vorlutherischen nicht gleiche, sondern rein
und fein aus Luthers Verdeutschung übertragen worden sei;
doch waren der Uebersetzer und sein Berater allzu abhängig
von Luthers Arbeit geblieben, und die Fehler des Meisters,
die sich in der sogenannten Decemberbibel finden, blieben stehen.
Schon in der nächsten Auflage 1525 konnte indeß Bugenhagen
seinem Nachwort die Bemerkung hinzufügen: „Darbaven ys
in deßen letzten Drucke vlytigen thogedan dat ym vorigen ver=

jümet unde uthgelaten was. Dartho ock etlicke stede klärliker vordüdeschet". Für dieses Werk der Bibel-Revision, für die Aufgabe, die ganze Bibel ins Niederdeutsche zu übertragen, ihr Verständnis dem Christenvolke zu erleichtern werden wir Bugenhagens Interesse immer rege bleiben sehen.

Und bald beteiligte er sich selbst literarisch an der Erklärung der Bibel. Aus seinen Vorlesungen über den Psalter erwuchs ihm ein lateinischer Kommentar, den er im Jahre 1524 zum ersten Male herausgab. Luthers letzte Arbeit an diesem ihm so teuren Buch war nicht über den 22. Psalm hinausgediehen; dadurch empfing das Werk des minder bedeutenden Gehülfen, der Versuch den ganzen Psalter zu erklären, seinen besonderen Wert. Die Art der Auslegung blieb mit denselben Schranken und Mängeln behaftet, wie Luthers erste Arbeiten. Ohne die geschichtliche Seite des Psalmbuches zu würdigen legte auch Bugenhagen dasselbe aus dem Lehrbegriff des neuen Testamentes aus, und die allegorische Deutung war das nie versagende Mittel, um aus Alttestamentlichem Neutestamentliches, aus Naturvorgängen innere Erlebnisse herauszulesen. In den Worten Davids ertönte die Stimme Christi; Israels Klagen galten der Not der Kirche; im Treiben der Gottlosen wurde der Haß gegen das Evangelium geschildert. So unbefangen, wie die alten Maler die Personen der heiligen Geschichte mit deutschem Typus wiedergeben, wurde mit Zurückstellung seiner geschichtlichen Seite der Psalter das Gebet- und Liederbuch der damals sich sammelnden evangelischen Gemeinde. Ihr Kampf und ihre Glaubenszuversicht fand sich in dem Kampf und der Zuversicht der frommen Sänger Israels wieder; die Seelenstimmungen der Psalmisten gestalteten sich zu einem Bilde der Reformation nach ihren innerlichsten Bezügen. War das einseitig, so bedeutete es doch auch einen Gewinn. Das alte Testament, obschon unvermittelt im Lichte des neuen ausgelegt, verschmolz sich so mit dem Geistesleben der evangelischen Christenheit. Und so lange diese den Psalter betet, wird sie ihn beten mit evangelischem Herzen und Geiste, wenn sie ihn auch in der Zucht strengerer exegetischer Methode auszulegen gelernt hat.

Aus solcher Würdigung heraus verstehen wir die Geleitsworte, welche Luther dem Werk seines Freundes und Schülers mit auf den Weg gab. In ihnen klang Triumph der Freude und Preis gegen Gott, der seine Erwählten mit himmlischen Gütern sättige und einen Ueberfluß von Weizen und Wein bescheert habe. Ihn, Luther, habe die Tyrannei der Papisten genötigt, seine Harfen an die Weiden zu henken, aber jetzt sehe er sich an seinen Widersachern gerächt und die Propheten und ganze Schaaren von Evangelisten aufs Neue bescheert (Pf. 68, 12). „Hier wird dich), so ruft er dem Leser zu, das gewisse Urteil des Geistes Wunder lehren!" Und ähnlich wird das Urteil der Zeitgenossen gelautet haben. Dieser Psalmen-Kommentar ist wiederholt aufgelegt, verbessert und vermehrt worden; noch 1544 hat Bugenhagen eine Ausgabe für die dänischen Freunde veranstaltet. Später ist das Buch doch durch die größeren Leistungen Anderer in den Hintergrund gedrängt worden. Es konnte auch damals schon keinen Vergleich mit Luthers Versuchen, den Psalter auszulegen, aushalten. Diese vermögen noch immer durch das Feuer des Geistes, durch ihren Tiefsinn und ihre Gedankenfülle anzuziehen und anzuregen. Der Commentar Bugenhagens, obschon bei seiner Abfassung Luthers operatio in psalmos benutzt worden ist, ist verständig klarer, prosaischer. Vielleicht ist er hierdurch gerade manchem der Zeitgenossen zugänglicher geworden. Auch geringere Leistungen wurden kraft des religiösen Interesses damals dankbar aufgenommen, wenn sie nur irgend zum Verständnis der heiligen Schrift beitrugen.

In rascher Folge veröffentlichte Bugenhagen nun weitere Auslegungen biblischer Bücher. Schon 1524 erschienen Deuteronomium und die zwei Bücher der Könige mit lateinischen Anmerkungen, einem den Reformatoren befreundeten Juristen, Benedict Pauli in Wittenberg, gewidmet. Die Auffassung und Behandlung dieser biblischen Stoffe entspricht der der Psalmen. Das Deuteronomium erscheint Bugenhagen wertvoll für die Christenheit, weil es das mosaische Gesetz wiederhole und zusammenfasse und die hinzugefügten Verheißungen und Drohungen Gottes enthalte. Bei der Auslegung weist er auf den tieferen Gehalt der Gebote hin, auch hier mit der allegorischen Deutung nachhelfend, um in ceremonialen Vorschriften und rechtlichen Ord-

nungen Güter und Forderungen des Evangeliums zu entdecken.
Der Unterschied reiner und unreiner Speisen z. B. bezeichnet ihm
den des göttlichen und des unreinen menschlichen Wortes, das
hebräische Jobeljahr die Aufhebung der Knechtschaft des Gesetzes
und die Aufnahme in die Kindschaft; das Verbot, das Böcklein
zu kochen in der Milch der Mutter enthält für uns Christen die
Warnung, von den kleinen Kindern die christliche Vollkommen-
heit zu fordern, damit sie nicht zum Schmerz der Mutter, der
Kirche, in Verzweiflung gestürzt werden. Auch die Königsge-
schichte Israels weiß er typisch und unter praktischen Gesichtspunkten aufzufassen. Sie zielt ja auf Christus ab und muß daher anders als weltliche Historie noch Frucht tragen für die
Christenheit der Gegenwart. Die Geschichte des davidischen
Königtums hilft durch die demselben gegebenen Gottesver-
heißungen den Zusammenhang von Weissagung und Erfüllung
bestätigen; die des ganzen Volkes ist eine Geschichte des Glaubens und des Unglaubens, ein Beweis von der Unerfüllbarkeit
des Gesetzes und von dem hohen Wert göttlicher Gnadenzusagen.
Auch die Erlebnisse Einzelner sind lehrreich; die über David
verhängten Verfolgungen bestätigen es, daß die Gottlosen der
Wahrheit Christi feind sein müssen; und wie diese letztere Par-
allele, so streifen öfters die Gedanken den Kampf und die Leiden der Reformation. So kann er vom Unterschiede weltlicher
und geistlicher Herrschaft, von falscher Gottesverehrung und von
den Gelübden handeln, scharf zielend auf den römischen Gegner.
Aber auch das falsche evangelische Werktum weiß er zu treffen,
in welchem befangen wol Manche sich fälschlich trösteten: Wir
taufen deutsch, genießen das Abendmahl unter beiderlei Gestalt
und essen an den Fasttagen Fleisch. Ueberall fällt aus Israels
Vergangenheit Licht auf die Gegenwart.

Mehr noch als diese praktische Behandlung alttestamentlicher
Bücher war damals seine exegetische Behandlung der Briefe
des Paulus von Bedeutung. Durch die Lehre dieses Apostels
war Luther zu der Erkenntnis des rechtfertigenden Glaubens
gelangt, und auch Bugenhagen hatte ihn sich zum Bildner nach
Melanchthons schon erwähntem Zeugnis erwählt. Wahrscheinlich
hat er sich auch in seinen Vorlesungen früh mit ihm beschäftigt;

schon in der Widmungsschrift zu seinem Deuteronomium stellt
er eine Auslegung der paulinischen Briefe in Aussicht. Zunächst
waren es die kurzen Episteln St. Pauli mit Einschluß des Briefes
an die Hebräer, welche er mit erklärenden Anmerkungen heraus=
gab. Die Arbeit fand Beifall, und Bugenhagen mußte sie auf
Ansuchen von Freunden wiederholt drucken laßen. Eine deutsche
Uebersetzung von Magister Stephan Rodt erschien mit seiner
Bewilligung. Aber was mit dieser authentischen Ausgabe ver=
mieden werden sollte, geschah dennoch. Sein Buch ward nach=
gedruckt, und seltsam genug, hat auch ein Schwärmer, einer der
Führer der süddeutschen Wiedertäufer, Ludwig Hätzer, die schlichte
Auslegung des besonnenen Niederdeutschen übertragen und mit
einer vom Selbstgefühl des neuen Prophetentums getragenen Vor=
rede herausgegeben.

Sechstes Kapitel.

Erste Berufung nach Hamburg. Die Schrift vom Glauben und rechten guten Werken. Ruf nach Danzig.

Eine so vielseitige und von Erfolg gekrönte Thätigkeit in
der evangelischen Metropolis mußte Bugenhagen früh einen Ruf
schaffen; und besonders in Niederdeutschland, wo eine volkstüm=
liche Bewegung zu Gunsten des Evangeliums anhob, wurde an
den Landsmann in Wittenberg als den rechten Baumeister gedacht,
welcher auch unter schwierigen Verhältnissen ein evangelisches
Gemeinwesen zu ordnen vermöchte.

Die Ersten, welche ihn dort für sich zu gewinnen suchten,
waren die Hamburger. In der alten mächtigen Hansastadt hatte
schon seit Jahrhunderten kraftvoller Bürgersinn mit dem über=
mächtigen Dom-Kapitel um äußere Gerechtsame gerungen; und
brachten solche Kämpfe den Bürgern überwiegend Niederlagen
und Demütigungen ein, so blieben die Erinnerungen daran in
dem Sinn des sächsischen Stammes als ein Stachel haften und
halfen eine Stimmung im Volke schaffen, welche der Aufnahme
des Evangeliums zu gute kam. Zeugen der evangelischen Wahr=
heit wie Stemmel und Stephan Kempe, welche zuerst die luthe=

rische Lehre vortrugen, gewannen einen großen Teil der Bürger=
schaft dem Evangelium; und während der Rat noch dem Alten
anhänglich blieb, berief doch schon die Nicolaigemeinde im Spät=
sommer 1524 Bugenhagen zu ihrem Prediger. Bei den beiden
Reformatoren fand der Wunsch der Hamburger verschiedene Auf=
nahme. Während Melanchthon urteilte, Bugenhagen könne in
Wittenberg nicht entbehrt werden, in diesem Sinne durch Spa=
latin auf den Churfürsten wirkte und für die Hansastadt auf
andere Weise gesorgt wissen wollte, würdigte Luther die dem
Evangelium dort sich öffnenden hoffnungsreichen Aussichten. Er
war kurz entschlossen, Bugenhagen zuzureden; und auf seinen
Einfluß ist es wohl zurückzuführen, wenn der Rat als Mitpatron
der Pfarrstelle sich bereit zeigte, den Berufenen zu entlassen. Die
Gemeinde bewilligte ebenfalls ihrem Pfarrer einen halbjährigen
Urlaub; und Bugenhagen selbst, wie schwer ihm auch die Auf=
gabe erschien, entschloß sich zur Reise und gab sich in den Willen
Gottes.

Da trat eine unerwartete Wendung ein. Am Sonnabend
den 12. November erhielt Bugenhagen durch einen Boten aus
Hamburg einen förmlichen Protest des Rates gegen seine Voca=
tion: dieselbe sei ohne Wissen des Rates erfolgt, auch um des
kaiserlichen Mandates willen nicht zu dulden; war doch durch
den Nürnberger Reichstagsabschied vom 18. April, wenn auch
unter einigen Clauseln das Wormser Edikt erneuert worden.
Seine Ehe rückten die Hamburger Ratsherren dem Wittenberger
Pfarrer ebenfalls als Hindernis auf, ihn in ihrer Mitte zu dulden.
Zuletzt gaben sie ihm seine eigene Wohlfahrt und die Folgen zu
bedenken, wenn er trotz ihrer Verwahrung kommen wollte.

Maßvoll aber mannhaft antwortete darauf Bugenhagen.
Gegen die Verwahrung Jener setzte er eine ernste christliche Ver=
mahnung: Er achte seiner Wohlfahrt um des Evangelii willen
nicht, und Böses erwachse überhaupt nicht aus dem Evangelium,
es sei denn für die, welche dawider föchten oder es mißbrauchten.
Die Herren thäten Unrecht und liefen wider Gott an, wenn sie
um des kaiserlichen Mandats willen verböten, Gottes Wort zu
hören und zu lesen; man dürfe dem Kaiser nicht geben, was
Gott gehöre. Sie möchten ihre Gewalt nicht mißbrauchen, da

sie einen Richter im Himmel hätten, und wenn sie nun ihm, Bugenhagen, der mit seinem Schaden, mit Unlust, Schande und Fährlichkeit zu ihnen habe kommen wollen, mit Boten, Brief und Siegel das Thor verschlössen, so wolle er kühn sein, und sie sollten im Leben und im Tode für alle durstigen Herzen und Seelen, die das Wort Gottes begehrten, vor Christo dem Richter Rechenschaft geben. — Auch den Vorstehern und Mitgliedern des Nicolai-Kirchspiels teilte er den Inhalt jener dem Rat erteilten Antwort zum Zeugnis mit, daß er sich in diesem Handel richtig und unsträflich gehalten habe. Sie möchten sich einen anderen Prediger des göttlichen Wortes verschaffen als ihn, der jetzt vielleicht ein Anlaß zu bürgerlichem Zwist sein würde, und der daheim in der Kirche und an der Universität genug zu thun habe. Gott möchte vielleicht durch einen Anderen mehr ausrichten.

Der herzliche Ton dieses letzten Briefes läßt schon erkennen, wie innig sich Bugenhagen auf Grund der Berufung mit den Evangelischen in Hamburg, besonders der Nicolaigemeinde, verbunden wußte. Auch fortan blieb trotz seines Verzichtes ein Verkehr mit denselben bestehen. Da hörte er, wie gewisse Prediger, namentlich Mönche, mit dreistem Mute die evangelische Wahrheit von der Gnade Jesu Christi verketzerten und schmähten, und so beschloß er, obschon leiblich abwesend, nach Pauli und der Apostel Vorbild die ganze Gemeinde durch eine Epistel zu vermahnen. Ihm, wie den Reformatoren überhaupt, galt die von der Gemeinde ausgegangene Berufung so viel, daß er sich für berechtigt achtete, zu ihr als ihr erwählter Pastor zu reden. So verfaßte er noch im Laufe des Jahres 1525 im Anschluß an das Wort Christi Matth. 11, 28—30 eine ausführliche Unterweisung von dem christlichen Glauben und rechten guten Werken gegen den falschen Glauben und erdichtete gute Werke, ein Sendschreiben an die ehrenreiche Stadt Hamburg, welches mit apostolischer Begrüßung an die Bürgermeister, Ratsleute und die ganze Gemeinde feierlich eingeleitet, evangelische Belehrung, Ermahnung und die Grundzüge einer Kirchenordnung in sich befaßte.

Diese Schrift bietet wohl die reichsten und bedeutendsten praktischen Ausführungen, die wir von Bugenhagen besitzen. Voll

Geist und Leben, wenn auch mit einer gewissen Breite bietet sie eine Summa der evangelischen Heilslehre, in welcher uns ein treuer Abdruck luther'scher Geistesart nicht ohne Eigentümlich= keit entgegentritt. In manchen Zügen erinnert sie an den Trak= tat Luthers, mit welcher der Meister dem Schüler die Fackel darreichte, den Sermon von der christlichen Freiheit; während indeß in dem Sermon Luthers durch die ruhige, lehrhafte Aus= führung der Gegensatz gegen die Werkheiligkeit nur gleichsam hindurchscheint, sind Bugenhagens Darlegungen mit lebhafter Polemik gewürzt. Indem sie den Grund evangelischer Sittlichkeit nachweisen, treffen sie zugleich das katholische Werktum, um seine Vergeblichkeit und das Abgeschmackte der sich darauf gründenden Hoffnung mit den schärfsten Worten zu geißeln und die werk= heiligen Mönche, deren Gerechtigkeit schlechter war, als die der Pharisäer und Schriftgelehrten, samt den durch sie verführten Laien zu der Buße des Zöllners zu rufen. An den beiden Haupt= geboten, Gott zu lieben über alle Dinge und den Nächsten wie sich selbst, zeigt er, wie der göttliche Wille über alle äußerlichen Uebungen und alles scheinende Leben, auch über die sogenannten evangelischen Ratschläge hinausweise, wie aus jenen Hauptgeboten Forderungen entspringen, an denen alle Selbstgerechten zu Schanden werden. Mit diesem Nachweis geht er dann zu dem andern Hauptstück über, daß wir allein durch den Glauben gerechtfertigt, Gottes Kinder und vom Gesetz frei werden, welches sein Zucht= meisteramt ausgerichtet habe und uns nicht mehr verdammen könne.

Indem nun Bugenhagen aus diesem rechtfertigenden Glauben die Werke ableitet, lehnt er sich für die Einteilung derselben in solche, welche der Christ seinem eigenen Leibe zum Besten thut, und in solche, welche er in der Liebe zum Nächsten vollbringt, wieder an Luthers Sermon von der Freiheit an; aber was Luther in lehrhafter Kürze giebt, führt er aus; was dort in ruhiger Darlegung entwickelt ist, gewinnt hier einen streitbaren Ausdruck.

Wie glücklich er hierbei den volksmäßigen Ton trifft, wie der herzliche Eifer seiner Liebe sich mit dem des Kampfes verbindet, zeigt besonders ein Wort über das Fasten. Da gilt ihm nichts die wohlfeile Enthaltsamkeit, in welcher sich die Mönche an Fast=

tagen mit Fisch und Wein sättigten, sondern die sittliche Zucht
der Mäßigkeit, welche zum Beten, zum Hören des göttlichen
Wortes und zum rechten Dienen und Arbeiten tüchtig erhält.
Und diesem freiwilligen Fasten reiht er das notwillige, von Gott
dem Dürftigen als Kreuz verordnete an. Geht doch am Sonntag,
ihr lieben Pfaffen, so ruft er, in eines armen Mannes Haus oder
Hüttlein, da werdet ihr finden, daß der hausarme Mann alle
Tage, ja auch am Sonntag, viel strenger fastet als ihr am
Freitag! Und doch muß er nicht, wie ein Mönch, nur seinen
Bauch, nein, noch zehn andere mit seiner sauren Arbeit ernähren,
und er steckt noch dazu wohl in großer Schuld und litte gern
Hunger und Not, wenn er nur nicht sehen dürfte, daß seine Frau
und Kinder Not und Hunger litten. Wenn solche Leute sich auf
Gott verlassen und ein gutes Gewissen zu Gott haben, daß sie
mit aller ihrer Arbeit und Leben Gott wohlgefallen, soll ich nicht
sagen, daß ein solcher hausarmer Mann in einem rechten seligen
und göttlichen Orden oder Stande ist?

Im letzten Teile seiner Schrift geht dann Bugenhagen dazu
über, die Grundlagen einer geordneten evangelischen Gemeinde=
bildung näher zu bezeichnen und die Hamburger über ihre nächsten
praktisch=kirchlichen Aufgaben zu belehren: über die Berufung
tüchtiger evangelischer Prediger und die rechte Versorgung derselben;
über die Errichtung guter Schulen und die Beschaffung geeigneter
Lehrkräfte; endlich ist auch der Entwurf einer geordneten Armen=
pflege und der Bildung eines gemeinen Kastens hinzugefügt, um
Witwen und Waisen, Kranke und Dürftige christlich zu versorgen.
Ueberall ist diese Unterweisung mit herzlicher Zusprache, ernster
Gewissensmahnung verbunden, wie sie zugleich auf einer guten
Kenntnis der Hamburger Verhältnisse beruht. Sie enthält die
Grundzüge, nach welchen er später alle seine Kirchenordnungen
ausgeführt hat.

Ein letztes geharnischtes Nachwort züchtigt einen Gegner,
den Dominikaner Augustin von Getelen, welcher vom Rat der
Stadt verschrieben, um die lutherischen Prediger zu bekämpfen,
Bugenhagen heftig angegriffen und an dem niederdeutschen Testa=
ment eine rechte Mönchs=Kritik geübt hatte, in welcher die Un=
wissenheit noch größer war als die Schmähsucht.

38

Fünf Monate später als die Hamburger wandten sich auch die Evangelischen der Hansastadt Danzig, nachdem sie den ihnen feindlichen Rat gestürzt und andere Ratsherren gekoren hatten, durch ihren Abgesandten Johann Bonholt nach Churfachsen mit Anfragen und Aufträgen, unter welchen eine Werbung an Bugen= hagen voranstand. Wohl seien des Wortes mächtige Männer unter ihnen, doch trachteten sie emsig nach einem von Gott gelehrten Baumeister, um auf dem rechten teuerbaren Eckstein die Gemeinde zu erbauen. Luther, an den sie sich ebenfalls wandten, hörte die Erzählung des danziger Boten mit Teilnahme; der Erfolg des Evangelii erschien ihm groß und die Thür aufgethan zu einer fruchtbaren Wirksamkeit. Aber die Wittenberger Gemeinde weigerte sich diesmal, Bugenhagen zu beurlauben. Wir kennen die Gründe nicht; vielleicht flößten die Zeitläufte damals Vielen Besorgnis ein; im gemeinen Volk regte es sich; das Unwetter des Bauernaufruhrs lag schon in der Luft. So mochte es geraten sein, den eigenen Pfarrer nicht ziehen zu lassen. Er fand daheim in der That Arbeit und Kampf genug.

Siebentes Kapitel.

Weitere Arbeit im Pfarramte von Wittenberg bis 1528. Theologische Polemik. Literarisches.

Neue Propheten, unter denen Thomas Münzer sich hervor= that, hatten sich erhoben und Einfluß auf das Volk erlangt. Mit dem Anspruch, das rechte Evangelium im Geist zu lehren, ver= banden sie Forderungen, die ins rechtliche und sociale Gebiet übergriffen. In unfreier und unklarer Abhängigkeit vom biblischen Buchstaben erblickten sie in den mosaischen Gesetzesbestimmungen das „göttliche Recht", welchem die deutschen Landesgesetze, als heidnisch, weichen müßten. Vor allem war den stürmischen, un= geduldigen Geistern die Strafgewalt der Obrigkeit, die „Gewalt des Schwertes", zuwider, und wurde als ungöttlich und unchristlich verschrieen. Das ist der Punkt, gegen welchen Bugenhagen sich wendete. Er handelte schon am 24. Oktober 1524 in einer Predigt von der Notwendigkeit, daß es eine Obrigkeit gebe, und indem er, gleich Luther, scharf zwischen Gottesreich und weltlichen Ordnungen unterschied, rechtfertigte er die bürgerliche Strafgewalt. In diesem Sinne beriet er einen vornehmen Freund in seiner Heimat, und so entschied er sicherlich auch die Frage, als er 1525 auf sie zurückkam.

Auf mannigfachen Anlaß trat er jetzt auch für die Gottesordnung der Ehe wiederholt ein. Selbst einige Jahre in derselben lebend, kannte er ihren Segen. Wenn Geistliche mit dem Gedanken umgingen, sich zu verehelichen, fanden sie an ihm einen Berater und Ermahner, auch wohl den Pastor und Freund, der sie in die Ehe gab. Den Prior von Königstein, Johannes, dessen Landesherr der vor Zorn über verehelichte Priester glühende Herzog Georg war, traute er im Januar 1525. Einem befreundeten vornehmen Kanonikus in Pommern riet er, lieber die Schmach einer heimlichen Ehe, als die der Sünde zu tragen; ja lieber aus dem Vaterlande zu fliehen und das bescheidene Brot mit gutem Gewissen zu essen. Und sollte der Freund in Pommern kein Gemahl finden, so erbot sich Bugenhagen, in Chursachsen für ihn eine Braut zu werben. In einer ausführlichen Rechtfertigung der Ehe der Diener am Wort, welche er gegen den Sommer 1525 dem Wolfgang Reißenbusch, Präceptor des Antonius=Ordens in Lichtenberg, widmete, gedachte er auch, wie weissagend, des Segens, den das evangelische Pfarrhaus durch gottesfürchtige Kinderzucht der Kirche bringen möchte. Das evangelische Pfarrhaus! Wir vergegenwärtigen uns kaum noch, mit welchen rohen, von der Kirche geflissentlich genährten Vorurteilen der Keim desselben zu ringen hatte, wie erschütternd die Häuser der mit dem Fluch des von der Kirche tolerierten Konkubinats belasteten Kleriker gegen den Cölibat, jenes Zerrbildes der Jungfräulichkeit, Zeugnis gaben. Ein geistreicher Schriftsteller jener Zeit, Eberlin von Günzburg, hat ergreifend die Not der Aermsten geschildert, welche beladen mit entsetzlicher Sünde, aufhorchten, als in Sachsen der Bann der erzwungenen Ehelosigkeit gebrochen ward. Am gewaltigsten riß es aber durch alle Vorurteile und Bedenklichkeiten hindurch, als nun auch Luther in die Ehe trat, den schmähsüchtigen Feinden und den zaghaften Freunden, ja dem Teufel zum Trotz.

An dem denkwürdigen 13. Juli 1525, an welchem er den kleinen Freundeskreis mit seinem Entschluß überraschte, war auch Bugenhagen zugegen, und er hat als Pfarrer gewiß die beiden in Gottes Namen zusammengegeben, über ihnen gebetet und sie gesegnet.

In der Gemeinde galt es in jener Zeit, alte Kämpfe ganz durchzufechten, begonnene Arbeiten weiter zu fördern, besonders da sich seit dem Jahre 1525 manches günstiger gestaltete. Churfürst Friedrich der Weise war am 2. Mai gestorben; auf den vorsichtigen, oft durch Bedenklichkeiten gehemmten Freund des Evangeliums folgte Johann, ein entschiedener Bekenner, ein Förderer der Reformation. Der Zug einer freudigen Entschlossenheit kam mit ihm in die reformatorischen Dinge, und 1526 gewährte der bekannte Speier'sche Reichstagsabschied den Fürsten für ein Eingreifen in die kirchlichen Verhältnisse wenigstens eine provisorische Rechtsbasis. Der Einfluß dieser besseren Lage gab sich sofort in der kirchlichen Entwicklung des Churfürstentums zu erkennen. Zunächst empfing der Gottesdienst in der Schloßkirche, welcher nur unter Widerstreben des Churfürsten Friedrich Weihnachten 1524 vorläufig durch eine Ordnung geregelt worden war, jetzt rasch und ohne Behinderung eine allem Rückfall in das katholische Wesen vorbeugende Form. Gerade jene Ordnung nämlich, welche das Celebrieren der Hochmesse an Sonntagen freiließ, hatten die Herren im Stift für ihre Anhänglichkeit an den alten Meßgottesdienst benutzt, indem fortan immer ein Einzelner von ihnen sich als Communicant einstellte. Die Reformatoren erkannten, wie das gemeint war, und damit nicht der neue Mißbrauch ärger werde, als der erste, arbeiteten Bugenhagen und Jonas unter Luthers Beirat eine neue Ordnung für das Stift aus, welche am Tage Galli, den 16. Oktober 1526, übergeben wurde. Diese Ordnung verwies die Herren für ihr Communicieren auf die Pfarrkirche; auch die Vespern und Metten oder Frühgottesdienste, für welche der Entwurf von Weihnachten 1524 noch vieles freigelassen hatte, wurden nun vom päpstlichen Sauerteig gereinigt und bestanden fortan im Lesen eines dann auszulegenden Schriftabschnittes, in Gebet und Gesang von deutschen Liedern, Psalmen und solchen kirchlichen Hymnen, deren Inhalt schriftgemäß war.

Die Auslegung der heiligen Schrift übernahm Jonas zunächst dreimal wöchentlich, Bugenhagen eben so oft bis Weihnachten. Für die Zukunft wurde sogar eine gänzliche Umwandlung dieser Gottesdienste in eine liturgische Andacht für Schulkinder in Aussicht genommen.

Bedeutender als diese Abtragung einer in der Burg der Reformation fast wunderlichen Cultus-Ruine war der weitere Aufbau der Gemeinde selbst. Die liturgische Seite des Gottesdienstes blieb auch ferner in Luthers Händen; eine nicht minder wichtige Aufgabe, die Einrichtung einer geordneten Gemeindearmenpflege scheint überwiegend Bugenhagen zugefallen zu sein, welcher die Gründung einer solchen schon in seinem Schreiben an die ehrenreiche Stadt Hamburg entworfen hatte. In der ersten Hälfte des Jahres 1527 ging man in dem kleinen, nicht wohlhabenden Wittenberg ans Werk. Während Luther von dem Churfürsten Johann das Franziskanerkloster „für die armen Glieder Christi" erbat, wurde wohl unter Bugenhagens Leitung ein „gemeiner Kasten", eine kirchliche Armenkasse und ein evangelisches Armenpflegeramt mit Berufung auf den kirchlichen Diakonat in Jerusalem (Apostelgesch. Kap. 6) eingerichtet. Bürger von gutem Ruf, welche den Armen geneigt seien, sollten vom Rat jährlich gewählt werden, um dreimal im Jahre eine Hauscollecte für die Armen, an Sonntagen und Festtagen aber in der Kirche mit dem Säckel zu sammeln; außerdem dachte man daran, erledigte geistliche Lehen zum gemeinen Kasten zu schlagen. Es war hierbei nicht nur auf eine Verpflegung der Insassen beider Hospitäler abgesehen: auch Hausarme, Kranke, Frauen in ihrer Not sollten unterstützt werden; selbst Fremdlingen, welche etwa zuwanderten, wollte man eine kurze Herberge im Spital gewähren und ihnen beistehen, falls sie krank würden.

Bald nach Aufrichtung dieser der Nächstenliebe dienenden Ordnung fand auch die pastorale Tüchtigkeit Bugenhagens besondere Anlässe, sich aufs Neue zu bewähren. In der schweren Anfechtung Luthers am 6. Juli 1527, deren Gedächtnis Jonas und Bugenhagens Aufzeichnung bewahrt haben, und später, wenn der gewaltige Mann wohl mit Kleinmütigkeit und Verzagtheit kämpfte, wuchs ihm sein Pomeranus immer mehr an das Herz.

An jenem Tage schon um acht Uhr in der Frühe gerufen, mußte der Schüler den Meister trösten und ihm auf seine Beichte die Absolution sprechen. Durch die Heimsuchung der Pestseuche, welche im Herbst desselben Jahres auftrat, wurden die Beiden noch inniger verbunden. Luther betete und weinte mit am Sterbebett der Schwester Bugenhagens, der Frau des Kaplans Georg Rörer, welche am 2. November starb; und Bugenhagen, für seine Frau besorgt, zugleich aber von Luther als Tröster begehrt, zog in des Reformators Haus. Er wohnte hier samt seiner Familie monatelang; auch ein Söhnlein, Johannes, wurde ihm daselbst in den letzten Tagen des Jahres geboren.

Die beiden Männer waren, da viele aus Furcht vor der Seuche geflüchtet waren, mit einigen Kaplänen die Seelsorger der Gemeinde; Bugenhagen hielt außerdem der kleinen Schar von sechzig Studierenden, die in der Stadt geblieben waren, eine Vorlesung über die ersten vier Kapitel des ersten Korintherbriefes. Und während wir annehmen dürfen, daß er, der Pfarrer, den Kranken und Sterbenden mit dem Worte Gottes und dem Sakramente diente, mit ihnen betete und sie tröstete, wie wir es von Luther wissen, suchte er in jener Zeit des Zagens und der Furcht auch durch Schriften den Glauben zu stärken und die Herzen gegen die Todesfurcht auszurüsten. In seinem „Unterricht derer, so in Krankheit und Todesnöten" wies er die geängsteten Gewissen auf die Absolution und das Sakrament des Leibes und Blutes Christi hin, in welchem die große Gnade und Barmherzigkeit Gottes vorgehalten werde. Wir erkennen darin wohl eine Eigentümlichkeit seiner Seelsorge überhaupt, ihre Kraft aus objektiver Darbietung des Heiles zu schöpfen. Den Inhalt der christlichen Hoffnung legte er ebenfalls in jener Zeit in einer Auslegung des Zeugnisses des Erlösers dar: Ich bin die Auferstehung und das Leben; und da diese Stelle der heiligen Schrift, Evang. Joh. 11, 21 — 28 bei Begräbnissen als Lektion diente, so meinte Bugenhagen, daß hierbei fortan auch diese seine Erklärung oder ein Teil derselben verlesen werden möge.

Während dieser Wirksamkeit in der eigenen Gemeinde folgte Bugenhagen nicht minder den evangelischen Regungen in der Ferne, auch außerhalb Deutschlands. In England z. B., wo

das Evangelium Aufnahme zu finden begann, waren üble Ge=
rüchte über Luther, die Wittenberger Universität und den Wandel
der Evangelischen ausgestreut worden, welche Manchen bedenklich
machten. Daher sandte Bugenhagen „an die Christen in Eng=
land" eine Schutzschrift zu Gunsten der Reformation. Er wollte
es nicht entschuldigen, wenn die christliche Freiheit zum Vorwand
für Unchristliches genommen werde, wie das ja in der großen
socialen Erregung jener Jahre öfters geschah. Aber er gab doch
den englischen Brüdern zu bedenken, daß sie nicht auf Personen,
sondern aufs Evangelium zu achten hätten, daß diesem Evange=
lium Kreuz, Aergernis, Schmähung immer anhafte, und er konnte
bezeugen, daß in Wittenberg nichts gelehrt werde, als der eine
Hauptartikel: Christus unsere Gerechtigkeit.

Zu den praktischen Arbeiten, die Bugenhagen von dem Jahre
1525 ab sich zugewiesen sah, gesellten sich weiter schriftstellerische
Aufgaben, besonders solche der theologischen Polemik gegen Zwingli,
welcher seit dem Frühjahr mit seiner Abendmahlslehre hervor=
getreten war. Zunächst schrieb Bugenhagen auf Bitten des
Pfarrers Johann Heß in Breslau einen „Sendbrief vom neuen
Irrtum am Sakrament des Leibes und Blutes Christi", in
welchem er mit einer Erklärung der Einsetzungsworte im Sinne
Luthers die Frage zu erledigen und Heß genügend zu unter=
weisen glaubte. Mit gewichtiger Antwort aber entgegnete ihm
im Oktober Zwingli, dessen Bedeutung Bugenhagen verkannt
hatte, während die Straßburger Prediger, welche seit dem Herbst
1524 schon für die Zwingli'sche Auffassung gewonnen waren,
zunächst durch einen Friedensbrief an Bugenhagen, dann durch
die Entsendung eines jüngeren Gelehrten, Namens Kasel, einen
Ausgleich versuchten.

Ein Zwischenfall, der zugleich eine bittere persönliche Seite
hatte, fachte dann den Streit aufs Neue an. Bugenhagen hatte
an Butzer ein Exemplar seiner Psalmenerklärung als Geschenk
gesandt und die Erlaubnis, dieselbe zu übersetzen und frei zu
bearbeiten hinzugefügt. Ein halbes Jahr später erfuhr er von
Jemand, der von Augsburg gekommen war, daß Butzer in die
Erklärung des 111. Psalms die Zwingli'sche Abendmahlslehre
eingeschaltet habe, und daß man in Süddeutschland jene fremden

Bestandteile für die Meinung der Wittenberger nehme. Um diesem Mißverständnis zu wehren und sein eigenes Ansehen gegen Verdacht sicher zu stellen, verfaßte er daher einen Protest und widmete ihn den Freunden Spalatin und Agrikola, die sich in Speier aufhielten, wo Butzers Psalter häufig verkauft und gelesen wurde.

Eine umfassende Rechenschaft von seinem Glauben gab er noch etwa anderthalb Jahre später in dem „öffentlichen Bekenntnis von dem Sakrament des Leibes und Blutes Christi." Aus der an den süddeutschen Theologen Brenz gerichteten Widmung erkennt man, wie schwer er noch immer an dem Verdacht trug, von Luthers Lehre abgefallen zu sein; es kam hinzu, daß von Nicolsburg in Mähren durch Wiedertäufer ein Buch voll Schmähung des Sakraments unter seinem Namen ausgegangen sein sollte. In einem Anhang legte er noch besonders das sechste Kapitel des Ev. Johannes aus, auf welches sich die Gegner für ihre Lehre von einem nur geistlichen Genuß des Leibes Christi, der durch den Glauben geschehe, zu berufen pflegten.

Auch über die Wiedertäufer, welche sich nach dem Bauernkrieg durch eine lebhafte und erfolgreiche Propoganda besonders in Süddeutschland ausbreiteten, erhielt Bugenhagen Anlaß sich zu äußern. Das Bekenntnis der sogenannten Gartenbrüder in Augsburg lag ihm vor, und er machte zu den einzelnen Stücken desselben, wie zu den Sätzen, über welche Balthasar Hübmaier, ein Führer der süddeutschen Täufer 1527 in Nicolsburg disputiert hatte, eine Reihe scharfer, kurzer und treffender Gegenbemerkungen; zuweilen beschränkte er sich nur auf ein abweisendes Wort.

An der Universität hatte inzwischen Bugenhagens Lehrthätigkeit ihren Fortgang, und an diese schlossen sich, wie früher, noch einige Veröffentlichungen: nicht immer erwünschte, denn des Nachdruckens und unbefugten Herausgebens war kein Ende in jener erregten Zeit, in welcher die Gewinnsucht der Buchdrucker auf Alles spekulierte, was in Wittenberg gepredigt, gelehrt und geschrieben wurde. So kam ihm z. B. als „unwillkommener Gast" sein Kommentar zum Hiob zu Gesichte, aus Scholien nach Vorlesungen gearbeitet, die er schon vier Jahre vorher, also in der erſten Zeit des Wittenberger Aufenthaltes vor einer kleinen Zahl von Mönchen gehalten hatte, und die er bei gereifterer Erkennt= nis des Druckes nicht wert achten mochte.

Gern gewährte er es daher einem Zuhörer, Ambrosius Moi= ban, Prediger zu Breslau, „dieſen Harpyen des Bücherdrucks" durch Herausgabe ſeiner Vorleſung über den Römerbrief zuvor= zukommen. Anfänglich hatte er die Abſicht nach den kleineren Epiſteln des Apoſtels auch die größeren Briefe desſelben unter Benutzung der Arbeit Melanchthons in einem größeren Bande herausgegeben. Als aber nach drei Jahren Moiban ihn um die Genehmigung anging, eine Nachſchrift ſeiner Vorleſung über den Römerbrief drucken zu laſſen, war er es auch zufrieden. Er ſah zuvor das Heft durch, welches nicht diktiert, ſondern nach dem frei hinfließenden Vortrag niedergeſchrieben worden war, freute ſich, wie treulich ſein Zuhörer Alles aufgefaßt und wollte daher einzelne Mängel nicht hervorheben. Vielmehr hoffte er Nutzen zu ſtiften, wenn er die Erklärung gerade des Römerbriefes ſo ausgehen ließ, deſſen Bedeutung er beſonders hochſchätzte.

Als das Jahr 1528 anbrach, ſtanden die Reformatoren vor der Viſitation, für welche Melanchthon die Ordnung verfaßt hatte. Neben Luther, doch gegen ihn zurücktretend, hatte auch Bugenhagen auf Wunſch des Churfürſten den Entwurf mit durch= geſehen und an den Beratungen in Torgau perſönlich teilgenom= men. Ehe es ſich noch entſchied, ob und in wie weit er bei der Ausführung mitwirken ſollte, wurde er jetzt auf das niederdeutſche Arbeitsfeld gerufen, welches ſich ihm ſchon 1524 aufgethan hatte, um ihm alsbald wieder verſchloſſen zu werden. Dies Mal war es nicht eine der mächtigen Reichsſtädte, welche ihn berief, ſon= dern die Hauptſtadt der Lande eines Erzfeindes der Reformation, des Herzogs Heinrich von Braunſchweig.

Dritte Abteilung.
Kirchliche Organisationen in norddeutschen Städten.

—

Achtes Kapitel.

Bugenhagen in Braunschweig. Vorgänge in der Gemeinde.
Die Braunschweig'sche Kirchenordnung.

Nach Art des Senfkorns aus unscheinbarer Verkündigung
durch einen frommen Mönch emporgekeimt, war das Evangelium
in Braunschweig trotz Herzog Heinrich eine Macht geworden.
Die abwehrende Stellung, welche anfänglich hier wie in den
meisten Städten die städtische Obrigkeit einnahm, hielt die Bürger, welche in der lutherischen Lehre die Wahrheit gefunden hatten,
nicht ab, ihres Glaubens zu leben. War die evangelische Predigt
daheim untersagt, so scheute mancher nicht die Reise nach Magdeburg oder ins Lüneburgische, um dort das reine Wort Gottes
zu hören, und bald wurde dasselbe auch trotz aller Hemmung
von fünf Prädikanten auf den Kanzeln der Stadt verkündigt,
während Luthers Neues Testament in den Häusern Eingang
fand. Als dann der Speyer'sche Reichstagsabschied 1526 die
Furcht vor Vergewaltigung zurücktreten ließ, breitete sich auch
in Braunschweig das Evangelium immer mehr aus; deutsche
Kirchenlieder wurden von einem Prädikanten in der Martins-
kirche zuerst angestimmt; und bald erschollen sie in den Häusern
der Handwerker. Die Drohungen des Rats fruchteten nichts;
zunächst zwar erhoben die evangelisch gesinnten Bürger nur für-
bittend ihre Stimmen zu Gunsten der evangelischen Prediger;
als aber ein von Magdeburg verschriebener Vorkämpfer des

Papsttums, welcher sich rühmte, mit drei Predigten die ganze lutherische Ketzerei stürzen zu wollen, allzudreist auf der Kanzel auftrat, unterbrachen ihn Zurufe der Hörer, und derselbe Ratsherr, welcher für seine Berufung nach Braunschweig eingetreten war, gab ihm zu bedenken, daß die Sachsen sich nicht zwingen, sondern führen ließen. Das war ein den Charakter der Niederdeutschen kennzeichnendes Wort, welches Bugenhagen, der es zu beherzigen wußte, öfters angeführt hat.

Dann nahm sich, als in St. Magni zwei Prädikanten, Lampe und Oldendorp den evangelischen Kultus seit Michaelis 1527 eingerichtet hatten, die Bürgerschaft des Evangeliums mit Nachdruck an. Um städtische Angelegenheiten zu beraten, hatte dieselbe vor 15 Jahren die Einrichtung getroffen, zweimal im Jahre die Hauptleute und Gildemeister zusammen zu berufen; jetzt aber beschlossen die Bürger, zu jenen Zusammenkünften „Verordnete" zu entsenden, welche zugleich die kirchliche Angelegenheit zur Sprache bringen sollten. Der Führer in diesem Kreise wurde der humanistisch gebildete Jurist Autor Sander; und er redete der Reformation im Namen der Bürger gegen die Herren vom Rat das Wort. Als nun auch in den andern Kirchspielen das Verlangen nach Reform des Kultus laut, das Bedürfnis nach Gleichheit der gottesdienstlichen Formen immer dringender wurde, setzten jene Verordneten es durch, daß der Rat in einem Edikt die Predigt des Evangeliums frei gab und darein willigte, den Magister Heinrich Winkel aus Halberstadt, welcher damals in Jena als Prediger wirkte, zur Durchführung der Reformation nach Braunschweig zu berufen. Derselbe hatte kaum sein Amt angetreten, da sandten Rat und Bürgerschaft auch nach Wittenberg, um in Bugenhagen den Mann zu gewinnen, der durch seine theologische Bildung und praktische Weisheit den schwierigen Aufgaben eines gährungsvollen Uebergangs gewachsen, die Fundamente einer evangelischen Gemeinde legen möchte. Aber obwohl Luther dies Zeichen, daß Braunschweig das Wort angenommen, mit Freude begrüßte, so wurde doch das Begehren der Abgesandten für jetzt abgeschlagen; stand man doch auch in Wittenberg eben damals vor der Visitation, welche die besten Kräfte in Anspruch nahm.

Inzwischen stellte es sich heraus, daß in der That Magister
Winkel nicht der Mann war, die Geister zu bändigen. Trotz
seiner Begabung, Bildung und sittlichen Tüchtigkeit besaß dieser
Schüler Melanchthons nicht den Scharfblick, um die Schleich=
wege der Gegner wahrzunehmen, nicht Entschiedenheit genug für
ein reformatorisches Bahnbrechen. Da nun die nicht bemeisterte
Bewegung immer bedrohlichere Gestalt gewann, sahen sich die
Bürger genötigt, ihre Bitte um Ueberlassung des Pomeranus
in Wittenberg zu wiederholen. Vergeblich hatten sie sich in Ver=
handlungen fünf Tage nach Reminiscere 1528 bemüht, das
Widersprechendste zu vereinigen, eine evangelische Reform des
Kultus mit der Rücksichtnahme auf den Rat und den Herzog,
den Eifer des Abschaffens mit der Vorsicht in der Behandlung
alter Einrichtungen und der Schonung derselben: man hatte da=
durch doch ein stürmisches Ausbrechen des Eifers nicht zu hin=
dern vermocht, welcher sich besonders gegen die bei Privatmessen
benutzten Nebenaltäre und gegen die Bilder in den Kirchen rich=
tete. Auch bei dem ersten Versuch, evangelische Ordnungen zu
schaffen, wurden die Bürger dessen inne, daß sie eines Meisters
in diesen Dingen bedürften. Als sie nach dem Vorgange der
Hamburger an die Einrichtung einer Armenpflege gingen, den
Anteil der Gemeine bei der Wahl und Berufung der Pfarrer
sicher zu stellen versuchten, auch eine Reform der Schulen und
zugleich mit ihr die Frage nach der Besoldung tüchtiger Lehrer
in Angriff nahmen, erwog man bald, in wessen Hand die Durch=
führung am besten gelegt werden möchte. Da ward nur Bugen=
hagens Name genannt, und zwei Bürger, Alßhausen und Brandes,
trafen am 12. April 1528 mit erneutem Ansuchen in Witten=
berg ein.

Diesmal war man dort der Bitte der Braunschweiger will=
fährig: vielleicht, weil der Beginn der Visitation sich doch länger
hinzog, und es daher für jetzt erträglich erschien, Bugenhagen
auf einige Zeit zu entbehren. Für das Pfarramt übernahm
Luther selbst die Vertretung. Dem Erwählten aber, welcher
bereit war zu kommen, übergaben die Braunschweiger Boten als
Ehrengeschenk 50 Goldgulden, etwa 750—800 Mark nach unse=
rem Geldwert; Frau Walpurga erhielt davon 10 Gulden, und

auch das Gesinde wurde bedacht. Das war, soweit die Braun=
schweig'schen Kämmereirechnungen uns jetzt erkennen lassen, der
einzige äußere Lohn, welchen Bugenhagen für seine Arbeit er=
halten hat. Er war sich indeß eines anderen bewußt, als er
damals in sein Notizbuch das Wort eintrug: Levitis pars
Dominus Deus Israel, non aliud. (Die Priester haben als ihr
Teil den Herrn, den Gott Israels, nichts weiter.)

Am 12. Mai trat er mit seiner Familie, in welche durch
den Tod zweier Söhne, Michael und Johannes, vor wenigen
Wochen eine schmerzliche Lücke gerissen worden war, die Reise
an. Sie führte über Magdeburg, und am 20. Mai, am Tage
vor Himmelfahrt, befand er sich am Ziel. Wohnung erhielt er
bei einem Bürger in der Neuenstraße.

Als die Kunde die Stadt durchlief, Bugenhagen sei ange=
kommen, dachte unter den Aeltern mancher daran, wie vor
25 Jahren der Bischof Raimund von Gurk mit seinem Jubiläums=
ablaß in diese gute Stadt eingezogen sei. Wie anders waren
die Zeiten geworden! „Der bringt besseren Ablaß als der Kar=
dinal!" rief man sich zu. Noch am Abend desselben Tages
versammelte Bugenhagen die evangelischen Prediger der ganzen
Stadt — es waren an Zahl 13 — in der Andreaskirche, um
sich vor ihnen als berufenen Mitarbeiter zu beglaubigen und
sich, wie es in Wittenberg seit 1525 Brauch war, unter Gebet
und Handauflegung als Pastor der Gemeinden Braunschweigs
bestätigen und in seine Arbeit einführen zu lassen; ein Akt, den
Magister Winkel vollzog. Tags darauf, früh zu Himmelfahrt
hielt Bugenhagen in der Barfüßerkirche, aus welcher der alte
Sauerteig der Mönchspredigten seit Ostern ausgefegt war, seine
erste Predigt. Das Volk war zugeströmt, die Kirche faßte nicht
die Menge, so daß ein zweiter Prediger den Scharen, welche
draußen standen, das Wort verkündigen mußte. Die aber, wel=
chen es vergönnt war, Bugenhagen zu hören, vernahmen freudig
zugleich mit der evangelischen Wahrheit ein reformatorisches Zeug=
nis, welches auf die besonderen Bedürfnisse einging und zugleich
den Widersachern, den Papisten, wie den Sektirern die Spitze
bot. Sofort in seiner Antrittspredigt über die Herrlichkeit des
gen Himmel gefahrenen Heilands gab er Andeutungen für das

Verständnis des Sakramentes, sicherlich um der Zwingli'schen und Carlstadt'schen Lehre dadurch zu begegnen; denn er führte aus, Christus, welcher zur Rechten des Vaters sitze, sei doch überall auf eine der Vernunft verborgene Weise gegenwärtig. Auch sonst ist die evangelische Belehrung von einem polemischen Element durchzogen. In der Abendpredigt des Himmelfahrts= tages wird das einige Mittlertum des erhöhten Heilandes be= zeugt: so bleibt, da er ja nicht müßig zur Rechten des Vaters thront, kein Raum für die Statthalterschaft des Papstes, und da Christus uns vertritt, wo bleiben die, welche sich zur Rechten des Vaters setzen und uns ihre Verdienste verkaufen?

Das war nur das erste Zeugnis von der Kanzel. Ihm folgte eine durch einen Gedankenzug verbundene Reihe von Pre= digten in rascher Folge. Bis Sonntag Exaudi täglich, dann drei Mal in der Woche bot er in verschiedenen Kirchen der Stadt den Bürgern Belehrung und Anregung, mit der Apologie des Evangeliums auch die Kernstücke der evangelischen Wahrheit, mit dem allgemein Evangelischen auch besondere Lehre und An= weisung. Aehnliche Gedanken, wie er im Sendschreiben an die ehrenreiche Stadt Hamburg vor einem Jahr ausgeführt, bildeten den wesentlichen Inhalt dieser Braunschweig'schen Predigten. Nachdem er von der wahren Gerechtigkeit und dem Glauben gehandelt, die Notwendigkeit der Predigt und der Kindertaufe dargelegt, das heilige Kreuz als Nachfolge des Kreuzes Christi gepriesen und die Feinde des Evangeliums der Fürsorge und Fürbitte empfohlen hatte, ging er immer konkreter auf die vor= liegenden Aufgaben ein, welche er durch seine Kirchen=Ordnung zu lösen hatte. Mit besonderem Nachdruck führte er wieder die Lehre von den wahrhaftigen guten Werken aus, um unter Ver= wahrung gegen Werkgerechtigkeit die Uebung der Nächstenliebe in Fürsorge für die Armen, die Einrichtung von Schulen und die Begründung des Schatzkastens, der kirchlichen Gemeindekasse, seinen Zuhörern aus Herz zu legen.

Und während er durch die Verkündigung von der Kanzel die ganze Bürgerschaft auf evangelischem Grunde erbaute und sie zur Teilnahme am Reformationswerke erweckte, sorgte er wohl mit Absehen auf die schon Geförderten, die Gebildeten und die

Prädikanten für eine weitere Begründung und Befestigung in
der evangelischen Erkenntnis auf Grund der heiligen Schrift.
Mit unveränderter Arbeitskraft legte er täglich im Konfessorium
der Minoriten den Römerbrief aus, aus dem sich ja vornehmlich
die Summa der evangelischen Lehre schöpfen ließ; ferner die
Briefe an den Timotheus, welche für eine Ordnung des kirchlichen
Amtes die biblischen Winke darboten.

Eine Fülle stillerer Arbeit ward neben dieser öffentlichen
Wirksamkeit erledigt. Er wurde jetzt als der Seelsorger der ganzen
Stadt um Beratung der Gewissen, um Entscheidung in Fragen
der christlichen Sittlichkeit täglich angelaufen, besonders in Ehe=
sachen, welche durch die Satzungen des kanonischen Rechts ver=
worren und vielfach zu Fallstricken der Gewissen gemacht worden
waren. Vor allem aber hatte sich doch seine Kraft auf die
Organisation der kirchlichen Verhältnisse zu richten. Wie sehr
die zu entwerfende Kirchenordnung in ihrem Grundriß ihm fest=
stand, so verlangten doch die örtlichen Verhältnisse eine Anpassung,
Geldfragen sorgsame Erwägung, und mancherlei Beratungen mit
den Vertrauensmännern des Rates und mit den Predigern muß=
ten stattfinden, ehe er an die Redaktion selbst Hand legen konnte.
Und immer blieb dem scheinbar Ueberbürdeten doch noch Muße,
nach seiner „liberalischen und fröhlichen Gemütsart" in allen
Ehren an den Gastmählern teilzunehmen, zu denen die Vorneh=
men in der Bürgerschaft einluden. Auch dies half mit, ihn
schnell beliebt werden zu lassen. Ehe noch seine Hauptaufgabe
erledigt war, machte sich der Einfluß des überall hoch Ange=
sehenen geltend. Nachdem schon im Frühjahr viele Bilder stür=
misch aus den Kirchen geworfen waren, mußten von der herr=
schenden Stimmung neue Unordnungen befürchtet werden. Solchem
Aergernis zuvorzukommen wurden auf Bugenhagens Betrieb jetzt
„mit ordentlicher Gewalt von Obrigkeit wegen" die „Lügenbilder
und unnützen Klötze" beseitigt, an welche sich die abergläubige
Frömmigkeit mit ihrem Anrufen und Opfern gehängt hatte. Ein
Schritt, der zugleich erkennen läßt, daß der Widerstand der Herren
vom Rat überwunden war. Die reformatorische Strömung in
der Bürgerschaft war nämlich jetzt übermächtig geworden, und
mehr als die Ungnade des Herzogs Heinrich, als Strafmandate

des Kaisers war fortan zu fürchten, daß der Unwille des Volkes losbrechen möchte, wollte etwa die städtische Obrigkeit gegen das Evangelium für das Papsttum und seinen Anhang Partei ergreifen.

Als daher nach mancherlei Vorverhandlungen Ende des August der Rat ein kurzes Verzeichnis der Hauptpunkte der christlichen Ordnung Bugenhagens den Gemeinden und Gilden, die ja einen Anteil an dem Regiment der Stadt hatten, einreichte, begrüßten dieselben die Ordnung des Doktor Pomer als ein Werk zur Ehre Gottes und zur Erbauung seiner Gemeinde, wenn sie auch die Befürchtung durchblicken ließen, es möchte einem ehrbaren Rat nicht völliger Ernst sein. Sie billigten sämtlich den Kirchenbann, welchen Bugenhagen einführen wollte, besonders die Bestrafung des Ehebruchs, allerdings nicht ohne nachdrückliche Bitte an „die günstigen lieben Herrn vom Rat", den Großen nicht durch die Finger zu sehen, und in der Hoffnung, es werde die Besserung an diesen und noch manchen andern ähnlichen bösen Stücken beim ehrbaren Rat selbst anheben. Auch verwahrten sich die Stände der früheren Feindschaft des Rates eingedenk dagegen, daß die Zusammenkünfte der Bürger als aufrührerisch mit Strafe bedroht wurden.

Die Anträge zu der Vorlage zeigten ferner, daß die Gemeinden und Gilden von Eifer erfüllt waren, das Werk zu fördern. Ueber einige Punkte, wie die Schulen, gingen freilich die Meinungen auseinander; andere, die Anstellung eines Superintendenten wurden mit Freuden begrüßt, und einhellig befürworteten alle, besonders auch wegen der von den Rottengeistern drohenden Gefahren, daß man vom Churfürsten zu Sachsen und der Universität die Gunst erlange, Bugenhagen zeitlebens oder, wenn dies nicht gewährt würde, ein Jahr oder doch ein halbes noch als Superintendenten in Braunschweig zu behalten. Von Eifer für die feste Begründung und Sicherung des evangelischen Predigtamtes, wie nicht minder von der Bescheidenheit Bugenhagens zeugt der Vorschlag, den Sold der Prädikanten von 35 Gulden um 10 Gulden jährlich zu steigern. Wohlwollen gegen die Armen sprach sich ferner in den Zusätzen aus, die über den Rahmen der Vorlage hinausgingen; Entschlossenheit, die Klöster zu reformieren, trat in den peremptorischen Forderungen,

welche an die Mönche gestellt werden sollten, hervor; sittlicher
Ernst bethätigte sich in der Billigung des Bannes. Aber in der
Frage, wie die Mittel für die Schule, Pfarrdotation und Armen=
pflege zu gewinnen seien, wurden trotz der Einmütigkeit mancher=
lei Vota abgegeben, welche die Schwierigkeit des Reformwerkes
ins Licht stellten. Waren die Gemeinden und Gilden im Ganzen
einig, dem „Gemeinen=Kasten", dem Kirchen=, Pfarr= und Armen=
fonds, die Erträge der Stiftungen zu überweisen, die mit dem
alten, nun abgeschafften Kultus zusammenhingen, so wurden doch
andere Abgaben beanstandet, z. B. die Gebühr für das Toten=
geläut, da sie ohne Grund in der heiligen Schrift seien; die Ent=
richtung des Vierzeitengeldes wollten mehrere Körperschaften in
das Belieben des Einzelnen gestellt wissen; das Schulgeld sei
zu hoch, hieß es bei anderen. Einige schlugen vor, gewisse Pfarr=
einnahmen einzuziehen, ohne sich die rechtlichen Schwierigkeiten
klar zu machen. Die eingezogenen Kirchenkleinodien wollten fast
Alle zum Besten des bürgerlichen Gemeinwesens und der Minde=
rung der Zölle und Abgaben verwendet wissen, während man
doch Hand an Einrichtungen legte, welche große finanzielle An=
strengungen erforderten. Wie die Stände, so hatten auch die
Prädikanten einige Anliegen vorgetragen und sich besonders über
das Maß der Predigten, das ihnen auferlegt war, beschwert, ein
Bedenken, auf das der mit Leichtigkeit und Lust lang und viel
predigende Bugenhagen nicht einging. Dagegen setzten sie es
durch, daß im Interesse der bürgerlichen Arbeit die zwölf Apostel=
tage als Feiertage wegfielen, und daß nur in einer Pfarrkirche
am Sonntagnachmittag gepredigt werden sollte. Von den An=
trägen der Stände fanden nur wenige Berücksichtigung; zwei,
welche die Gehälter betrafen, hatten ein eigentümliches Geschick:
der Abstrich am Schulgeld ward vorgenommen, aber die Er=
höhung der Pfarrgehälter fiel hin. Wie warm auch Bugenhagen
sich für die letzteren verwandte, er ward gezwungen, nachzugeben
und mußte sich darüber von seinen Freunden in Wittenberg „übel
anreden lassen." Diese Schranke seines Einflusses war bezeichnend
für einen Mangel an Einsicht und Opferwilligkeit, welcher einer
gedeihlichen Entwickelung des ganzen Kirchenwesens selbst in reli=
giös angeregten Bürgerschaften entgegenstand.

Wenige Tage nach der Rückgabe der Vorlage, noch vor dem 1. September hatte Bugenhagen dann die Kirchenordnung niedergeschrieben. In ihr hat er die Gedanken, welche er in seinem Schreiben an die Stadt Hamburg vor drei Jahren entwickelt hatte, insoweit abschließend ausgeführt, daß alle später von ihm ausgearbeiteten Ordnungen einen Ausbau dieser ersten darstellen. Sie darf daher als ein Hauptwerk, welches als Vorbild auf die Verfassung vieler Kirchenkreise eingewirkt hat, einer näheren Betrachtung unterworfen werden.

Die Arbeit Bugenhagens sieht modernen Gesetzentwürfen sehr unähnlich. Die Abschnitte, in welche sie zerfällt, schließen sich nicht immer eng an einander; die Bestimmungen, welche sie giebt, sind oft in weitläufiger Darstellung ergossen, welche erkennen läßt, wie sehr der Verfasser Verständlichkeit und Deutlichkeit erstrebt hat. Ja, diese ganz der Praxis dienende Schrift redet oft ermahnend und lehrend, so daß der Leser an einen Traktat oder eine Predigt erinnert wird. Aber gerade diese Eigenschaften bewirken, daß das Bild Bugenhagens uns lebendig in ihr entgegentritt, und durch die lehrhaften und polemischen Exkurse hindurch blickt der aufmerksame Leser in die Zustände, für welche Abhilfe und Neuordnung nötig war.

Gewiß ist es nicht zufällig, daß die Ordnung mit der Taufe beginnt. Dieser Anfangspunkt göttlicher Gnadenwirkung im Leben der Persönlichkeit bot dem, was Bugenhagen über Erziehung und Schulwesen anzuordnen hatte, die tiefste Begründung; und gleichzeitig bestimmte ihn das Interesse, die Kindertaufe zu rechtfertigen. Und diese Rechtfertigung unternahm er zum Teil mit Gründen, welche Luther und Melanchthon schon vorgebracht hatten, doch zum Teil auch selbständig mit überzeugender Klarheit. Während er hierdurch der Verführung durch die Wiedertäufer vorbeugte, deren Sendboten im Jahre 1528 mit großem Erfolge im Volke arbeiteten, bereitete er zugleich die Schulordnung vor: unter lebhaften Klagen über Versäumnis und Verkehrtheit in der Erziehung der Kinder legte er nämlich dar, daß gerade die Taufe die Eltern zum Lehren verpflichte, damit die Kinder bei dem blieben, dem sie im Sakrament geopfert seien. Die Schulpflicht hat ihm daher wesentlich christlichen Charakter. Doch beschränkt er sich

keineswegs auf die religiösen Bildungsmittel; er kann vielmehr
in dem Glauben an eine innere Einheit der natürlichen und der
höchsten durch das Evangelium gewirkten Geistesbildung und in
der Betrachtung der Schule als eines Pflanzgartens für die
Zukunft, aus welchem gute Schulmeister, Prediger, Rechtsverständige
hervorgehen werden, die zu gründenden Anstalten unbefangen in
die Wege der humanistischen, auf die alten Sprachen gegründeten
Bildung führen. Indem er näher auf die Braunschweiger Ver=
hältnisse eingeht, entfaltet sich dann seine praktische Tüchtigkeit.
Er bespricht auch das Kleinste; nicht nur die Zahl der Lehrer
stellt er fest und das Maß ihrer Arbeit, er schätzt auch mit der
Sicherheit eines guten Wirtes ihre Bedürfnisse, das berechtigte
Maß ihrer Ansprüche und erinnert, wie billig es sei, sie nicht
als Bettler zu halten, sie in Krankheitsnot nicht zu verlassen und
ihnen überhaupt die Freudigkeit zur Arbeit zu erhalten, da es
sonst nach dem Spruch gehen werde: Hölzerner Lohn, hölzerne
Arbeit. Wenn nun der Rektor 50 Gulden erhielt, so stand diese
geringe nach dem heutigen Geldwert etwa 750 Mark tragende
Besoldung doch immer auf gleicher Höhe mit dem mittleren Ein=
kommen vieler Geistlicher. Der Helfer des Rektors und der
Kantor erhielten freilich nur 30 Gulden, die Gesellen vollends
nur 20 Gulden. Doch trat das Schulgeld zu diesen Einnahmen
hinzu, aber so mäßig bemessen, daß Bugenhagen zu bedenken
gab, ein reicher Vater könne seinen Sohn zehn Jahre lang zur
Schule gehen lassen für einen Lohn, den er einer Dienstmagd
in einem Jahre geben müsse. Den knapp gehaltenen Unterlehrern
wurden noch kleine Gebühren durch Gesang bei Begräbnissen in
Aussicht gestellt, den besonders fleißigen freier Tisch und Geschenke
dankbarer Väter. Auch für das Recht eines Nebenerwerbes durch
Privatstunden trat Bugenhagen ein: so fleißige Gesellen würden,
meinte er, nicht viel zu Biere gehen, sondern der Stadt mit ihrem
Dienste nützer sein denn andere.

Erst nach dieser Ordnung der Haushaltsfragen folgt ein
Abschnitt von der Arbeit in der Schule. Es ist ein Lehrplan,
welcher sich an den Melanchthons im „Unterricht der Visitatoren"
anschließt. Die Schule wird in drei Klassen geteilt und der
Schwerpunkt des Unterrichts liegt im Latein. Die lateinischen

Autoren zu verstehen, Latein zu sprechen, lateinische Verse und Episteln anzufertigen, das ist eine Hauptaufgabe des Unterrichts. Durch diesen wird für die höheren Disciplinen, Rhetorik und Dialektik, vorgearbeitet. Das Griechische soll dann am neuen Testamente geübt werden, doch warnt Bugenhagen vor dem Zuviel und vor der Verfrühung. Für das Hebräische vollends möchte er es bei der Kenntnis der Buchstaben und bei Leseübungen bewenden lassen und weitere Studien der Hochschule vorbehalten. Die Unterweisung in der heiligen Schrift und dem christlichen Glauben richtet sich nach den Andeutungen Melanchthons im Unterricht der Visitatoren, wo der Lehrer angewiesen wird, das Vaterunser und den Glauben einzuprägen, von der Furcht Gottes, dem Glauben und den guten Werken als den Hauptstücken des christlichen Lebens zu handeln und sich hierbei der unnützen Polemik, der „Hadersachen" zu enthalten. Daneben sollen einige leichte Psalmen als Summa eines christlichen Lebens auswendig gelernt werden. Von den Evangelien ist Matthäus und zwar mit grammatischer Auslegung zu erklären; für die reiferen Knaben bestimmt Melanchthon weiter die Episteln des Paulus an den Timotheus, die 1. Epistel Johannis oder die Sprüche Salomos, während er den Jesaia, den Römerbrief und das Evangelium des Johannes für zu schwer hält. Ein Mangel dieser Anweisung liegt besonders in der Stoffverteilung, welche den ganzen religiösen Unterricht auf einen Tag in der Woche, den Mittwoch oder Sonnabend, zusammendrängt. Bugenhagen ist seinem Meister auch in diesem Stücke gefolgt und sich darin auch in späteren Kirchenordnungen gleich geblieben.

Dennoch ist seine Meinung, daß die Unterweisung im christlichen Glauben nicht nur ein Lehrobjekt neben andern, sondern die tragende Kraft und die Seele der ganzen Erziehung sein solle. Das zeigt sich noch klarer als im Lehrplan in den Vorschlägen zur Pflege des kirchlichen Gesanges. Durch die Uebung desselben, des einfachen sowohl wie des figurierten, tritt die Schule in ein dienendes Verhältnis zum Kultus der Gemeinde, und ganze Teile des Kultus wiederum, die Metten und Vespern, die Morgen- und Abendgottesdienste in der Woche dienen der christlichen Unterweisung und Erziehung. Es sind Sing- und Lesegottesdienste, welche eine alte Sitte evangelisch verklären, zusammengesetzt aus dem Gesang alter Antiphonien, lateinischer und deutscher Kirchen=lieder und aus der Vorlesung eines Kapitels aus der Schrift, das etwa auf drei Knaben verteilt, zuerst im Sington lateinisch recitiert, dann aus der deutschen Bibel im schlichten Leseton wieder=holt wird.

Zugleich mit diesem kirchlichen Charakter wahren die von Bugenhagen eingerichteten Schulen die Verbindung mit der prak=tischen Vorbildung für das Leben. Das Latein dient nicht etwa nur dem Zweck einer Vorschulung für die Universität: Bugen=hagen spricht es aus, daß nur die Minderzahl der Begabteren nach dem Urteil des Rektors als zum Studium geschickt sich ausweisen werde; und diese sollen auch, arme wie reiche, im ersteren Falle durch die Freigebigkeit reicher Leute „Gott geopfert", dem Studium zugeführt werden. Die anderen Knaben, welche nur die unteren Stufen durchlaufen haben, mögen ein Handwerk lernen. Auf den Anfängen der Bildung treten da also die socialen Unterschiede, auch die der Berufswahl noch nicht hervor, und die künftigen Vertreter des Nähr= und des Lehrstandes empfangen eine und dieselbe geistige Kost. Eine unbefangene Weite der Auf=fassung, welche für die Entwickelung der deutschen Gymnasien von segensreicher Vorbedeutung gewesen ist.

Allerdings ist daneben doch für eine elementare Bildung ein erster, wenn auch unscheinbarer Grund gelegt worden. Schulen, in welchen nur Lesen und Schreiben gelehrt ward, sogenannte Schreibschulen, gab es schon im späteren Mittelalter in größeren Städten, ungern zugelassen von den Domkapiteln, welche die Schulgerechtsamkeit besaßen; auch war in ihnen nur technischer Unterricht erteilt worden. Jetzt aber kam dies schwache und verkümmerte Reis aus der Schattenseite der Kirche in das Licht des Evangeliums. Wenn das Hauptinteresse Bugenhagens auch der Lateinschule zugewandt war, so hat er doch den Elementar=schulen, sowohl der deutschen Jungen= wie der Jungfrauenschule die Anfänge evangelischer Unterweisung zugeführt und dadurch Grund für die christliche Volksschule der Zukunft legen helfen.

Auch die Anordnungen, welche die Predigt betrafen, gingen aus dem Bestreben hervor, die Gemeinden in allen Ständen

und Altersstufen reichlich mit evangelischer Erkenntnis zu durch=
sättigen und zugleich Reinheit und Eintracht der Predigt durch
Aufsicht und Vorbild des Superintendenten, welchem noch ein
Gehilfe zur Seite stehen sollte, zu sichern. Bugenhagen, der sich
selbst nicht schonte, mutete der Arbeitskraft der Prediger sehr
viel zu, damit auch Braunschweig fortan so reichlich wie Witten=
berg mit dem Worte Gottes versorgt würde. Schon um 4 Uhr
Morgens begann die Reihe der Sonntagspredigten in drei
Kirchen mit einer schlichten und einfachen Katechismusauslegung;
um fünf Uhr folgte wieder eine Katechismuspredigt in drei
anderen Kirchen; um sechs Uhr wurde das Sonntags=Evangelium
in zwei Kirchen ausgelegt, nach sieben Uhr predigten die Prä=
dicanten in allen Kirchen, zwei ausgenommen, über dasselbe.
Jetzt trat eine Pause, wol mit Rücksicht auf das Mittagsessen
ein; aber schon um 12 Uhr folgte eine zweite Reihe von Pre=
digten zunächst über die Sonn= oder Festtagsepistel; um zwei
Uhr hielt der Helfer oder Adjutor des Superintendenten in einem
der Klöster einen Sermon über das Evangelium, damit das ge=
meine Volk auf's Allereinfältigste gebessert werde, und in einem
anderen Kloster predigte der Superintendent um vier Uhr. Im
Winter wurden die Gottesdienste, welche in die Dunkelheit fallen
würden, auf gelegenere Stunden verlegt. Auch die Werkeltage
bekamen ein jeder seine gute halbe Stunde Predigt oder Lek=
tion außer den Kindergottesdiensten am Morgen und Abend,
von welchen oben die Rede war. Die großen Feste wurden drei
volle Tage gefeiert, die Apostel= und einige Heiligentage durch
Predigt ausgezeichnet.

Außer dieser reichlichen Predigtarbeit wurde den Pfarrern
fleißige Uebung der Beichte befohlen, welche zugleich Rechenschaft
über den Glauben der Beichtenden und die seelsorgerliche Be=
ratung Angefochtener einschloß. Auch die Kranken sollten die
Prediger mit dem Sakrament versorgen, das Volk ermahnen,
mit ihren Angehörigen nicht bis in die Nähe des Todes zu ver=
ziehen und auch alle zwei oder drei Tage ihren Besuch bei den
Kranken wiederholen, es wäre denn, daß sie sonst von verstän=
digen Leuten beraten wären und dessen nicht bedürften. Damit
es den Kranken auch im Aeußeren nicht gebreche, wurden Frauen

aus dem Hospital, welche selbst noch gesund und kräftig genug
wären, gegen einen Lohn, den für Arme der gemeine Kasten ent=
richtete, zur Pflege verordnet. Die Ehesachen fielen unter das
Urteil des Rates und, soweit es sich um Gewissensnöte handelte,
unter das des Superintendenten oder der anderen Geistlichen.
Für ihre Beurteilung giebt die Ordnung nur kurze Winke. Die
Zucht, „der Bann" sollte, wenn vorangegangene Ermahnung ver=
achtet worden sei, von den Predigern über solche Personen ver=
hängt werden, welche in groben Aergernissen lebten: „In die
Predigt mögen sie gehen, aber das Sakrament sollen sie nicht
empfangen, bis sie sich offenbar bessern, wie sie offenbar gesün=
digt haben". Andere Strafen zu verhängen stand den Predigern
nicht zu, doch wurde die Obrigkeit ermahnt, gegen gewisse Aerger=
nisse, besonders gegen den Ehebruch die scharfen Strafen des
alten Stadtrechts wieder in Anwendung zu bringen bis zur Ver=
weisung aus der Stadt.

Die folgenden Abschnitte, welche zu einer Ordnung der
Messe, der Abendmahlsfeier überleiten, enthalten wieder eine
Fülle streitbarer Ausführungen. Was über das mißbräuchliche
Weihen in der Kirche gesagt wird führt uns auf das Lebendigste
in die Anschauungen eines üppigen Cerimoniendienstes ein. Ihm
setzt Bugenhagen den Grundsatz evangelischer Sittlichkeit entgegen,
daß alle Kreatur durch das Wort des Gottes, der sie uns ge=
geben hat, geheiligt ist ohne priesterliche Weihe. Auch die An=
ordnung bestimmter Festtage und des Sonntags, soll die Ge=
wissen nicht gesetzlich binden; die geschichtlich erwachsene Sitte der
Kirche, das Bedürfniß der Gemeinde und die christliche Liebe,
welche die Ruhe und Erbauung des Gesindes in Obacht nimmt,
nötigen zur Beibehaltung der Festtage und des Sonntags, wie
zur Aussonderung der Tage der Apostel und einiger Heiligen.
Von der Feier der letzteren blieb hinfort alle unevangelische Zu=
that fern; auch Sankt Autor, welchem als dem Beschirmer der
Stadt vom Rate jährlich ein Licht mit großem Pompe geopfert
zu werden pflegte, trat hinfort den Wert jenes Geschenkes an
die Armenkasse ab. Für diese zu opfern wollte Bugenhagen
überhaupt das Volk auf das fleißigste ermahnt wissen. Der
Sonntag nach Aegidien endlich wurde vor den anderen durch

einen jährlichen Dankgottesdienst zur Erinnerung an die Annahme der evangelischen Kirchenordnung ausgezeichnet.

Ueber die Messe erteilt weiter die Ordnung zunächst eine fast hundert Seiten lange Belehrung. Man erkennt an der scharfen, oft bitteren Bekämpfung derjenigen, welche im Sakrament ein schlichtes Zeichen sehen wollten, daß Bugenhagen außer den Papisten auch in Braunschweig dieselben Gegner bekämpfte, welchen seine letzten Schriften gegolten hatten. Erst zu zweit setzt er die Mißbräuche des römischen Cultus ins Licht und bringt immer wieder darauf, daß die Feier des Abendmahles in Uebereinstimmung stehen müsse mit dem klaren Befehl Christi, seinen Einsetzungsworten. Zugleich verlangt er das Recht, deutsch zu reden und zu singen für die Messe zurück, wie seine Gottesdienstordnung auch die Ueberschrift: „Van der dudeschen Misse" trägt. Den Entwurf einer solchen hatte Luther schon zwei Jahre vorher ausgearbeitet; und an ihn schließt sich auch Bugenhagen mit geringen Abweichungen an. Bemerkenswert ist unter diesen die Fassung der 7. Bitte des Vaterunser: Erlöse uns von dem Bösen. Der Austeilungsakt verläuft so, daß nach der Segnung des Brotes die Gemeinde den Leib des Herrn ohne Spendeformel empfängt, und daß der Kelch erst hierauf gesegnet und ebenso dargereicht wird. Von einer Elevation der Hostie, die Luther noch beibehielt, und welche in Wittenberg noch einige Jahre weiterbestand, ist hier nicht mehr die Rede.

Den letzten Teil der Kirchenordnung, welcher der Armenpflege gilt, eröffnet Bugenhagen mit den schönen Worten: Wollen wir Christen sein, so müssen wir das mit der Frucht beweisen. Gehen wir nicht um mit Mönchsstand und erdichtetem Gottesdienst, wovon uns Gott nichts befohlen hat, so müssen wir ja umgehen mit dem rechten Gottesdienst d. i. mit den rechten Werken des Glaubens, uns mit Ernst von Christo befohlen; nämlich, daß wir uns annehmen der Notdurft unseres Nächsten, als er sagt: Dabei sollen alle Leute erkennen, daß ihr meine Jünger seid, daß ihr euch unter einander liebet. Auch weiter ist der ganze Abschnitt, welcher als eine Erweiterung der Wittenberger Ordnung von 1527 erscheint, von herzlicher Zusprache und Ermahnung erwärmt, welche sich an die künftig zu wählenden

Armenpfleger, an die Diakonen und an die christliche Freigebig=
keit der Bürger unter Rückblicken auf die frühere Zeit wendet:
„Hat man damals unnütz den Toten nachgeopfert und die leben=
digen Armen versäumt, so wäre es jetzt gut, wenn das Leichen=
gefolge vom Grabe nach der Kirche zöge und dort Christo opferte
d. i. seinen Notdürftigen. Und hat man zuvor geopfert, wenn
die Braut in die Kirche ging, wäre es nicht christlich, daß man
den Armen in den Kasten opferte? Wir wollen dann zur Hoch=
zeit wol essen und trinken und wolleben, was Gott wol leiden
kann, wenn da sonst nichts geschieht, was verboten ist. Denn
Christus ist selbst fröhlich gewesen zur Hochzeit und hat den
Bauern guten Wein dazu geschenkt. Wäre es dann auch nicht
gut, daß wir den Hungrigen und Durstigen mit einem Heller
oder Pfennig bedächten, daß wir nicht vor Gott würden verklagt,
wie der reiche Schlemmer, der den armen Lazarus vor der Thür
nicht wollte ansehen?" Die Prädikanten sollen in der Predigt
solchen Gottesdienst der Gemeinde fleißig ans Herz legen, und
zwei Diakonen sollen mit Klingelbeuteln in jeder Kirche umgehen.
An dieser Armenversorgung hat auch die bürgerliche Gemeinde
ihren Anteil, denn an der Wahl der Diakonen wirkt außer den
Verordneten der Parochien der Rat mit, und vor diesem geschieht
die Rechenschaft. Für die Kassenverwaltung giebt die Ordnung
Bestimmungen, welche von der Umsicht Bugenhagens zeugen.
Die Ueberschüsse der parochialen Armenkassen werden für be=
sondere Nöte, Pestilenz und Teurung zu einem Fonds zusammen=
geschlagen; ferner soll von dem Armenvermögen das Kirchen=
und Pfarrvermögen geschieden und als Schatzkasten durch vier
Diakonen und die Verordneten der Gemeinde verwaltet werden.
Hierdurch konnte dem Uebelstande vorgebeugt werden, welcher in
der Reformationszeit zu selten vermieden worden ist, in einer
Fusion der beiden verschiedenen Kassen das Bedürfnis der Armen=
pflege zu verkürzen. Auch der Würde des Pfarramtes entsprach
diese Sonderung, und die Ermahnungen der Prediger, in den
Armenkasten zu opfern, wurden dadurch gegen häßliche Miß=
deutung geschützt.

Am Sonnabend vor Mariä Geburt, dem 5. Sept., nahmen
der Rat und die ganze Gemeinde einträchtig die Ordnung an

wie Bugenhagen sie geschrieben hatte, und am Sonntage erscholl das Tedeum in allen Kirchen. Dennoch drohte die Möglichkeit, daß die Eintracht, mit welcher die Ordnung angenommen war, nicht immer Bestand behalte. Auch Bugenhagen dachte, als er sein Werk beschloß, an die Gefahr zukünftiger Irrungen; die Ob= hut über dasselbe befahl er den Händen des Rates, während er die Entscheidung von Lehrfragen dem Superintendenten und seinem Helfer überließ. Die Besorgnis vor Zwiespalt in der Lehre vom Abendmahl und vor der täuferischen Propaganda, vor welcher er eben in jener Zeit die Bremenser warnte, hat ihn sicherlich mit bestimmt, der weltlichen Obrigkeit eine große Mitwirkung in den kirchlichen Angelegenheiten zu überantworten. Mit jener zusammen war es die bürgerliche Gemeinde, welche unter seinem Gutheißen über Kirchliches verfügte; denn die Vorsteher der bürgerlichen Genossenschaften, die Gildemeister und Hauptmänner hatten fortan Wünsche und Beschwerden zu erledigen, welche in der Gemeinde selbst laut werden möchten. So wirkten die Ver= hältnisse, welche der Ordnung vorangegangen waren, zusammen mit dem Zwiespalt, der sich unter den Evangelischen aufthat, dahin, das evangelische Kirchenregiment auch in den Städten in die Bahn des Territorialismus überzuleiten, welche ihm in Chur= sachsen besonders durch die Visitationsarbeit vorgezeichnet wor= den war.

Der Rat und die Bürger hätten am liebsten dem Begründer der neuen Ordnung auch die weitere Fürsorge für ihre Erhaltung anvertraut, ihn als Superintendenten an die Spitze des Braun= schweigischen Kirchenwesens gesetzt. Gegen seinen eigenen Wunsch ward wieder ein Bittschreiben an Luther gesandt, damit er beim Churfürsten es befürworte, ihnen den Pomer noch ein Jahr lang zu vergönnen. Luther aber stellte demselben vielmehr vor, wie schwer Bugenhagen entbehrt werden könne, da sich die Arbeit in der Gemeinde neben der durch die Visitation verursachten täglich häufe; an Wittenberg läge zu dieser Zeit mehr, als an drei Braunschweig.

Dennoch zeigte Luther sich mit der Berufung Bugenhagens auf ein anderes kirchliches Arbeitsgebiet einverstanden, dessen Bedeutung den Vergleich mit Wittenberg wohl aushielt. Schon im Juli nämlich kamen Boten von Hamburg, welche abermals um Bugenhagen oder um Johann Boldewan baten, den alten Freund des ersteren, welcher nach der Aufhebung des Klosters Belbuk ins Chursächsische als Pfarrer von Belzig berufen worden war. Letzteren hielt Luther für wohlgeeignet, da er als Niederdeutscher der Landessitte und Sprache mächtig sei. Noch war indeß vom Churfürsten nicht Urlaub erteilt worden, und die Boten zogen für jetzt unverrichteter Sache wieder heim; aber am 12. Juli schon gestattete der Churfürst, daß sich der Pfarrer zu Belzig „neben Johann Pommern zur Förderung des heiligen Evangeliums und Anrichtung der Kirchen daselbst eine Zeitlang" nach Hamburg begäbe. Es stand demnach schon damals fest, daß Bugenhagens Weg sich nicht nach Wittenberg zurück, sondern zu der Gemeinde lenkte, welcher sein erstes Evangelistenwort gegolten hatte.

Neuntes Kapitel.

Ordnung der kirchlichen Verhältnisse in Hamburg. Einwirkung auf Ostfriesland. Disputation in Flensburg.

In Hamburg hatten sich in der Zeit, welche seit Bugenhagens fehlgeschlagener Berufung verflossen war, die evangelischen Bestrebungen trotz des Widerstandes des Rates stetig weiter verbreitet. Der Erfolg, welchen damals die Gegenpartei errang, hatte den Eifer um eine Reformation nur angestachelt und so mit dazu geholfen, Bugenhagens Schrift vom rechten Glauben und den rechten guten Werken bei den evangelisch Gesinnten zur Geltung eines zurechtleitenden Entwurfes für die Reformbestrebungen zu erheben. Schon im Januar 1526 sprachen sich die Bürger für die Einrichtung einer geordneten Armenpflege aus; dann führten am 16. August 1527 die Vertreter der Nikolaigemeinde, welche überhaupt unter den Kirchspielen Hamburgs als die Vorkämpferin für die Reformation erscheint, durch den Entwurf einer Gotteskastenordnung jenen ersten Gedanken der Verwirklichung näher und machten den Versuch, nicht blos Bugenhagens Vorschläge für eine geordnete Armenpflege, sondern auch die für die Erwäh-

lung von Predigern und Schulmeistern ins Werk zu setzen. Bugen=
hagen selbst erhielt hiervon Kenntnis; in jenen Wochen, in wel=
chen er mit den Braunschweigern wegen seiner Berufung dorthin
verhandelte, bezeugte er den Hamburger Freunden, auf deren
Bitten er sich nochmals gegen seinen früheren Gegner Augustin
Getelen wandte, seine Freude über den guten Fortgang des
Evangeliums.

Als dann am 28. April durch eine große Disputation die
Reformation zum Siege gelangt war, schufen im Sommer die
vier Parochieen sich eine Vertretung, in welcher sich neben den
Vorstehern der schon eingerichteten Gotteskasten noch viermal
36 Vertrauensmänner befanden. Allein die Bürger fühlten ebenso,
wie ein halbes Jahr zuvor die von Braunschweig, daß sie eines
an kirchlicher Einsicht ihnen überlegenen Führers bedürften, um
ein evangelisches Gemeindewesen in ihrer Mitte fest zu begründen.
Sie wandten sich daher, wie wir sahen, nach Wittenberg.

Bugenhagen hat seinen Urlaub vom Churfürsten schon im
Juli erhalten und wohl im August den Hamburgern zugesagt,
zu ihnen zu kommen. Aber erst Ende September oder Anfang
Oktober war seine Arbeit in Braunschweig gethan. Er hatte für
die Fortführung seines Werkes noch gesorgt, indem auf seinen
Vorschlag der Pfarrer von Torgau, Martin Görlitz, als Superin=
tendent berufen wurde; und nachdem er diesen feierlich in sein
Amt eingeführt, noch einmal die Prediger der Stadt um sich
versammelt und nach dem Vorbilde Pauli (Apostelgesch. 20) mit
beweglichen Worten ermahnt hatte, brach er wohl zu Anfang
Oktober mit den Seinen nach der Stadt als Pfarrer auf, welche
ihn schon vor vier Jahren berufen hatte.

Von einem Patrizier, Klaus Rodenborch, geleitet traf er am
9. Oktober in Hamburg ein. Selbst vom Rate ward ihm festlicher
Empfang zu teil, wie es die Bürgerschaft begehrte. Zwei der
Herren, Otto Bremer und Johann Wettken geleiteten ihn in die
Domkurie, welche ihr bisheriger Inhaber, der katholische Domherr
Barthold Moller auf Ansuchen des Rates eingeräumt hatte. Zu
der ehrlichen Bewirtung, welche ihm daselbst angerichtet ward,
waren die Freunde und Förderer der Reformation samt ihren
Hausfrauen erschienen; Rodenborch, der den Reformator von

Braunschweig hergeleitet hatte, Soltau und Detlev Schuldorp, letzterer vor allen der Bannerträger des Evangeliums in der Hamburger Bürgerschaft. Tags darauf erschienen dann in der Doktorei auch die drei Bürgermeister Hohusen, Gert vom Holte und Johann Hülpe, um den Pomer förmlich und feierlich zu begrüßen. Da denn deutsche Städte ihren Gästen den Willkomm unter reichen Geschenken zu entbieten pflegten, so verehrten auch die Hamburger dem zu so großem Dienst Berufenen für Küche und Keller einen fetten Ochsen, ein Ohm Wein und zwei Tonnen Hamburger Bier. Sonst für seinen Unterhalt Sorge zu tragen, war der Oberalte Dirik Bodiker beauftragt worden, welcher früher ein Mönch gewesen, dann aber, als er evangelisch geworden, selbst zur Ehe gegriffen hatte und daher im Stande war, die Bedürfnisse eines Haushaltes zu beurteilen.

Dieser glänzende Empfang täuschte indeß Bugenhagen nicht über die Schwierigkeit der Aufgabe, welche in Hamburg seiner harrte. Die Geister waren hart auf einander geplatzt; zwischen den Bürgern und dem Rat war es zu den herbsten Auseinander=setzungen gekommen, die Stimmung des Volkes war eine sehr gespannte, er zweifelte einige Tage, ob sein Dienst in dieser Stadt Frucht haben werde und ward darüber nicht wenig angefochten. Doch ging er zunächst, wie er in Braunschweig gethan, mit Predigen ans Werk, um sein Kommen mit dem an ihn ergangenen Ruf zu rechtfertigen und dann zum Frieden zu er=mahnen. Friedensworte nun hörten gerade die am meisten durch die Reformation in ihrer Stellung bedrohten Domherrn gern; und es zeugt ebenso von ihren Besorgnissen, wie von der Achtung, welche der Fremde auch bei ihnen genoß, daß sie schon am näch=sten Tage bei ihm erschienen, um sich seines friedfertigen Ver=haltens gegen sie selbst zu versichern. Dieser Zwischenfall bot indeß Bugenhagen Anlaß nach dem apostolischen Wort Röm. 12, 16 von der Kanzel zu erklären, daß er, so viel an ihm sei, mit allen Menschen Frieden halten, daß er aber das göttliche Wort nicht preisgeben wolle und auch im Strafen anderer Personen nur das Heil derselben suche. Seine folgenden Predigten galten dann solchen Fragen, welche sein Lehrschreiben vor drei Jahren behandelt hatte, dem Verhältnis der Werke zum Glauben, der

Buße und dem Nahen des Himmelreiches; und an die allgemeine Belehrung schloß sich die besondere Unterweisung über die vorliegenden kirchlichen Aufgaben an.

Mit vorsichtiger Hand gleichsam den Baugrund prüfend legte Bugenhagen die ersten Steine für den Aufbau der evangelischen Gemeinde, und auch später nahm er immer die geordneten Verhältnisse, die bestehenden rechtlichen Institutionen in Obacht. Weise bemaß er strafende Worte, eingedenk jenes die niederdeutsche Art kennzeichnenden Wortes: Die Sachsen lassen sich nicht zwingen, sondern führen. Aber gerade auf diesem Wege gelangte er dazu, noch vor Ablauf des Jahres auf eine Reihe von Erfolgen zurückzublicken. Er schilderte sie selbst seinen Wittenberger Freunden in einem Brief, in welchem er zugleich um Verlängerung seines Urlaubs bat.

In dem Zudrang zu seiner Predigt, der auch an den Wochentagen groß war, durfte er ein Zeichen sehen, daß Viele das Evangelium lieb gewönnen, ja, er hatte noch nie solche Empfänglichkeit bei den Ordensleuten gefunden, wie hier; denn das ganze Franziskanerkloster nahm das Evangelium an, und die Dominikaner widerstrebten dem Anscheine nach demselben nicht. Die „blauen Schwestern", Beginen, neigten sich ebenfalls der evangelischen Wahrheit zu und änderten ihre Tracht, welche ihnen doch nicht übel gestanden hatte, um unbehelligt vom spöttischen Zuruf der Kinder, gleich Frauen des Bürgerstandes zur Predigt zu gehen. Am tiefsten aber wurde das mönchische Leben durch die Freiheit in die Ehe zu treten erschüttert: schon hatten einige Ordensleute von derselben Gebrauch gemacht und sie durch ehrbaren Wandel gerechtfertigt. Die im Kloster blieben, ermahnte Bugenhagen, sich durch das Innehalten einer festen Ordnung gegen die Versuchungen des müßigen Lebens zu schützen und dem Evangelium nicht zum Anstoß zu gereichen. Tief griff die Reformation auch in das Kloster der Benediktinerinnen zu Reinbeck ein, welches zwei Meilen von Hamburg entfernt im Holsteinschen Gebiete lag. Noch sangen zwar die Jungfrauen ihre Psalmen und gingen ebenfalls in ihrer Tracht, aber nicht mehr aus Gehorsam gegen die Ordensregel, sondern in evangelischer Freiheit. Die Priorin, Anna von Plessen, besuchte fleißig Bugenhagens

Predigten, unterwies die andern Nonnen und ließ sich persönlich von Bugenhagen beraten. Ja, sie betrachtete es fortan als ihre Aufgabe, den Insassen ihres Klosters zur Ehe zu helfen und fürchtete nichts mehr, als daß, durch ihr eigenes Bleiben irre geführt, Adlige ihre Töchter wie bisher für das Klosterleben bestimmen und sie in solche „Höhlen Vulkans" stoßen möchten.

Gerade in Hamburg hatte demnach die Frage nach dem Wert des Ordenslebens eine solche Bedeutung, daß Bugenhagen sie jetzt auch in umfassender Weise zu beantworten versuchte. So schrieb er mit besonderer Rücksicht auf die Nonnen und Beginen den Traktat: Was man vom Klosterleben halten soll, in welchem er die Schriftstellen, auf welche sich die kirchliche Schätzung des mönchischen Lebens berief, wie 1. Kor. 7. Matth. 19. durchging, um von der wahren Jungfrauschaft, vom sittlichen Wert der Ehe, vom rechten Gehorsam, vom Verlassen der Welt und von Gelübden in lehrhafter Ausführlichkeit zu handeln und die Ansprüche des Ordenswesens scharf zu verurteilen.

Schon im Oktober werden dann die eigentlichen Verhandlungen über die neuen Einrichtungen, über die Schulen, die Besoldung der Prediger und die Armenpflege begonnen haben. Bugenhagen sah sich ausdrücklich durch Deputierte des Rates ersucht, noch eine Woche früher, als es in seinem Plane lag, eine Abendpredigt über die Schulen zu halten. Und je näher man jetzt den konkreten Aufgaben der Organisation trat, desto dringender wurde das Bedürfnis empfunden, den theologischen und kirchlichen Berater noch über die Grenze seines zu Martini oder doch 14 Tage später ablaufenden Urlaubs zu behalten.

Daher suchte der Rat am 1. November um Verlängerung der Frist für Bugenhagen nach: Noch finde sich Jedermann ungeschickt in dem Handel und ein Anfangen ohne Abschluß möchte mehr Irrung der Eintracht stiften, als wenn Bugenhagen garnicht hierher gekommen wäre. Da nun die Lande seiner churfürstlichen Gnaden und besonders die Stadt Wittenberg mit Gelehrten von Ruf so mannigfach versorgt seien, so möge sich doch die Universität und die Stadt Wittenberg beim Churfürsten dafür verwenden, daß er den Doktor Pomeranus so eilig vor ausgerichteter Sache von hier nicht fordere.

Auch Bugenhagen wandte sich mit gleicher Bitte an Luther. In der Meinung, dieser habe auf den Churfürsten bis jetzt im entgegengesetzten Sinne eingewirkt, bat er inständig, das Gesuch des Hamburger Rats zu berücksichtigen und dadurch die Sache des Evangeliums zu fördern, damit er selbst mit dem Churfürsten und Luther sich freuen dürfe, nicht vergeblich in Hamburg gewesen zu sein. Beweglich und launig zugleich wies er auch auf die Not hin, bei der Unsicherheit der Wege und der Ungunst des einbrechenden Winters mit seiner Familie die Reise zurückzulegen, zumal da seine Frau zu den ersten Märztagen ihrer Entbindung entgegen gehe.

Es hätte so dringender Bitten wohl kaum bedurft, um Luther günstig zu stimmen. Hatte er doch selbst schon zuvor an Bugenhagen geschrieben, er solle der gesetzten Zeit halber nicht ängstlich sein. Auf seine Befürwortung bei dem Kanzler Brück erfolgte am 17. November die churfürstliche Resolution an den Rat zu Hamburg wie an Bugenhagen selbst, daß derselbe im Namen Gottes etwas länger verharren könne.

Fast ein Vierteljahr hindurch entzieht sich nun Bugenhagens Wirken in seinen Einzelheiten unserer Kenntnis. Zwischen den Zeilen der Einleitung, welche er seiner fertigen Kirchenordnung voranschickte, liest man wohl, daß es je und je bei den Verhandlungen hart, auch nicht immer christlich hergegangen sei, manchmal sogar Aufruhr gedroht habe, doch durch christliche Versöhnung aller harte Streit immer wieder geschlichtet worden sei. Wir dürfen annehmen, daß Bugenhagen selbst der erste Wortführer des Friedens gewesen ist; Näheres meldet bis jetzt keine Urkunde. Die Hauptarbeit des Reformators galt neben dem Predigen und Lehren in jener Zeit sicherlich der Kirchenordnung. Im Februar schon war sie soweit entworfen und hatte in einzelnen Teilen in dem Grade die Billigung der Gemeinden gefunden, daß in dem bürgerlichen Gesetzesentwurf vom 19. Februar, dem „langen Receß", auf sie Bezug genommen werden konnte; am 8. März schrieb er den Freunden, daß sie vollendet und dem Rat vorgelegt worden sei: Es hat Schweiß gekostet, aber Christo sei Dank, nicht umsonst! In der Vorrede der Ordnung, that er einen Rückblick auf alle Gefahren, die von Pfaffen und Mönchen, wie

von bürgerlichen Unruhen her gedroht, um den Gott zu preisen,
der die Herzen gelenkt: Ich spreche zu dieser Sache mit dem
Psalmisten: Der Barmherzigkeit Gottes ist kein Ende oder Maß.
Wir haben die Hölle verdient, und er giebt uns sein Evangelium
zur ewigen Seligkeit. Dank habe, lieber Vater, in Ewigkeit,
mitten im Zorn beweisest du Barmherzigkeit. — Die Ordnung
sollte bis auf ein christliches Konzil gelten, nur daß das Wort
Gottes und der rechte Gebrauch der Sakramente, „die nötigen
Stücke, welche im Konzil der heiligen Dreifaltigkeit schon beschlossen
sind", jeder Unterwerfung unter menschliche Beschlüsse enthoben
sein sollten.

Im Ganzen wie in zahlreichen Einzelheiten stimmt die Hamburgische Kirchenordnung mit der Braunschweigischen überein, doch
zeigt sich das praktische Talent ihres Verfassers, seine Fähigkeit,
auf besondere Verhältnisse einzugehen darin, daß er sein Erstlings-
werk nicht einfach kopiert. Mit Freiheit verfügt er über den
Stoff, Manches ordnet er anders, Einiges läßt er aus, Anderes
giebt er in weiterer Ausführung. Beim Kürzen und Weg-
lassen mancher lehrhafter Abschnitte mochte er dann auf die
Braunschweiger Kirchenordnung zurückverweisen; die Zusätze und
Ausführungen entspringen immer der Rücksicht auf besondere
Verhältnisse.

Eine Kultusfrage machte ihm in Hamburg besonders zu
schaffen, der Ritus der Besprengung bei der Taufe. Als Gevatter
einer Taufhandlung beiwohnend sah er, daß der Täufer das Kind
nur an der Stirn benetzte, während ihm so lange ein anderer
Ritus bekannt war, das nackte Kind über das Hinterhaupt mit
drei Händen voll Wasser über den Rücken hinab zu übergießen.
Die Neuerung erschreckte ihn als eine Abschwächung, erschien doch
inmitten der Umtriebe des Täufertums, welche sich auch auf
Hamburg erstreckten, jede Willkür in der Spendung dieses Sakramentes als etwas Gefährliches. In einer Konferenz der Pfarrer,
in welcher er wegen des Brauchs Umfrage hielt, beschloß man
zunächst, von der Sache still zu schweigen, damit nicht die Leute
diese „Kopftaufe" für ungiltig halten und so großes Aergernis
anrichten möchten. Luther, den man inzwischen befragte, erteilte
den Bescheid, die bloße Benetzung der Stirn sei ein Mißbrauch)

und möglichst abzuthun, doch so, daß die Eltern nicht in den
Irrtum gerieten, ihre Kinder seien nicht recht getauft. Dieser
Weisung entsprechen die Bestimmungen Bugenhagens in seiner
Kirchenordnung: Viele waren indeß unwillig sich dem alten Brauch
zu fügen.

Bei der Schulreform war es nur auf die Einrichtung Einer
Lateinschule im St. Johanniskloster abgesehen, und Bugenhagens
Schulplan ist dem Braunschweig'schen nachgebildet. Eigentümlich
dagegen ist der Hamburger Ordnung der Versuch, dem Schul=
wesen in einer höheren Lehranstalt einen Abschluß zu geben.
Die geschichtliche Anknüpfung bot eine seit dem Jahre 1408 be=
stehende Lektur, von einem frommen und begüterten Hamburger
Bürger dazu gestiftet, daß ein zum Magister oder Baccalaureus
promovierter Domherr durch theologische Vorlesungen Geistliche
und gebildete Laien in der Erkenntnis des rechten Glaubens
weiterbilde, auch jüngeren Kräften dadurch das Studium der
Schrift ohne den kostspieligen Besuch fremder Universitäten mög=
lich mache. Auf diese durch die Reformation vakant gewordenen
Lehrstühle suchte Bugenhagen Bekenner des Evangeliums, vor
Allem den Superintendenten und seinen Adjutor zu setzen. Jeder
von beiden sollte viermal in der Woche, der Eine morgens, der
Andre abends die heilige Schrift auslegen. Auch vom Rektor
und Subrektor des Gymnasiums im Johanniskloster erwartete
er, daß sie freiwillig wöchentlich eine lateinische Lektion, oder
eine lateinische Rede oder Vermahnung übernehmen möchten.
Aber er dachte sich dies neue Lektorium nicht bloß als theologische
Bildungsanstalt, obwohl ihn diese Seite besonders beschäftigte,
sondern als die Vorstufe einer Universität, die auch mit juristi=
schen und medizinischen Lehrkräften besetzt und mit einer Bibliothek,
„Librye", ausgestattet werden sollte. In diesem Plan, der erst
ein Jahrhundert später zur vollen Durchführung gelangt ist, tritt
uns Bugenhagens Wertschätzung höherer Bildung abermals entgegen.

Die geistige Regsamkeit, mit welcher Bugenhagen die Dinge,
die ihn schon in Braunschweig beschäftigt hatten, immer aufs Neue
erwog, verhilft auch den Bestimmungen über das Hamburgische
Armenwesen zu manchem Eigentümlichen neben den Festsetzungen
der Braunschweiger Ordnung. Noch eingehender als dort ist das

Kassen= und Verwaltungswesen geregelt, und auch diejenigen Be=
stimmungen,welche wie die Absonderung eines Schatzkastens nicht
zur Durchführung gelangt sind, bekunden die weitschauende Ueber=
legsamkeit ihres Urhebers. Am meisten kennzeichnet ihn nach
einem schönen Zug seines Charakters manches eingeflochtene milde
und gutherzige Wort, manche eindringende Ermahnung zur christ=
lichen Barmherzigkeit gegen Arme; nicht minder spricht sich der
seelsorgerliche Sinn Bugenhagens in den Anweisungen an die
Prädikanten aus, die Kranken und Armen regelmäßig zu besuchen.
Bemerkenswert ist auch der Gedanke, für Kranke Pflegerinnen aus
der Zahl der Frauen zu gewinnen, welche im Hospital doch noch
Kraft genug zu solchem Dienste haben möchten. Aber allerdings
eine lebendige Befruchtung der Armen= und Krankenpflege durch
die Macht der persönlichen, aus dem Glauben geborenen Liebe
ist in diesen Versuchen noch nicht verwirklicht. Durch Wichern
und Amalie Sieveking ist dieselbe Stadt, in welcher Bugenhagen
die Ordnungen einer evangelischen Armenpflege begründet hat,
mit der Geschichte eines neuen in noch höherem Sinne evangelischen
Anfangs der Liebesthätigkeit verknüpft worden. Die vielfältigen
Beziehungen, welche Bugenhagens Armenpflege mit der städtischen
Obrigkeit und bürgerlichen Einrichtungen verbanden, haben viel=
mehr einer weiteren Entwickelung Anknüpfungen geboten, durch
welche die von evangelischem Geist erfüllte Armenpflege seiner
Kirchenordnung durch eine rein bürgerliche, religiös indifferente
abgelöst worden ist.

Noch stand Bugenhagen in voller Thätigkeit, auch die letzte
abschließende Annahme seiner Kirchenordnung war noch nicht ge=
schehen, da tauchten auch schon neue Arbeiten und Kämpfe vor
ihm auf. In Friesland auf einem von den Brüdern des gemein=
samen Lebens und den Nachwirkungen Wessels zubereiteten Boden
war die Aussaat der Reformation schnell aufgegangen. Bald
aber fand sich auch hier die religiöse Richtung, welche über die
Wittenberger Reformation hinaus= und zur Wiedertäuferei hin=
strebte. Schon 1525 war diese in Ostfriesland aufgetreten und
hatte bis in die Niederlande ihre Schößlinge getrieben. Die
furchtbaren Verfolgungen in Süddeutschland mochten zahlreiche
Flüchtlinge nach dem Norden führen, ungelehrte und schwärme=

rische Prediger mochten außerdem den religiösen Schwung der Bewegung fördern; und diese selbst, indem sie von Abneigung erfüllt war, in Sinnlichem eine Vermittelung des Göttlichen anzuerkennen, mag der Zwingli'schen Abendmahlslehre den Eingang mit erleichtert haben. War im Anfang der Typus der friesischen Reformation der lutherische, so gewann die schweizerische Lehre seit 1526 zahlreiche Anhänger, und der Gegensatz machte sich so schroff und gefährdend geltend, daß der Landesherr, seit dem Februar 1528 Enno II., einzuschreiten beschloß.

Die Schlichtung hätte derselbe gern in die Hand Bugenhagens gelegt. Derselbe suchte zunächst durch Briefe und Schriften auf die friesischen Verhältnisse zu wirken, aber dorthin zu gehen widerrieten die Freunde, und er selbst, erfüllt von Verlangen nach der Heimat, überließ das kampfesreiche Geschäft gern Anderen. Zwei Bremer Theologen, Tiemann und Pelt, ein geborener Niederländer, wurden darauf berufen, die kirchlichen Verhältnisse Frieslands zu ordnen.

Dennoch empfing er seinen Anteil am Kampfe mit Sektirern. Der Schwabe Melchior Hofmann, ein Kürschner, war, nachdem er sich in Wittenberg den Reformatoren genähert, von ihnen 1525 mit einem Empfehlungsschreiben nach Livland ausgestattet worden und seitdem an verschiedenen Orten als Prediger und religiöser Agitator thätig gewesen. Ein phantastischer Geist, zügellos in bildlicher Ausdeutung des Schriftwortes, hatte er sein religiöses Sinnen auf die Wiederkunft Christi gerichtet und das Jahr 1533 als den Termin derselben ergrübelt. Seine Beschäftigung mit der Mystik führte ihn zugleich jener auch durch Karlstadt vertretenen Denkweise zu, welche im Gegensatz gegen Luther sich einer geistigen Auffassung des Abendmahls rühmte und es bestritt, daß der Leib Christi im Brot und Wein den Kommunikanten dargereicht werde. Ein starker Glaube an sich selbst erfüllte ihn mit dem Anspruch, als Prophet zu seinen Zeitgenossen zu reden, trug ihm Händel und Streitigkeiten ein, in welchen er wiederum Zeichen des Geistes begrüßte und machte ihn auch Luther als einen „Steigegeist" verdächtig, der unberufen rase und in wunderbaren Dingen über sich hinauswandle. Nachdem er schon mit Amsdorf in einen heftigen Streit geraten, ward er auch in Kiel, wo ihn König

Friedrich I. von Dänemark als Prediger angestellt hatte, als ein abenteuerlicher, unruhiger und schwärmerischer Mensch erkannt, und der König, von den Geistlichen Holsteins und seinem Sohne, dem Herzog Christian gedrängt, bestimmte, daß Hofmann seine Lehre vom Sakrament in öffentlicher Disputation verantworten sollte. Zu dieser ward auch Bugenhagen berufen, nicht um mit zu disputieren, sondern nur um die Verhandlungen zu leiten. Als Tag war der zweite Donnerstag nach Ostern festgesetzt.

Die Disputation fand auf Befehl des Königs im grauen Kloster zu Flensburg statt. Herzog Christian war mit einer Anzahl von Rittern und Edelleuten, königlichen Räten und Oratoren selbst gegenwärtig; einige Herren hatten Auftrag vom Könige, darauf zu achten, daß die Sache nicht mit Schelten und Schmähen, sondern mit Wahrheit göttlicher Schrift ausgerichtet würde, und daß beide Teile gehört werden sollten. Außerdem drängte das Volk zu, so daß schier der Eine auf dem Andern stand. Man öffnete alle Thüren, damit Jedermann hören möchte. Zuerst vermahnte Pomeranus auf Befehl des Herzogs die Herren und das Volk, in diesem Hader, der den Befehl Christi vom Sakrament angehe, die Sache Gottes zu erkennen und den Vater der Barmherzigkeit mit allem Ernst anzurufen. Als er dann gesagt: Sprecht ein Vaterunser! fielen der Herzog und alle, die allda standen, auf ihre Kniee und beteten.

Sechs Notarien wurden gewählt und bei ihrer Seelen Seligkeit verpflichtet, das Protokoll genau zu führen. Einige Pfarrer aus den drei Fürstentümern Holstein, Stormarn und Schleswig, ferner der Pfarrer Stephan Kempe von St. Katharinen in Hamburg und der Schulmeister Theophilus daselbst, welche Bugenhagen begleitet hatten, übernahmen es, Melchior Hofmann entgegenzutreten. Sie hatten es mit einem gewandten Gegner zu thun. Neben krassen Behauptungen, wie die, daß die Evangelischen Christus an eine besondere Stätte bänden, ihn örtlich einschlössen, gingen auch gewichtigere Einwendungen her, die schwerste der Hinweis auf das erste Abendmahl, an welchem der Herr mit seinen Jüngern zu Tische saß: ob da auch sein Leib gegessen sei? ob er mehrere Leiber gehabt habe? Die Evangelischen, unter denen besonders Hermann Tast hervortrat, beriefen sich dagegen auf das Wort: Das ist mein Leib; für schwierigere Punkte zogen sie sich auf das Unzureichende der Vernunft zurück. Zwei Denkweisen trafen auf einander, welche sich damals schon gegen einander abgeschlossen hatten, und jede wurde mit nicht zulänglichen Beweismitteln verfochten. Man kann nicht sagen, daß das Lehrgespräch zur Lösung der schweren Fragen, welche sich aus dem Sakramentsstreit erhoben hatten, etwas Erhebliches beigetragen habe.

Nach beendigter Disputation hielt Bugenhagen die Schluß= rede. Er erwartete, nachdem man mit menschlichen Lehren und Träumen lange genug verführt worden sei, daß man sich von der Sakramentsschänderkunst nicht beirren lasse. Indem er die Hauptfragen, welche in der Disputation hervorgetreten waren, nochmals ausführlich durchnahm, beantwortete er die Einwen= dungen Hofmanns, einige Male von diesem unterbrochen. Die figürliche Bedeutung der Einsetzungsworte wies er ab: gerade das Sitzen zur Rechten Gottes, welches Hofmann geltend gemacht hatte: wenn Christus im Himmel sei, könne er nicht im Brote sein, diente Bugenhagen zum Beweise, daß jene Worte zu ver= stehen seien, wie sie lauteten. Christus sei kraft der Rechten Gottes allerorten, und zwar nicht nur geistlich, sondern mit seiner wahr= haftigen Macht, weil er wahrhaftiger Gott sei. Ebenso charak= terisiert sich sein Standpunkt in anderen Argumenten. Hatte Hofmann das „gebrochen" zu Gunsten seiner figürlichen Auf= fassung auf den Kreuzestod bezogen, so nahm es Bugenhagen von der Austeilung für den Genuß. Er vertrat durchaus Luthers Lehre bis in alle ihre Beweisführungen.

Nach der Rede Bugenhagens ließ der Herzog den Melchior zu sich rufen, um ihn besonders wegen der Taufe zu befragen. Als derselbe versicherte, er habe über dieselbe nichts Sonderliches gelehrt, bat Bugenhagen, damit der Gegner nicht weiter beschwert werde, der gnädige Herr wolle Solches anstehen lassen.

Des andern Tages wurde Melchior und seinem Anhang die Wahl gelassen, vom Irrtum abzustehen oder das Land zu meiden, damit das Volk nicht weiter verführt werden möchte; Andere verlangten sogar Bestrafung am Leben. Dem Schwärmer war nämlich in der Disputation das Wort entfahren, es müsse noch um des Sakramentes willen viel Bluts vergossen werden, und hierin wollten Einige ein Zeichen des Münzer'schen aufrührerischen Geistes sehen; aber die strengere Ansicht drang nicht durch.

Es mußte Bugenhagen verdrießen, als der Gegner in Straß= burg, wohin er sich gewendet hatte, einen Bericht veröffentlichte, nach welchem er dem Pomeranus das Maul gestopft habe. Bugen= hagen veröffentlichte hierauf das amtliche Protokoll über die Disputation, geißelte mit Humor die Großsprechereien „des Pelzer's" und trat den Behauptungen desselben, namentlich auch der Ver= dächtigung entgegen, als habe er auf ein strenges Urteil gedrungen. Er habe vielmehr, als er vernommen, daß Hofmann mit seinem Anhang des Landes verwiesen werden solle, nicht in den Saal gehen wollen, aber dann durch Herzog Christian die Weisung empfangen: Ach, Lieber, geh mit hinein! wenn Melchior oder die Andern sich bekehren wollten und Unterricht begehrten, so dientest du mit zu der Sache.

Es ist glaubhaft, daß Bugenhagen an dem strengen Vor= gehen gegen Hofmann keinen Anteil hat. Wie herb er jeden als Sakramentsschänder ansah, welcher Zwingli's Lehrmeinung ver= trat, so verleugnete er dennoch nicht im theologischen Streit seine Gutherzigkeit. Noch nach 13 Jahren erwähnte er, daß damals in Flensburg jemand heimlich wegen der Behauptung angegeben worden sei, man könne auch ohne Wasser taufen; damals habe er dem Herzog abgeraten, diese Sache in die Disputation zu ziehen.

Unerbittlich dagegen drang er Solchen gegenüber, welche er für Irrlehrer hielt, auf völligen Erweis der Sinnesänderung. Als einer der Flensburger Widersacher, welcher zu Melchior Hofmann gestanden hatte, Jakob Hegge aus Danzig, ihm am Dienstag vor Pfingsten beim Herabsteigen von der Kanzel der Peterskirche mit der Erklärung, er wolle widerrufen, entgegentrat, hielt er sich, früherer Erfahrungen eingedenk, gegen den Bittenden trotz der Thränen desselben hart und nahm ihn erst nach acht Tagen auf Grund schriftlicher Revokation wieder in die Kirchen= gemeinschaft auf.

Immer dringender ward inzwischen Bugenhagens Rückkehr gewünscht. War doch Melanchthon auf dem Reichstage in Speier, Jonas als Visitator abwesend, Luther dagegen von einem so heftigen Katarrh befallen, daß er daran verzweifelte, seine Stimme wiederzuerlangen. Da war es dem Reformator schon unlieb, daß Bugenhagen nach Holstein zur Disputation gegangen war; vollends erzürnte es ihn, als er von dem Wunsch der Hamburger hörte, Jenen für immer zu behalten. Das schien ihm schlechter Dank für den geleisteten Liebesdienst, und er schrieb Bugenhagen, indem er ihn zu schleuniger Rückkehr aufforderte, jenem Wunsch werde nicht nachgegeben werden. Auch Bugenhagen selbst verlangte nach Wittenberg zurück; doch damit es nicht scheine, als betreibe er allein seine Heimkehr, erging auf seine Bitten durch Luthers Vermittelung ein churfürstliches Restript an ihn und den Hamburger Rat, mit dem Befehl, daß der Pommer sich daselbst fürderlich erhebe und gen Wittenberg unaufgehalten komme. Zugleich wurde auf Anordnung des Churfürsten ein gedrucktes Exemplar der Protestation, welche die evangelischen Stände auf dem Speier'schen Reichstag eingelegt hatten, an Bugenhagen mitgesandt, um in Hamburg angeschlagen und nachgedruckt zu werden.

Indeß durfte er, während über seine Abreise verhandelt wurde, doch noch einigen sein Werk abschließenden und krönenden Akten beiwohnen. Am 15. Mai war die Kirchenordnung förmlich angenommen worden; als dann am 23. ebenso wie in Braunschweig ein Dankgottesdienst mit dem Te Deum gehalten wurde, weilte er noch in der Mitte der Feiernden; Tags darauf eröffnete er im Johanniskloster die lateinische Schule, welche durch seine Anregung zu Stande gekommen, nach seinen Vorschlägen eingerichtet war, durch eine Feier, in welcher er selbst die lateinische Rede hielt. Die Hamburger Bürgerschaft hat ihm an dieser Stätte mit einer nach vier Jahrhunderten nicht verminderten Dankbarkeit 1885 ein Standbild gesetzt.

Und noch eine überaus schwierige und dornige Sache suchte Bugenhagen vor seiner Abreise zu erledigen. Die Domherren hatten ein kaiserliches Mandat gegen den Rat ausgewirkt, welches unter Androhung einer hohen Geldbuße Jene wieder in ihre Rechte einzusetzen befahl; hätte dem Folge geleistet werden müssen, so wären auch die Seelmessen als rechte Aergernisse wieder aufgerichtet worden. In einer Verhandlung zwischen dem Kapitel und der Bürgerschaft, welche am 5. Juni stattfand, versuchte da-

her Bugenhagen, die Domherren friedlich für eine gereinigte Ge=
staltung der Cärimonien zu gewinnen, wie er sie vor fünf Jahren
mit Luther für das Wittenberger Stift durchgesetzt hatte. Hier
aber scheiterte er mit seinen Bemühungen. Der Wortführer der
Domherren berief sich für die Pflicht und das Recht, den alten
Kultus wie bisher weiter auszuüben, auf die Stiftungen und
Privilegien, mit welchen derselbe verknüpft war. Es war eine
Gegenwehr, welche sich einige Jahre noch gefristet und zuletzt
nur dazu gedient hat, die Hamburger 1536 zum Anschluß an
den schmalkaldischen Bund zu bewegen.

Vier Tage nach dieser Verhandlung am 9. Juni, fand Bugen=
hagens Abreise statt. Als Anerkennung für die großen Dienste,
welche er der Stadt geleistet, ward ihm eine Ehrengabe von
100 Gulden (= 1500 Mark unseres Geldwertes) überreicht, seine
Frau erhielt 20 Gulden. Bekannte, Hamburger Bürger und Freunde,
Rodenborch, der ihn von Braunschweig abgeholt, Bodeker, der seinen
Haushalt versorgt hatte, brachten ihn bis Harburg; weiter, bis
Wittenberg ihn zu geleiten, hatte Joachim Wullenwever, des späteren
Lübecker Volksführers Bruder, Auftrag. Dann ging die Reise
über Braunschweig, und hier hielt ihn abermals eine unerfreu=
liche Angelegenheit fest. In jener Zeit, in welcher der Unter=
schied lutherischer und zwinglischer Lehre und Kultusauffassung
noch unversöhnt als ein tiefer religiöser Gegensatz die Evange=
lischen spaltete, erschien es als Bedrohung des reinen Evangeliums,
als Zerreißung der Einigkeit im Geist, wenn in einer Stadt die
zwingli'sche Ansicht vom Sakrament Vertreter fand. In Braun=
schweig hatten zwei Prediger, Heinrich Knigge und Richard
Schweinfuß vom Abendmahl zwinglisch gelehrt, für schweizerische
Kultusformen geeifert und manche Bestimmungen der Kirchen=
ordnungen Bugenhagens getadelt. Andere Geistliche standen ihrer
Anschauung nahe; in der Gemeinde hatte sich ein Anhang gebildet;
es steigerte die Verwirrung, daß auch Wiedertäufer sich einschlichen,
und die Papisten nach ihrer Weise gegen die Uneinigkeit der
Neuerer und die Unbeständigkeit der Ketzer die Eine, rechte und
immer gleiche Lehre der katholischen Kirche erhoben. Der Super=
intendent Görlitz wollte vergehen vor Herzeleid, und der Rat, in
welchem Manche sich an seinen scharfen Bußpredigten ärgerten,

Andere den Herzog fürchteten, gewährte ihm keine Hülfe. Wieder wurde in solcher Not Bugenhagen als der rechte Mann betrachtet, welcher die Geister zu bändigen vermöchte; und wieder bestieg er die Kanzel, um das Volk zu lehren, was das heilige Sakrament sei und die Gründe der Gegner zu widerlegen. Dann wurde, damit die Sache zu einer Entscheidung käme, eine theologische Unterredung auf dem Rathause gehalten, und Bugenhagen suchte hier in Gegenwart der Prediger, der Vertreter der Bürgerschaft und der kirchlichen Gemeine, die Neuerer aus dem Worte Gottes zu überführen. Weil sie aber bei ihrer Meinung verharrten, erklärte ihnen der Rat, daß man ihnen nicht verstatte, wider die Kirchenordnung, welche sie angenommen, hier zu lehren. Aber während sie demnach des Amts entsetzt und aus der Stadt verwiesen wurden, war die schweizerische Lehrform doch nicht überwunden, und die Irrungen haben in Braunschweig noch länger angedauert.

Nach einem Aufenthalt von etwa acht Tagen reiste Bugenhagen am 20. Juni weiter, und die Braunschweiger gaben ihm ein Geleit bis Wittenberg. Mit einem Stübchen Frankenwein zum Willkomm begrüßte ihn hier der Rat, als er am Abend des Johannistages ankam.

Zehntes Kapitel.

In Wittenberg. Die Frage nach dem Recht des Widerstandes gegen den Kaiser. Fortschritt der Reformation in Niederdeutschland.

Gerade am Tage vor seiner Ankunft war eine folgenreiche Verhandlung eingeleitet worden. Dem Landgrafen Philipp von Hessen, welcher durch ein Kolloquium den Gegensatz Luthers und Zwinglis ausgleichen strebte, war am 23. Juni Luthers Zusage gegeben worden, und im Herbste, vom 1. Oktober ab, begann das Gespräch. Da Luther, Melanchthon und Jonas sich zu demselben begeben hatten, ruhte auf Bugenhagens Schultern die ganze Arbeit des Predigens und des akademischen Lehramtes. Gelegentlich erfuhr er über den Fortgang der Marburger Verhandlungen; am 4. Oktober beauftragte Luther seine Frau, dem Pommer Nach-

richt zu geben, Zwinglis bestes Argument sei gewesen: Der Leib
kann nicht ohne Ort sein, daher kann Christi Leib nicht im Brote
sein; des Oekolampad: Dies Sakrament sei ein Zeichen des Leibes
Christi. Sicherlich hat Bugenhagen das abschätzige Urteil Luthers,
welcher in den theologischen Meinungen der Gegner leicht ein
Zeichen der Verblendung sah, geteilt; doch hat das Endergebnis
des Marburger Gesprächs, die friedliche Vereinigung, die trotz
der ungelösten Differenz wegen der wahren Gegenwart des Leibes
und Blutes Christi erreicht ward, seine Billigung gefunden.

Wichtigen Anteil erhielt er an der Frage, welche er schon
vor 13 Jahren in anderem Sinne als Luther beantwortet hatte,
und welche jetzt aufs neue bei den Juristen und Theologen zu
eingehender Erörterung kam. Würden die Evangelischen dem
Kaiser mit den Waffen widerstehen dürfen, falls sie von demselben
um ihres Glaubens willen angegriffen würden? Bugenhagen gab
am Michaelistag 1529 sein 14 Hauptsätze umfassendes Bedenken ab.
Aus dem Wort Christi: Gebet dem Kaiser, was des Kaisers ist
und Gott, was Gott gehört, folgert er, daß des Kaisers Gewalt
an dem Worte Gottes, dem Rechte desselben seine Schranken
habe. Wenn sich daher die Obrigkeit aus ihrer von Gott ver=
ordneten Gewalt in eine andre Gewalt setzt, um über Gottes
Wort zu richten, es zu unterdrücken, die Menschen von Gott
zu dringen, so soll ihr frei bekannt werden, daß sie Unrecht
thue, daß man sie nicht für Obrigkeit halte, wie man ihr auch
dazu nicht gehuldigt habe. Wie willig nun ein Christ sein soll,
für sich selbst Unrecht zu leiden, auch ein christlicher Fürst, sofern
es seine Person betrifft, so haben die Fürsten, wenn ihre Unter=
thanen begehren, von ihnen beschirmt zu werden, doch eine andere
Pflicht. Sie sollen dann eingedenk des Wortes Christi vom
Mietling die ihnen von Gott befohlene ordentliche Gewalt auch
gegen den Oberherren, der seine ordentliche Gewalt verlassen hat
und den Mördern und Türken gleich geworden ist, gebrauchen. —
Immer hoffte auch damals noch Bugenhagen von Kaiser Karl
Gutes; nur erinnerte er an das Bibelwort: Verlaßt Euch nicht
auf Fürsten; auch wollte er in seinem Bedenken nicht das letzte
Wort gesprochen haben, denn die Gefahr, wider die Obrigkeit zu
handeln, und die Möglichkeit einer Mißdeutung seines Bedenkens

machten ihm viel zu schaffen. Er bat daher, der Churfürst möchte
sein Gutachten geheim halten, bis auch andre geraten haben
würden, und wünschte für sich eine geheime Abschrift seines Be=
denkens. Aus Gründen des Staatsrechts kamen die Juristen zu
gleichem Ergebnis, aber Luther beharrte in dem Gutachten, welches
er wiederholt auf Wunsch des Churfürsten erstattete, auf seiner Ver=
urteilung eines bewaffneten Widerstandes. In einer Darlegung vom
6. März 1530, welcher eine Beratung mit Melanchthon, Jonas und
Bugenhagen vorangegangen war, erklärte er, daß, was immer
aus kaiserlichen und weltlichen Rechten geschlossen werden möge,
Widerstand gegen die Obrigkeit wider die Schrift sei. Auch ein
Fürst dürfe sich so wenig wider den Kaiser setzen, wie der Bürger=
meister von Torgau wider den Fürsten. Wie bei der ersten Ver=
handlung forderte er also ein völlig leidentliches Verhalten. Es
ist nicht auszumachen, ob und in wie weit Bugenhagen seiner
Autorität, einen Augenblick etwa, nachgegeben hat; daß er von
seiner Ueberzeugung gewichen wäre, hat er selbst später auf das
Bestimmteste verneint. Und die von ihm mit vertretene Ansicht
hat sich trotz des Schwergewichts, mit welchem Luthers Votum
damals noch in die Wagschale fiel, dennoch durchgesetzt, als auch
Luther nach dem Augsburger Reichstag tiefer auf die juristische
Seite der Frage einging, seine Ansicht änderte und dem auch in
einer volkstümlichen Schrift entschiedenen Ausdruck gab. Doch
machte jener Brief vom 6. März mit seiner rücksichtslosen Forde=
rung, auch der gottlos handelnden Obrigkeit gegenüber Leib und
Leben darzustrecken, in der Folge Bugenhagen noch viel zu schaffen.

Auch bei den Vorbereitungen für den bevorstehenden Reichs=
tag hat Bugenhagen mitgewirkt. Nachdem er im Januar 1530
Luther auf einige Zeit bei der Visitation vertreten hatte, wurde
er am 21. März vom Churfürsten mit den anderen Theologen
nach Torgau zur Vorberatung gefordert. Während des Augs=
burger Reichstages dagegen wartete er predigend und lehrend
seiner Gemeinde in Wittenberg und harrte mit Spannung auf
Nachrichten, welche im Anfang bei Melanchthons Aengstlichkeit
und sorgenvoller Bekümmernis allzu spärlich einliefen. Auch als
die Augsburger Konfession dem Kaiser schon übergeben worden
war, wollte Melanchthon nicht, daß dieselbe nach Witten=

berg geschickt werde, weil er erwartete, daß Pomeranus sich an das kaiserliche Verbot einer Veröffentlichung derselben allzu wenig kehren werde. Gerade dies Mißtrauen Melanchthons giebt der Vermutung einige Wahrscheinlichkeit, daß Bugenhagen an der noch 1530 erschienenen niederdeutschen Uebersetzung der Konfession persönlich Anteil gehabt hat.

Wie beschäftigt er nämlich in Wittenberg war, so wandte er doch seinen niederdeutschen Brüdern und Freunden fort und fort Teilnahme zu. Am 11. August 1529 tröstete er die Hamburger wegen einer dort ausgebrochenen Seuche, die man, weil sie in England zuerst aufgetreten war, den englischen Schweiß nannte, legte ihnen die Fürsorge für die Kirchendiener und die Armen, die Aufmerksamkeit für die Schule ans Herz, gab Nachricht über den Fleiß der Hamburger Studenten in Wittenberg, versprach Rat und Hilfe wegen Neubesetzung der Pfarrstelle an der Petrikirche, wo Boldewan wegen seiner Kränklichkeit resigniert hatte, und für die Gewinnung eines tüchtigen Mannes für die Superintendentur. Auch über Hamburg hinaus, als dessen „gesandter Prediger" er noch jenen Brief unterzeichnete, blickte er auf ganz Niederdeutschland, durch welches gerade damals, im Winter auf das Jahr 1530, ein evangelisches Ringen und Regen ging. Von Eimbeck war eine Gesandtschaft gekommen, und er hatte dorthin zwei sehr tüchtige Prediger geschickt; den Göttingern war von Braunschweig aus Heinrich Winkel und vom Landgrafen Adam aus Fulda gesandt, um eine kirchliche Ordnung zu entwerfen. Weiter erweckten Minden, Herford, Goslar Hoffnungen für den Sieg des Evangeliums. In Lübeck wurden täglich zweimal evangelische Predigten gehalten und die deutschen Kirchenlieder gesungen, aber schon verlautete von Unruhen, und er forderte seinen Freund Cordatus, welchem er diese Mitteilungen machte, auf, mitzubeten, daß die Stadt nicht in Aufruhr gerate. Und gerade an diesen bedrohten Punkt sollte er bald berufen werden, an welchem es galt, gehäuften Schwierigkeiten gegenüber sich als einen Meister zu bewähren.

Elftes Kapitel.

Bugenhagen's Berufung nach Lübeck. Sein Wirken daselbst.
Polemische Schriften und Mitarbeit an der niederdeutschen
Bibel.

In der alten, noch immer mächtigen Hansastadt hatte das
Evangelium seit sieben Jahren Boden gewonnen und sich unter
Kämpfen ausgebreitet, in welchen noch schärfer als anderswo
politische Interessen sich in die religiösen mischten: denn die Partei,
welche zum Evangelio hielt, suchte Erweiterung der Gerechtsame
der Bürger gegen den Rat; dieser, der dem alten Glauben seinen
Arm lieh und die lutherischen Prädikanten aus der Stadt ver=
wies, kämpfte zugleich für seine Macht. Je länger der Streit
sich hinzog, desto tiefer verbitterte er sich, und eine Krisis kün=
digte sich an, die auch in die bürgerlichen Verhältnisse einzugreifen
drohte, besonders seit das Gestirn Jürgen Wullenwevers glänzend
emporstieg, des kühnen Mannes, welcher noch einmal die alte
Hansa=Herrlichkeit seiner Vaterstadt mit Hülfe einer volksmäßigen
Bewegung heraufzuführen unternahm. Ein Vorfall aus dem
Sommer 1530 zeigt am besten, wieviel Mißtrauen zwischen der
Bürgerschaft und der städtischen Obrigkeit stand. Die Rede ging,
daß ein Anschlag gegen die Evangelischen im Werke sei; der Vogt
von Mölln halte 400 Reiter zum Losschlagen bereit; die Thore
seien des Nachts einigemale nicht geschlossen, am Marienturm
gegen Mitternacht Feuerzeichen gesehen worden. Als man dann
erfüllt von Befürchtungen am Peter=Paulstage, 29. Juni, am
Strang der Armensünderglocke einen roten Tuchstreifen bemerkte,
galt das für ein bedrohendes Zeichen, und Tausende strömten
auf den Markt. Wurde nun auch der gemeine Mann beschwich=
tigt und von Gewaltthat fern gehalten, so wirkte die Erregung
doch noch auf die Verhandlungen ein, zu welchen die Bürger auf
den folgenden Tag berufen wurden. Denn nun traten diese mit
ihren politischen und kirchlichen Forderungen schneidiger auf, als
je zuvor, und in den letzteren macht sich der Einfluß der Ham=
burger Reformation und der Bugenhagen'schen Kirchenordnungen
geltend. Man verlangte gänzliche Abstellung der katholischen

Cärimonien; das Magdalenen= und Katharinenkloster wollte man aufgehoben wissen, um das erstere in ein Krankenhaus, das andere in eine Schule zu verwandeln. Die silbernen Geräte, die Bilder und Kirchenkleinodien hätte man gern eingezogen und in Verwahrung genommen; von den Domherren, welche in der Stadt blieben, forderte man, daß sie das Bürgerrecht nachsuchten, welches die Erfüllung der Pflichten gegen das Gemeinwesen, Steuerzahlen und bürgerlichen Gehorsam verbürgte; den evangelischen Predigern wollte man ein ausreichendes Einkommen festgesetzt, der Kirchengemeinde eine Vertretung durch Kirchgeschworene wie in Hamburg gewährt sehen. Ueberhaupt wurde eine allgemeine Kirchenordnung, „eine Ordinatie" begehrt.

Rat und Hülfe in diesen Dingen hoffte man in Chursachsen zu finden. Zwei Kaufleute, Jakob Crappe und Johann von Achelen wurden um Jakobi, also Ende Juli 1530, gekoren, um nach Augsburg oder Wittenberg zu reisen, und von „Herzog Hans von Meißen", dem Churfürsten Johann, einen gelehrten Mann zu holen: „Und wäre es möglich, daß sie Martinum Luther konnten bringen, das sähen sie am liebsten, hier zu Lübeck eine christliche Ordnung zu machen."

Mit einem ersten Anfang solcher Ordnung versuchten es alsbald die Bürger selbst, indem sie 32 Kirchvorsteher erwählten, nachdem der Rat gedrängt worden war, zu dieser neuen Einrichtung seine Zustimmung zu geben. Aber bald erfolgte auch gegen dieses Vorwärtsdrängen auf der Bahn der Reformation ein Gegenzug, auf welchen die Ratspartei sicherlich lange gerechnet hatte. Ein kaiserliches Mandat, datiert aus Augsburg vom 16. August 1530, traf am 8. Oktober ein; dasselbe gebot, alle neuen Statuten und Kirchenordnungen, welche der im April 1530 gekorene Ausschuß der Vierundsechzig aufgerichtet hatte, zu kassieren, die lutherischen Lehrer zu beurlauben und die Anstifter dieser Konspiration in Haft zu nehmen. Die Vierundsechzig sollten binnen drei Tagen abtreten. Für die Ausführung habe der Kaiser einige Churfürsten und Fürsten verordnet.

Der Erfolg dieser Drohungen lief den Erwartungen des Rats durchaus entgegen, indem sie die Leidenschaft und den Stolz des bürgerlichen wie des evangelischen Bewußtseins weckten.

Ein in diesem kritischen Augenblick anlangendes Schreiben des Herzogs von Braunschweig wurde unter Hohngelächter verlesen. Die Haltung der Bevölkerung wurde so drohend, daß der Rat seine Gegner, die Vierundsechzig, bitten mußte, im Amt zu bleiben. Ja, es wurde zu dieser Vertretung noch eine zweite, aus hundert Bürgern bestehende hinzugewählt und so der Schwerpunkt der öffentlichen Gewalt ganz in die Gemeinde verlegt. Jürgen Wullen= wever befand sich mit unter den Führern.

Diesem Vorgehen entsprachen auch die 26 Artikel, welche die Vierundsechzig in die Ratsstube schickten. Der vierte derselben erklärte im Namen der Gemeinde, daß man dem Kaiser in Allem, was nicht wider Gott sei oder zum Verderb dieser Stadt diente, unterthäniglich gehorsam sei; wollte aber kaiserliche Majestät sie mehr bedrängen, als andere Freistädte — man dachte dabei ge= wiß an Hamburg zunächst, — so würde die Not fordern, andere Beschützung zu suchen. Es war nach dem bisherigen Verlauf der Bewegung natürlich, daß die Artikel außer den politischen Fragen auch das kirchliche Güterwesen behandelten, und man er= kennt den leitenden Einfluß der Bugenhagen'schen Kirchenord= nungen, wenn die Erträge des abgeschafften Meßkultus, die Memorien=, Vigiliengelder und ähnliche Abgaben den parochialen Gotteskasten zugewiesen werden, um die Prädikanten zu besolden, verarmten Bürgern Darlehen zu geben, arme Mägde zur Ehe auszustatten und sonst die Armen jedes Kirchspiels mit Kost und Kleidung zu versorgen. Den Mönchen wollte man verstatten, die Klöster zu verlassen; den bleibenden aber verbieten, in der Kappe in die Stadt auszugehen; und Niemand sollte sich er= dreisten, es sei Frau oder Mann, die Klöster zu besuchen, um dort zu beichten oder Messe zu hören, bei Strafe von zehn Gulden. Die aus Hamburg und anderen Nachbarstädten nach Lübeck ge= kommenen Pfaffen und Mönche hatten binnen acht Tagen die Stadt zu räumen. Endlich wurde ein Anfang mit der Einziehung der geistlichen Lehen gemacht.

Wohl in der Zeit dieser weit greifenden Beschlüsse hatten die beiden Lübischen Abgesandten die Werbereise nach Wittenberg angetreten. Wie ungern Luther ihnen willfahrte, da die Kirche und die Universität des Pomeranus aufs höchste bedürsten, und

er selbst lebensmüde sei, so urteilte er doch, daß die Bitte auf
einige Zeit nicht abgeschlagen werden könne. Das schrieb er am
11. Sept. 1530 an Melanchthon „aus seiner Wüste." Auch
vergingen wohl noch einige Wochen, bis Bugenhagen Urlaub
erhielt; denn erst am 28. Oktober traf er in Lübeck ein, um als=
bald seine erste Predigt in der Marienkirche zu halten.

Vor Allem that eine Rechtsgrundlage für das Organisations=
werk not. Mochten immer die Bürger für jedes Kirchspiel Kirch=
väter erwählt haben: das Domkapitel besaß ein so ausgedehntes
Recht an den Kirchen und Aemtern, daß der Neuordnung bei
ungünstigen Zeitläuften durch ihren Widerspruch schwere Gefahr
erwachsen konnte. Bugenhagen ließ es sich daher als erste Sorge
am Herzen liegen, zwischen dem Kapitel und den Bürgern einen
Vergleich wegen Abtretung des Anrechtes auf die Kirchen und
Kapellen zu vermitteln und zugleich das jüngst erst geschaffene
kirchliche Gemeinderecht zu stärken. Denn wenn er auch dem
Rat in einer Angelegenheit, die mit Güter= und Geldfragen so
vielfach zusammenhing, die demselben gebührenden Aufsichtsrechte ge=
wahrt haben wird, so wurden die Kirchen doch den Vierundsechzig
und den jüngst erwählten Kirchvätern überantwortet. Die Organe
der Kirchgemeinde erhielten hiermit ein Dispositionsrecht an den
kirchlichen Gebäuden, welches in diesem Zeitpunkt für die inner=
liche Seite der Reformation von großer Bedeutung war, weil
der gereinigten deutschen Messe, der deutschen Taufe und evan=
gelischen Predigt die Thür zu den Gotteshäusern nun nicht länger
verriegelt werden durfte. Volle Verfügung wurde freilich auch
den Kirchvätern nicht überantwortet. Sie teilten ihre Gewalt
mit den Vierundsechzig, den Bevollmächtigten der bürgerlichen
Gemeinde, und darin vollzog sich eine geschichtliche Notwendigkeit.
Um Güter= und Steuer=, Finanz= und Rechnungsfragen zu ordnen
war dieser Bürgerausschuß eingerichtet worden, daher konnte
Bugenhagen nicht daran denken, diesen Faktor bei der Neuord=
nung des kirchlichen Güterwesens außer Ansatz zu lassen. Er
mochte vielmehr in dieser mitbeteiligten bürgerlichen Behörde
einen Bundesgenossen gegen die feindlichen Elemente im Rat
sehen. Um so rücksichtsloser freilich hat später die politische
Restauration gegen das junge Gemeinderecht vorgehen dürfen.

Am 25. November ging Bugenhagen daran, die Kirchenord=
nung mit den vom Rat und der Bürgerschaft bestellten Ver=
trauensmännern durchzuberaten. Diese Aufgabe war sicherlich
schwer genug; doch die Einzelheiten entziehen sich unserer Kennt=
nis. Jedenfalls gelang es nicht, alle Streitfragen beizulegen und
den Rat wirklich umzustimmen. Zu Anfang des Jahres 1531
standen die städtischen Behörden, auf deren Mitarbeit Bugenhagen
rechnen mußte, wieder in erklärtem Mißtrauen einander feindselig
gegenüber. Doch schienen die Vierundsechzig endlich am 18. Februar
Bürgschaft dafür zu gewinnen, daß der Rat gegen die Reforma=
tion und die Stadt nichts Widriges unternehmen wolle: die Herren
vom Rat gaben den Vertretern der Bürger, deren Sprecher
Wullenwever war, bei ihren Eiden und Ehren mit Handschlag
die Versicherung, Gott Wort zu handhaben und zu fördern,
während der Ausschuß versprach, darüber hinzusehen, sollte in
der Rechnungslegung nicht Alles in Ordnung befunden werden:
und wirklich galt das feierliche Abkommen bei den Evangelischen
als Zeichen, daß Eintracht und Friede hergestellt sei, und auf
allen Kanzeln ward Tags darauf Gott dafür gedankt. Bugen=
hagen selbst feierte diesen Frieden, von dem das Gelingen seines
Werkes mit abhing, durch eine Predigt in der Marienkirche.

Bald konnte er auch in der Reformarbeit einen Schritt
vorwärts thun. Wie in Hamburg hatten in Lübeck die Schulen,
deren zwei bestanden, die eine am Dom, die andere an der Jakobi=
kirche, viel Grund zu Klagen gegeben; es zielt doch wohl auf
sie mit, wenn Bugenhagen in der Kirchenordnung von Schulen
spricht, in die man 20 Jahre laufe, ohne viel zu lernen. Wenn
nun an Stelle jener zwei fortan eine einzige Anstalt treten sollte,
so mochte die Finanzlage der immer mehr in weitreichende poli=
tische Händel geratenden Stadt zu jener Beschränkung Anlaß ge=
geben haben; fürchtete doch Bugenhagen, daß mehrere Schulen
einander Abbruch thun möchten, wie die Universitäten, welche in
einem Lande nahe bei einander lägen, öfters einander zu Grunde
richteten. Außerdem aber hegte er noch andere Rücksichten, welche
aus den Verhältnissen Lübecks sich ergaben. Wenn die Kinder
der ganzen Bürgerschaft in Eine Schule gingen, so würden sie
sich unter einander als Brüder und ihren guten Schulmeister

als Vater lieb haben, und hieraus möchte bis auf Kind und Kindeskind Friede und Eintracht kommen. Im Katharinenkloster durfte Bugenhagen die neue Schule am 19. März einweihen. Auch versäumte er hier nicht, ebenso wie in Hamburg ein Lektorium und eine „Librye" einzurichten.

Eben in dieser Zeit erfolgte in der städtischen Politik eine für die Reformation bedeutsame Wendung. Im Januar 1531 durch den Kanzler des Herzogs Ernst von Lüneburg dazu aufgefordert, beschickte im März die Stadt den ersten Tag zu Schmalkalden und schloß sich dem Bunde der Evangelischen an, mit Magdeburg und Bremen allen Städten vorangehend. Ob Bugenhagen für diese Entscheidung seinen Einfluß mit geltend gemacht, wissen wir nicht. Wenn er als Ratgeber befragt worden ist, so kann er nach seinen schon früher ausgesprochenen Grundsätzen sich nur für den Beitritt erklärt haben.

Wie folgenreich dieser Schritt sei, erfuhr Lübeck sofort durch eine neue Krisis. Die beiden worthaltenden Bürgermeister verließen am 8. April plötzlich in aller Stille die Stadt, um sich zum Herzog Albrecht von Mecklenburg zu begeben. Die Bürger waren nun überzeugt, daß jene, ihres Gelöbnisses uneingedenk, mit den Feinden des Evangeliums gemeinsame Sache machen und ihre Mitbürger wieder unter ihre Herrschaft beugen wollten. Bestürzung und Erbitterung bemächtigten sich der Gemüter, und die Leidenschaften wurden neu entflammt, so daß man vor einer Aenderung der geltenden Verfassung nicht mehr zurückschreckte: die Zahl der Ratsherren wurde auf 24 gebracht, und die Partei Wullenwevers gelangte zum Siege. Rasch folgte jetzt auf die Neugestaltung der politischen Verhältnisse auch die Begründung der kirchlichen. Vier Wochen nach der Wahl des neuen Rates, am 27. Mai, sah Bugenhagen seine Kirchenordnung förmlich angenommen.

Seine Arbeit sollte hiermit in Lübeck noch nicht vollendet sein. Die Befestigung einer unter bürgerlichen Unruhen gegründeten evangelischen Gemeinde, die Verteidigung der neugepflanzten evangelischen Wahrheit gegen Feindschaft der Papisten und Verleitung durch die Schwärmer blieben Aufgaben, jede für sich wichtig genug, um ein ferneres Verweilen zu rechtfertigen. Doch möchte man vermuten, daß dasselbe auch außerhalb Lübecks und für die Zwecke einer evangelischen Politik erwünscht erschien; denn es ist auffallend, daß Friedrich I., König von Dänemark, es war, welcher im März weiteren Urlaub für Bugenhagen beim sächsischen Churfürsten erbat. Dieser Fürst, welcher sich damals durch den entthronten Christian II., des Kaisers Schwager, bedroht sah, mußte wünschen, Lübeck auf seiner Seite zu behalten, sich die thätige Hülfe der mächtigen Stadt zu sichern. Er hatte daher für die Beseitigung der Bürgerzwiste seine persönliche Vermittelung angeboten und der Stadt ein Bündnis zum Schutz des Evangeliums gegen den Kaiser angetragen. Hiermit abgewiesen ließ er doch seinen Plan nicht fallen, unterhandelte auch mit der zur Herrschaft gelangten Partei. Es mußte ihm daher viel daran liegen, daß der Einfluß des evangelischen Theologen in der Lübischen Bürgerschaft fortdaure.

Auch der Kaiser verhandelte mit der Stadt in der Absicht, den Streit zwischen den Seestädten und Christian II. gütlich beizulegen und dadurch diese von dem Könige Friedrich zu trennen; und in eben der Zeit, in welcher er seine Vorschläge durch seinen Gesandten Wolfgang Brantner nach Lübeck sandte, im Juni 1531, hat Philipp von Hessen für Bugenhagen wieder Verlängerung des Urlaubs nachgesucht. Wir wissen nicht, ob und wieweit beides mit einander in Beziehung gestanden hat; doch erzählt uns Bugenhagen, daß er ein Gespräch mit Brantner gehabt. Beide Männer befanden sich zusammen allein in einem Zimmer; da fragte dieser Bugenhagen, ob Luther und die Wittenberger wirklich lehrten, daß man der Obrigkeit nicht Widerstand leisten dürfe. Bugenhagen antwortete darauf, es habe seine Maße mit dem Willen eines Christen, von der Obrigkeit zu leiden, wenn er z. B. selbst durch ein Amt verpflichtet sei. 16 Jahre später, beim Beginn des schmalkaldischen Krieges dachte er an jenes Gespräch und meinte, jene Frage sei mit Vorbedacht gethan worden, um zu erkunden, weß man sich von den Evangelischen im Fall eines Angriffes auf sie zu versehen habe.

Auf keinen Fall beschäftigten die Fragen einer protestantischen Politik Bugenhagen als Hauptsache. Möchte er nach Luthers

Ausdruck ein „in Welthändeln erfahrener und geschickter Mann" sein: Predigen, Lehren und für das Evangelium mit dem Worte kämpfen galt ihm doch als seine eigentliche Aufgabe. Viermal hat er in Lübeck so den Katechismus absolviert, sicherlich viel gepredigt und persönlich als Seelsorger Rat erteilt, auch mit wunderlichen Zwischenfällen zu thun gehabt; denn die Geschichte von einem besessenen Mädchen, welche ihm viel Mühe und Not gemacht, erzählte er noch sechs Jahre später den oberdeutschen Theologen. Mehr hatte es zu bedeuten, wenn auch andere nieder=sächsische Gemeinden ihn um Rat und Hülfe angingen, seine Braun=schweiger vor allen, als der Prediger Kopman für die Zwingli'sche Sakramentslehre eintrat; vollends, als dann Johann Wulf von Campen sich eindrängte, derselbe, welcher ihm in Flensburg gegen=übergestanden, und damals ausgewiesen, abenteuernd bald als Geistlicher, bald als Landsknecht sich umhergetrieben hatte. Luther selbst, welcher Bugenhagen dies meldete, forderte ihn auf, per=sönlich oder durch ein Schreiben die Gemeinde zu beruhigen. Auch aus Rostock ward Bugenhagen um ein Gutachten angegangen, als einer der Prediger dort mit Unverstand wider die Privat=beichte eiferte und alles Latein aus dem Gottesdienst verbannt wissen wollte. In einer ausführlichen Darlegung vertrat hiergegen Bugenhagen die persönliche Zueignung des Gnadentrostes an Be=kümmerte, und gegen die Befehdung des Latein wies er darauf hin, daß Gott am Anfang der Christenheit verschiedene Zungen gegeben und auch jetzt gleichzeitig mit dem Evangelium das Studium der Sprachen erweckt habe.

Vor Allem nutzte er die ihm gewährte Frist auch zu schrift=stellerischem Wirken. Was er in drei Kirchenordnungen gelehrt und praktisch erstrebt, in Traktaten, wie dem vom Klosterleben näher ausgeführt, das faßte er unter dem umschreibenden Titel „Von mancherlei christlichen Sachen" in ein Buch zusammen, zu=gleich in der Absicht, seine Lehre auch für die Zukunft gegen Nach=rede und Entstellung zu sichern. Zugleich aber gürtete er sich selbst zu einem Angriff gegen die römische Abendmahlspraxis, dessen Schärfe schon der Titel „Wider die Kelchdiebe", ein Ausdruck, der wohl von dem lutherischen Prädikanten Walhof herrührte, ausspricht. Denn als einen Diebstahl stellte er es hin, daß die römischen Priester für sich das ganze Sakrament in Anspruch nähmen, der Gemeine aber den Kelch entzögen gegen Christi Befehl, der Apostel Lehre, den Brauch der alten Kirche, ja gegen das kanonische Recht. Die Gründe, mit welchen die kirchlichen Lehrer des Mittelalters und neuere, wie Emser, Cochläus und Roffensis, — Johann Fischer aus Rochester — die Kelchentziehung rechtfertigten, widerlegt er, oft mit grobem Spott über die albernen Argumente, die „Eselskünste" der Gegner. Mit einer Art der Beweisführung, die mit seiner Liebe zum Geschichtlichen zusammenhängt, und die sein jüngerer Freund Martin Chemnitz später mit großer Meisterschaft gehandhabt hat, läßt er die ältere Kirchengeschichte in ihren großen Lehrern gegen die neuere Verbildung der kirchlichen Lehre und Praxis auftreten. Mit dem Kostnitzer Konzil geht er daher als einem Konzil ohne den Geist Gottes scharf ins Gericht, weil es den Satz vom Unrecht des Laienkelchs in der Sitzung vom 15. Juni 1415 aufs Neue bestätigt habe.

Eine zweite polemische Schrift wendet sich gegen die Leugner der Dreieinigkeit. Fast überall nämlich, wo mystische Gedanken sich damals mit einer antirömischen, aber nicht auf die Glaubensrechtfertigung gegründeten Theologie verschlangen, erhob auch jene Leugnung ihr Haupt; und in Niederdeutschland war besonders Johann Campanus zu fürchten, „welcher die göttliche Dreieinigkeit in eine Zweieinigkeit verwandeln wollte" und die Einheit des Sohnes mit dem Vater in dem Sinn verstand, in welchem Adam und Eva Ein Mensch gewesen seien. Bugenhagen hatte 1531 in Lübeck ein Gutachten Melanchthons erhalten, welches teils scharf verurteilend, teils geringschätzig lautete; seine eigenen Manuskripte bekunden, wie eingehend er sich mit jenem Widersacher zu schaffen gemacht hat. Um diesem und seinem Anhang zu begegnen, ließ er die Schrift des Athanasius über den Glauben an die heilige Dreieinigkeit wieder abdrucken, so daß der Vater der Rechtgläubigkeit aufs Neue Zeugnis gab gegen die neuesten Vertreter des von ihm bekämpften Irrtums.

Den Beschluß seines Schaffens in Lübeck machte eine Helferarbeit an der ersten evangelischen plattdeutschen Bibelausgabe. Luther, welcher damals seine Verdeutschung des Alten Testaments in einzelnen Teilen herausgab, befahl nach Bugenhagens Aussage selbst, seine Ueberjetzung ins Niederdeutsche zu übertragen; so ward jedes Buch des alten Testaments, welches hochdeutsch erschien, auch in plattdeutscher Mundart veröffentlicht. Dann aber vereinigten sich vier Lübecker Bürger, unter ihnen auch Achelen und Crapp, dieselben Männer, welche Bugenhagen aus Wittenberg geholt hatten, zur Herstellung einer Gesamtausgabe. Als Text wurden die Teilausgaben zu Grunde gelegt; das Neue Testament erschien in der Gestalt, in welcher es 1532 in Witten= berg neu gedruckt worden war. Bugenhagen fügte mit Luthers Wissen und Willen auf dem breiten Rande der prächtig aus= gestatteten Bibel erläuternde Anmerkungen hinzu. Bescheiden aber, wie es seine Art war, trat er mit diesem Anteil zurück. Niemand als Luther solle weiter einen Namen von der Auslegung haben, an welche derselbe von Gottes Gnade soviel Kunst, Mühe und Arbeit gewendet; sie solle immer des Luthers Bibel heißen. In der Woche nach Ostern 1532 setzte er diese Worte hinter Luthers Vorrede zum alten Testament; 1534 am 1. April war die ganze Bibel gedruckt, ein halbes Jahr früher, als die ober= deutsche fertig wurde. Keine bessere, gewissere und klarere Trans= lation ist je auf Erden gewesen, konnte Bugenhagen in der Vorrede schreiben. „Die alte Bibel, von unverständigen Leuten aus dem Latein verdeutscht, ist gegen diese für Narrenwerk zu achten und nicht wert, daß sie deutsch heißen soll." Seine ganze Freude galt dieser Reinheit und Klarheit des Textes; die eigenen Anmerkungen hätte er jetzt am liebsten weggelassen, damit er durch sie nicht Anderen Anlaß gebe, von dem Ihrigen nach Willkür hinzuzuthun. Bitten frommer Leute bestimmten ihn dann, sie zu belassen; auch erweiterte er sie mannigfach, setzte sie aber an das Ende des ganzen Buches. In den Bibelausgaben von 1541 und 1545 wurden dann die Ergebnisse der Bibel=Konferenz, von der wir später zu handeln haben, berücksichtigt.

In der Osterwoche rüstete sich Bugenhagen zur Abreise, mit Befriedigung und Dank zurückblickend auf das, was er ausge= richtet. Die Herren der Stadt bezeugten ihm ihre Erkenntlichkeit durch einige Stücke kostbaren Silbergeräts, eine Schale mit ver= goldetem Marienbild und ein Stop mit einem vergoldeten Johannes. Ihm zu Ehren ward ein verdeckter Wagen zur Verfügung ge=

stellt, und Reiter gaben das Geleite. In Braunschweig, wo
Bugenhagen am Sonntag Miserikordias Domini eintraf, nahm
er bei einem Bürger Henning Provest Wohnung und verweilte
einige Tage, um den kirchlichen Frieden wieder herzustellen. Am
Sonnabend vor Cantate brach er wieder auf, und Braunschwei=
gische Geleitsmänner brachten ihn bis Hadersleben. Vier Tage
später, am Dienstag war er in seinem Wittenberg, wo der Rat
ihm wieder mit einem Ehrentrunk, je einem Stübchen Rhein=
und Landwein, auch einer Kanne Reinfal, einem in jener Zeit
geschätzten Süßwein, den Willkomm entbot.

Vierte Abteilung.
Organisationsarbeit in Wittenberg, Pommern und Dänemark.

Zwölftes Kapitel.
Promotion zum Doktor der Theologie und Ernennung zum Ober-Superattendenten. Visitation in Churfachsen.

Eine Ueberfülle der Arbeit, welcher Luther schon im November des vorigen Jahres sich nicht mehr gewachsen sah, erwartete den Zurückkehrenden, und zu den Ansprüchen des Predigtamtes, wie zur Verwaltung des Gemeindekastens traten jetzt nach dem Tode des Churfürsten Johann neue, umfassende Organisationsaufgaben. Die erste Regierungssorge des neuen Churfürsten Johann Friedrich war nämlich eine Kirchenvisitation; denn immer noch galt es, aus unfertigen Zuständen sich herauszuarbeiten, die Pfarrer besser zu versorgen, die kirchlichen Einkünfte sicher zu stellen und eine Sittenzucht in den Gemeinden zu begründen. Für Sachsen wurden Jonas und Bugenhagen zu Visitatoren ernannt. Die neue Kirchenordnung von Wittenberg, durch deren Entwurf sie ihre Arbeit vorbereiteten, trägt durchaus die Spuren der Bugenhagenschen Art an sich und erscheint der Braunschweigschen nachgebildet. Die Messe empfing das ihr dort gegebene Gepräge bis auf den Wortlaut der siebenten Bitte: Erlöse uns von dem Bösen; eine Spendeformel ward auch jetzt noch nicht gesprochen. Es ist charakteristisch für die Freiheit, mit welcher die Reformatoren auf dem liturgischen Gebiete schalteten, daß selbst der grundlegende Entwurf Luthers, seine deutsche Messe von 1526, in Wittenberg einem anderen weichen konnte, ohne daß inzwischen sich eine prinzipielle Nötigung hierzu geltend gemacht hätte.

Weiter tritt in dieser Ordnung die Fürsorge für die geist=
liche Pflege der Bauerschaften hervor, deren zwölf in Wittenberg
eingepfarrt waren. Ein Diakonus wurde zu Pferde auf die
Dörfer gesandt, um an den heiligen Tagen nach der hohen Messe
den Bauern und Bauerkindern aus dem Katechismus zu predigen,
ihnen die Festgeschichte schlicht auszulegen, nach der Predigt den
Katechismus samt den Einsetzungsworten der Sakramente den
Leuten vorzusagen und so ihr Gedächtnis recht völlig mit den
Grundelementen christlicher Erkenntnis zu durchsättigen. Eben
dieser Diakonus, von jetzt ab der vierte in der Zahl, wurde be=
auftragt, in Pestilenzzeiten auf den Dörfern Beichte zu hören
und das Sakrament zu reichen. Dieser erste Pestilenziarius, --
denn so lautete später der Würdentitel für diese aufopferungsvolle
Seelsorge — hieß Peter Hesse. Die anderen drei Diakonen blieben
mit Ausnahme der Pestzeiten damit beauftragt, die Kranken auf
dem Lande mit dem Sakrament zu versehen, und die Bauern
wurden angewiesen, einen der drei Seelsorger mit dem Wagen
aus der Stadt zu holen und ihn wieder heim zu fahren. Der
Nachdruck und die Ausführlichkeit der diesen Punkt betreffenden
Anordnungen ist ganz von der Art Bugenhagens. Man ersieht
daraus, wie gut er seine Bauern kannte.

Die Ordnung suchte ferner dem Bedürfnis einer kirchlichen
Aufsicht noch durch ein höheres Amt zu dienen. Zwei Ober=
Superattendenzen wurden für die chursächsischen Lande eingerichtet,
die eine in Wittenberg als dem Sitz der Universität, „von wo das
heilige Evangelium in diesen letzten Zeiten reveliert sei", die
andere in Kemberg für den Distrikt jenseits der Elbe. Die erstere
wurde Bugenhagen übertragen und sollte überhaupt mit der Pfarre
in Wittenberg als einer Metropolis der sächsischen Lande ver=
bunden bleiben.

Auch in der Visitationsordnung, welche bei der zweiten
Visitation im Jahre 1533 erlassen wurde, läßt sich der besondere
Einfluß Bugenhagens nicht verkennen. Am deutlichsten tritt der=
selbe in den Bestimmungen über den gemeinen Kasten hervor, welche
bis auf den Ausdruck der 1526 in Wittenberg eingeführten
Kastenordnung entsprechen.

Als man dann im März das Amt Allstedt visitierte, fand man noch eine Menge „Ungeschicklichkeit." Die Pfarrer wurden nach den Hauptstücken evangelischer Lehre, besonders nach den durch das Sektenwesen bedrohten Lehrstücken von der Taufe und vom Abendmahl gefragt; sie mußten angeben, was sie über das Recht der Obrigkeit lehrten, was über die Ehe und die verbotenen Grade. Auch erkundigte man sich, ob sie gute Bücher besäßen, täglich läsen und lernten, wie sie es mit der Predigt, den Cäri-monien und der Seelsorge hielten. Weiter wurde über die Ver-hältnisse in den Gemeinden genaue Auskunft verlangt, und die Bauern mußten den Katechismus aufsagen und über ihren Kirchenbesuch und die christliche Zucht in ihren Häusern Rede stehen. Da fanden die Visitatoren Vieles in schneidendem Gegen-satz zu den Gütern, welche eben in dem nahen Wittenberg der Christenheit wiedergeschenkt worden waren. Es fehlte viel, daß der Bann der ungeheuren Verwahrlosung des Volkes, welche vor der Reformation die Regel bildete, schon wäre gebrochen gewesen. Mochten auch die Pfarrer im ganzen die Visitatoren zufrieden stellen: durch die Stumpfheit des bis zur Verarmung dürftigen, von tieferen Interessen lange entwöhnten Landvolkes hatte ihr Einfluß nicht durchzudringen vermocht, und auch die äußere Aus-stattung der Kirchen und Pfarren, die ökonomischen Verhältnisse, für welche gerade Bugenhagen einen so aufmerksamen und ge-schärften Blick besaß, lagen meist traurig danieder. Er, welcher so lange nur die Verhältnisse städtischer Gemeinden geordnet, sich dort als Meister gezeigt hatte, machte hier dennoch als Visitator eine Schule neuer bitterer Erfahrung durch.

In die Pause, welche das Visitationsgeschäft während des Sommers 1533 erlitt, fällt dann ein für seine Stellung als akademischer Lehrer bedeutsamer Akt: er wurde Doktor der Theo-logie. Auch die Universität nämlich war in die mit Johann Friedrichs Regierung anhebenden Reformen hineingezogen worden; Melanchthon entwarf, den letzten Rest scholastischen Sauerteigs ausfegend, für die theologische Fakultät Statuten, welche ihren Lehrplan biblischer und evangelischer gestalteten, und auch für die theologischen Doktorpromotionen wurden unter Abthun älterer Cärimonien, „alberner Possen", Formen festgestellt, welche in die

heilige Aufgabe eines Doktors der Theologie, Gottes Wahrheit
zu lehren angemessener einführten. Im Juni wurde die Pro=
motion des Kaspar Kruziger und des Johannes Aepin, des Pfarrers
und Superintendenten von Hamburg, vorbereitet. Da war es
der Churfürst selbst, welcher wegen einer Besprechung über ein
allgemeines Konzil in Wittenberg anwesend, den Beiden
Bugenhagen zugesellt wissen wollte. Er selbst erbot sich, die
Kosten zu zahlen, verlangte aber, daß der Akt schleunig binnen
drei Tagen vor sich gehe. Noch an demselben Abend setzte daher
Melanchthon die Thesen auf, und Tags darauf fand die Dis=
putation selbst statt. Ein Kreis vornehmer Gäste hatte sich zu
derselben eingefunden, eine Anzahl evangelischer Fürsten, die gerade
damals sich in Wittenberg aufhielten, und der Churfürst selbst wohnte
der Disputation bis zu Ende bei. Die drei Doktoranden hatten
den gelehrten Streit mit Melanchthon und anderen Lehrern und
Predigern auszufechten; Bugenhagen fiel es zu, den Unterschied
des evangelischen Amtes und der weltlichen obrigkeitlichen Gewalt
darzulegen; eine Ausführung, welche die fürstlichen Gäste in einem
Zeitpunkt besonders interessieren mußte, in welchem das göttliche
Recht ihres Amtes sich noch immer der Prätensionen der römischen
Hierarchie zu verwehren hatte. Es gefiel dem Churfürsten, als
Bugenhagen ausführte, warum die Verletzung einer kirchlichen
Satzung anders zu beurteilen sei, als die Uebertretung eines von
der Obrigkeit erlassenen Gesetzes. Den Grundsatz der evangelischen
Freiheit zu Grunde legend führte er aus, daß es dem eigentlichen
Wesen des Predigtamtes fremd sei, Gesetze zu machen, und daß
auch die berechtigten Ordnungen, die von demselben ausgingen,
nicht zur Knechtung der Gewissen gereichen dürften. Die weltliche
Gewalt dagegen habe gerade von Gott den Auftrag, Gesetze zu
geben, denen um des Gewissens willen zu gehorchen sei, falls sie
nicht dem Gesetze Gottes zuwiderliefen.

Im Jahre 1534 wurde darauf die Visitation wieder auf=
genommen und Bugenhagen abermals an ihr beteiligt: da gelangte,
als er im November in Belzig weilte, an ihn eine neue Berufung,
welche ihn in seine pommersche Heimat führen sollte.

Dreizehntes Kapitel.

Berufung nach Pommern. Der Landtag in Treptow. Die pommer'sche Kirchenordnung und Visitation.

Wie vieles war hier verändert, seit er aus Treptow weg=
gegangen war! Der alte Herzog Bogislav, welcher der römischen
Kirche anhängig geblieben war und mit dem Camminer Bischof
sich gegen die ersten Verkündiger des Evangeliums gewendet hatte,
war gestorben, ohne über die kirchliche Neuerung zu triumphieren.
Vielmehr hatte die Verfolgung die Bekenner der evangelischen
Wahrheit zu um so lauterem Zeugnis in verschiedene Gegenden
des Landes zerstreut; in den Städten, in welchen trotziger Bürger=
sinn an dem Zorn des Herzogs nicht schwer trug, wo die Ver=
achtung des Volkes sich längst über faule und unsittliche Mönche,
über unwissende und raufluftige Pfaffen in Spottversen ergossen
hatte, und wo das religiöse Bedürfnis tieferer Gemüter dem
Evangelium entgegenkam, war die Thür für jeden aufgethan,
welcher die neue Lehre predigte. In Stralsund gab das Selb=
ständigkeitsgefühl sich gern den rücksichtslosesten Ausdruck; dort
war das alte Kirchentum schon 1525 nicht ohne Tumult gestürzt
worden. Was wollte es bedeuten, wenn 1532 in einer Zeit, in
welcher in Hamburg und Lübeck die evangelische Kirche schon be=
gründet war, die regierenden pommerschen Herzöge Barnim,
Bogislavs Sohn, und Philipp, dessen Enkel, bei der Landesteilung
in den Vertrag eine Formel aufnahmen, sie wollten dem religiösen
Zwiespalt, welcher wider ihren Willen zunehme, wehren, so viel
in ihrer Macht stehe! Stand doch beiden schon das Herz nicht
so, daß sie gern der Kirche den weltlichen Arm gegen Ketzereien
geliehen hätten! Barnim hatte in Wittenberg studiert, und Philipp
war am Hofe eines der umsichtigsten und friedfertigsten Fürsten
Süddeutschlands, Ludwigs von der Pfalz, erzogen worden. Vor
allem aber fielen die Ereignisse schwerer in die Wagschale der
Entscheidung, als jener Vorsatz. Die Reformation war Volkssache
geworden, und wenn die demokratische Strömung, welche dieselbe
trug, den Fürsten mißliebig sein mochte, so hätten doch Gewalt=
akte sie nur noch mehr anschwellen lassen in einem Augenblick,

in welchem sich mit der religiösen und kirchlichen Frage soziale
Ansprüche und mancherlei politische Schachzüge verknüpften.

Die bedrohlichen Zeitläufte gaben daher den Herzögen zu
bedenken, daß es nicht geraten sei, eine gefährliche Mißstimmung
durch Versagung des Evangeliums noch tiefer zu verbittern.
Auch erkannten die Herren wohl, daß die Reformation trotz der
vorgekommenen Unruhen der weltlichen Obrigkeit im Grunde
freundlicher gegenüberstehe, als die römische Kirche mit ihren
Ansprüchen auf weltliche Macht. Sie entschlossen sich daher, die
kirchliche Reform selbst in die Hand zu nehmen, immerhin im
Einvernehmen und mit Gutheißung der Landstände und des
Bischofs. So schrieben sie auf den 13. Dezember 1534, St. Lucientag,
einen Landtag nach Treptow a. d. Rega aus, und in den Vor=
verhandlungen schon lenkten sich die Blicke auf den vielbewährten
Landsmann in Wittenberg. In dem Bescheid, welchen die Fürsten
den Städten auf eine Anzahl eingereichter Artikel erteilten, erach=
teten sie es für notwendig, daß eine Visitation durch Bugen=
hagen gehalten werde; zugleich mit anderen Predigern sollte der=
selbe auf Nicolai, den 6. Dezember, verschrieben werden, damit
bei der Ankunft der Landschaft die Angelegenheit um so schleu=
niger erledigt werden könne.

Einer vorläufigen Anfrage in Wittenberg ward günstiger
Bescheid. Auch der Churfürst selbst hatte gegen Bugenhagen sein
großes Wohlgefallen geäußert, daß Gott den pommerschen Landen
solche Gnade erzeigt habe. Dann trafen, als Bugenhagen sich
auf jener Visitationsreise befand, welche er im Jahre 1534 an=
getreten hatte, die Boten der Herzöge mit der formellen Ein=
ladung wohl zu Anfang des November ein. Vom Schloß in
Belzig schrieb er am Montag vor Martini seine Zusage: er sei
bereit den gnädigen Herren zu dienen; außer der Schwerheit der
Reise sei keine Hinderung mehr für ihn vorhanden, aber er habe
seine Sache seiner Person halben Gott befohlen und wolle, so
er lebe und gesund bleibe, rechtzeitig kommen.

Nach 14 Jahren sah er seine Heimat und den Ort seiner
bescheidenen und doch so tiefen Wirksamkeit wieder. Der frühere
Rektor der Treptower Schule, der Chronist, welcher zuerst seinem
Volksstamm dessen Vergangenheit aufgeschlossen, war jetzt an einer

bedeutsamen Wende der Geschichte zur Arbeit an der Zukunft
desselben berufen. Eine neue Epoche des religiösen Lebens und
der Kultur sollte mit ihr anheben.

Sofort mit seiner Beteiligung kam evangelische Klarheit und
Entschiedenheit in die Verhandlungen des Landtages. Was bis=
her erwogen worden war, ließ wichtige Fragen des Kultus in
einer Schwebe zwischen Reform und Anbequemung an das Alte,
die auf Halbwerk hinauslief. War doch selbst in den von den
Städten übergebenen Artikeln vorgeschlagen worden, Gedächtnis=
gottesdienste für Verstorbene zu halten, nur mit Weglassung der
Vorstellung, daß dieselben dadurch aus dem Fegefeuer erlöst würden.
Vermittelungen von dieser und ähnlicher Art hat Bugenhagen
sicherlich ein Ende gemacht; aber zäherem Widerstand begegnete
er überall da, wo die Frage nach Anrecht und Anteil am Kirchen=
gut in Betracht kam. Alle Stände waren nämlich von dem
Wunsche erfüllt, ein volles Teil von jenen Gütern zu erhalten,
und keineswegs unter dem Gesichtspunkt, die zu begründende
evangelische Kirche hiermit um so reichlicher auszustatten. Weiter
handelte es sich um die Stellung des Bischofs und der Dom=
Kapitel. Dem ersteren wurden sehr große Zugeständnisse gemacht;
und auch Bugenhagen ging von der Möglichkeit aus, auf welche
die Wittenberger Reformatoren immer noch Rücksicht nahmen,
daß der Bischof das Evangelium leiden werde; diesem blieb da=
her nicht nur seine Würde samt Nutzung aller Güter, nicht nur
Ehegerichtsbarkeit und christliche Zucht durch Verhängung des
Bannes: selbst solche Funktionen, welche in das Wesen einer
evangelischen Gemeinde aufs Tiefste eingriffen, sollte er ausüben,
z. B. die ihm präsentierten Pfarrer nach Wandel und Wesen
und nach ihrer Geschicklichkeit examinieren und sie dann ins Amt
instituieren. Daher wurden auch Irrungen der Lehre und Sakra=
mentsspendung seiner Gewalt unterstellt, allerdings mit der viel
bedeutenden Einschränkung, daß er diese Gewalt in Gemeinschaft
mit den Visitatoren und den gelehrtesten Pfarrern ausübe. Ein
kollegiales Element, dem monarchischen zugesellt, sicherte die Sache
des Evangeliums gegen Mißbrauch der bischöflichen Gewalt. Und
eben diese dem Bischof beigegebenen Männer sollten demnächst
die Visitationen übernehmen, die Thätigkeit, welche für die Ein=

führung der Reformation in den einzelnen Gemeinden entscheidend
zu sein versprach).

Wir glauben den Einfluß Bugenhagens in diesen Vorschlägen
zu erkennen, welche zwischen Nicolai= und Lucientag, also noch
vor Beginn des Landtages beraten wurden und Schonung des
Bestehenden, Sicherung des zu Begründenden und Rücksicht auf
die landesherrliche Gewalt miteinander zu verbinden suchten.
Aber auf dem Landtage selbst erhob sich mancherlei Widerspruch,
und nicht nur von Seiten des Bischofs, der Aebte und der Dom=
kapitel. Auch die Herren vom Adel, welche doch vor Jahren
schon gegen die kaiserlichen Religionsmandate protestiert hatten,
da man Gott mehr gehorchen müsse, als den Menschen, schlossen
sich zum großen Teil den Ermahnungen des Bischofs an und
gaben ihren Fürsten die Gefahr kaiserlicher Ungnade zu bedenken.
Selbst einige Städte stimmten mit ein in die Aeußerungen der
Unzufriedenheit. Die Herzöge hielten dem gegenüber mit dem
Ausdruck ihrer Verwunderung nicht zurück. Vom Bischof und
den Geistlichen befremde sie solches nicht, aber von der Landschaft,
die so hart auf Reformation gedrungen, hätten sie sich eines
anderen versehen. Sie hielten darum den Versammelten noch=
mals die bewegenden Gründe ihres Vorgehens vor, die' jeder
Biedermann billigen müsse, und erklärten, damit fortfahren zu
wollen in dem Namen Gottes, in dessen Hand es stehe, auch
des Kaisers Ungnade abzuwenden. Wie wenig uns nun auch
über den Verlauf der Landtagsverhandlungen im einzelnen be=
kannt ist, es scheint doch, als hätte die feste Haltung der Fürsten,
die immer einen erheblichen Teil der Versammlung hinter sich
hatten, durchgeschlagen. Und obwohl die Mehrzahl der Adligen
den Landtag vor dem Schluß verließ, so bewilligten die Anderen
doch zugleich mit den Städten, daß das heilige Evangelium über
das ganze Land gepredigt, alle Papisterei und widergöttliche
Cärimonien abgethan sein, und es in allen Kirchen so gehalten
werden solle, wie Doktor Bugenhagen und die anderen Prediger
davon eine Ordnung entworfen hätten. Ob Entwurf oder völlig
ausgearbeitet, bildete also Bugenhagens Kirchenordnung den Ab=
schied des Treptower Landtages.

Für die Reformation war mit derselben der Grundstein klar

und feft mit Fernhaltung aller falfchen Vermittelung gelegt. Die Ordnung ftellt fich mit Beftimmtheit auf den Boden der Augs= burgifchen Konfeffion. Die evangelifche Lehre, wie fie da bekannt worden fei, folle fortan durch fromme, ehrliche, unberüchtigte Männer, die auch gelehrt und beredt feien, geprebigt werden. Die einzelnen Beftimmungen vom Predigtamt, von den Schulen, dem gemeinen Kaften, den Cärimonien find aus den früheren Ordnungen entlehnt. Aber doch geht Bugenhagen zugleich auf die befonderen Bedürfniffe und Mißftände Pommerns ein, die ficherlich in den Verhandlungen zur Sprache gekommen waren. Für die Verwendung des Kirchengutes vertritt er die fittlichen und kirchlichen Geftchtspunkte. Nachdrücklicher als je vorher hatte er fich der Befoldung der Geiftlichen anzunehmen. Auch wohl= habende Städte hatten die Männer, welche ihnen das Evangelium predigten, der dürftigften Armut überlaffen. Knipftro hat oft erzählt, wie er nur durch den Nähverdienft feiner Frau vor dem Loofe gefchützt fei, betteln zu müffen. Aus fo fchmerzlichen Er= fahrungen will es verftanden fein, wenn Bugenhagen unter Be= rufung auf 1. Kor. 9, 7 ff. es feinen Landsleuten einbläut, daß ein Arbeiter auch feines Lohnes wert fei, daß es die Würde des Amtes felbft verlange, die Prediger nicht als Bettler, fondern doppelter Ehre wert zu halten: Schon hätten einige Prediger, damit das Evangelium von den Mißgönnern nicht gehöhnt werde, große Gebuld gehabt, das Ihrige verzehrt, ja fich in Schulden geftedt. Darum verlangt der Reformator das Kirchengut für diefen erften Zwed zurüd, auch das entfrembete, und erinnert an das alte Wort: Genommenes geiftliches Gut gedeihet nicht, es frißt das andere mit fich auf.

Einen anderen Gegenftand feiner befonderen Fürforge bildete das pommerfche Schulwefen. Die Erfahrungen feiner eben unter= brochenen Vifitation im Churkreife hatten gewiß feinen Blid für die geiftliche Not des Landvolkes gefchärft. Freilich war ein wenig Katechismus alles, was er für Pommern zunächft anzu= ftreben vermochte, während er für die Städte Schulen mit wenig= ftens drei Lehrern forderte und die fächfifchen Vifitations=Artikel als Norm für ihre Einrichtung empfahl. Mit Nachdrud nahm er fich ferner der Einrichtung einer Hochfchule an. Die Erhaltung

des geistlichen und weltlichen Regiments beruhte auf ihr, wo so
vieles erst aus dem Gröbsten herauszuarbeiten war: aber auch
auf diesem Punkte war vor allem die äußere Versorgung zu
sichern, sollte die neue Schöpfung nicht verfallen, wie die Universität Greifswald. Da er nun die Schwierigkeit übersah, sofort
zum vollen Ziel zu gelangen, riet er zunächst, ein Jahr oder
zwei mit einer kleinen Hochschule den Anfang zu machen und
mit ihr ein „Pädagogium" zu verbinden. Diese Anstalt würde
etwa den mittleren und höheren Klassen eines Gymnasiums ent-
sprochen haben; ihre Leitung dachte er dem vornehmsten Professor
artium zu übertragen. Und um die Jugend dem Studium zu-
zuführen, riet er, die Fürsten möchten den Städten nach ihrem
Vermögen auflegen, eine Anzahl Bürgerskinder, wenigstens je
zwei, zur Universität zu schicken, ohne die, welche freiwillig studieren würden.

Ausführliche Anweisung erteilt die Ordnung darauf den
Visitatoren, und hier interessiert sie uns abermals durch das
Vorwiegen der wirtschaftlichen Seite. Alle Werturkunden und
Wertstücke sollen die Visitatoren sich überantworten lassen, um
sie dann den neuen Kassenverwaltern der evangelischen Gemeinden,
den Schatzkasten-Diakonen einzuhändigen; ihnen liegt ferner ob,
die Zahl der Prediger und Lehrer zu bestimmen, für ihre Besoldung zu sorgen, die oft sehr verwahrlosten Pfarrhäuser, Schulen
und Küsterwohnungen zu besichtigen, Zulagen zum Gehalte zu
beantragen. Im Ganzen erscheinen sie als Beauftragte des
Landesfürsten; in seinem Namen treten sie auch gegen die Ver-
breiter falscher Lehre auf; nur die schwierigen Ehefragen haben
sie dem Bischof zuzuweisen, wenn derselbe sich der Ordnung annehmen werde; wo nicht, so treten die Superintendenten ein.

Durch die Ergebnisse der Visitation hoffte Bugenhagen ein
festes Vermögen für die kirchlichen Einrichtungen und die Armenpflege zu gewinnen, und er entwarf für diese eine genaue, im
Ganzen an seine früheren Arbeiten sich anlehnende Ordnung.
Aber gerade in seinem Vaterlande stand ihm die Erfahrung be-
vor, wie weit der Schritt vom Anordnen bis zum Ausführen
sei. Es galt, nicht blos in Betreff der Klöster und Stifter, welche
die Fürsten ihrer Gewalt vorbehielten, Zurückhaltung zu beob-

achten; ein ganzes Heer von Ansprüchen des Adels, der Städte lag gleichsam noch im Hinterhalte.

Als der Landtag auseinandergegangen war, begleitete Bugenhagen zunächst den Herzog Barnim nach Rügenwalde, um dort für Mönche und Kanoniker, die im Kloster oder Stift verbleiben wollten, eine schriftmäßige Gottesdienstordnung zu entwerfen, eine ähnliche Arbeit, wie er sie schon vor zehn Jahren in Wittenberg ausgeführt hatte. Aber diese Versuche, zur Schlichtung unternommen, blieben nun einmal Anlässe noch größeren Zwiespaltes. Die Mönche und Nonnen fügten sich der neuen Ordnung keineswegs und sagten: Sollen wir das Alte nicht halten, wollen wir uns auch um das Neue nicht kümmern.

Schon im Frühjahr begann hierauf die Visitationsarbeit Bugenhagen in Anspruch zu nehmen. Dieselbe wurde ähnlich organisiert, wie in Chursachsen. In die Hände herzoglicher Beamter gelegt, führte sie sich im Namen der Fürsten ein und vertrat zugleich mit den kirchlichen Forderungen und Bedürfnissen auch Ansprüche der landesherrlichen Gewalt. Bedeutete sie demnach eine Steigerung derselben, so kann das Widerstreben nicht befremden, mit welchem namentlich mächtigere Städte den Visitatoren entgegenkamen. Mit einer Anhänglichkeit an die römische Kirche, den Kultus, die Ansprüche derselben hatte jenes Widerstreben der Bürger nichts zu schaffen; doch war die Geneigtheit für das Evangelium mit geringer Einsicht und wenig gutem Willen verbunden, wenn es galt, aus dem einzuziehenden Kirchenvermögen Pfarren und Schulen zu dotieren. Hier mochte das Wort des Chronisten Kantzow oft zutreffen: Ehe man das irdische Gut verläßt, verließe man lieber den ganzen Himmel.

Mit einigen Städten Hinterpommerns, Stolp, Schlawe, Rügenwalde machte Bugenhagen, von Barnims Räten unterstützt, den Anfang; um Reminiscere kam er nach Stettin, und hier sollte er der Schwierigkeit seiner Visitationsarbeit erst recht inne werden. Denn wie bestimmte Weisungen Herzog Barnim dem Rat, den Kirchenvorständen, der Geistlichkeit der Stadt vorher auch erteilt hatte, den Visitatoren Stätte und Glauben zu geben und sich gegen ihre Ordnungen gehorsamlich zu halten, so wollte sich der Rat doch nicht dazu verstehen, die Kleinodien der Kirchen und das

Silber abzuliefern: hatte er doch schon vor der Visitation für 800 Gulden (= 12000 Mark nach heutigem Werte) Kirchenschmuck verkauft! Dennoch muß die Visitation zu einem teilweisen Erfolg gelangt sein, und dem Receß, welcher die Kirchenguts= und Verwaltungsfragen eingehend behandelt, hat Bugenhagen Rand= bemerkungen hinzugefügt, aus denen hervorgeht, wie unablässig er das Eine betrieb, den Sold der Kirchendiener zu bessern, die Verwaltung der milden Stiftungen den Händen der neuerwählten evangelischen Diakonen zu überantworten. Noch hoffte er auch auf die Gründung einer Stettiner Hochschule; hatten doch die Fürsten die reichen Güter der beiden Domkirchen und das Prio= rat zu St. Jakob mit der Vertröstung eingezogen, dieselben zu einer Stiftung anzuwenden. Auch diese Hoffnung Bugenhagens hat sich nicht erfüllt. Doch durfte er gegen das Ende seines Aufenthaltes in Pommern wenigstens dazu mitwirken, daß der Universität Greifswald wieder durch Errichtung eines Päda= gogiums, wie ers befürwortet hatte, aufgeholfen wurde.

Noch abwehrender als Stettin verhielt sich des Pommerlandes trotzigste Stadt Stralsund. Hier war seit einigen Jahren eine städtische Verwaltung des Kirchenvermögens eingerichtet; und der Rat wollte den fürstlichen Beamten nicht einmal einen Einblick in die Verhältnisse gestatten. Auch die Visitatoren konnten nicht von dem allgemeinen Versprechen befriedigt sein, man wolle Kirchen und Schulen aus dem Kirchengut versorgen, und wahrten ihrer= seits durch einen Protest die herzoglichen Rechte. Wenn sie aber zugleich in Form eines Visitations=Recesses Vorschläge für die Ordnung des kirchlichen Lebens an die Stralsunder einreichten, so blieb die Befolgung ganz dem Ermessen derselben anheim ge= geben. Die Visitation scheiterte an dem Konflikt der vorwärts drängenden landesherrlichen Gewalt und der sich behauptenden städtischen Selbständigkeit.

In dem Verlauf dieses unerfreulichen Streites mit Mächten, die stärker waren, als der persönliche Einfluß des Reformators, tritt dann doch einigemal das Bild desselben um so anmutender hervor. Nachdem er da im Kloster Eldena die Mönche über die Lehre von der Buße examiniert und an ihren allzu treffenden Antworten gemerkt hat, daß sie sich von seinem Famulus und seinem jugend=

lichen Schwestersohn Johannes Lübbeke vorher haben instruieren lassen, sagt er zu dem Ersteren gewendet lachend auf Latein: Aus dem eigenen Köcher ist jener Pfeil nicht gekommen! und verspricht dann, sich beim Herzog dafür zu verwenden, daß jene Mönche in Wittenberg auf Kosten des Klosters studieren dürfen. Dann wieder sehen wir ihn durch seine Fürbitte als Anwalt menschlicher und göttlicher Barmherzigkeit dem Herzog Philipp zureden, welcher beschlossen hatte, an den Häuptern eines früheren, gegen den Rat gerichteten Bürgeraufruhrs in Pasewalk ein Exempel zu statuieren. Es war in Ueckermünde, wohin man die Schuldigen abgeführt hatte; dort sollte ihnen ihr Recht werden. Was nun erfolgte, hat ein Zeitgenosse, der herzogliche Sekretär Kantzow, so schlicht und so ergreifend erzählt, daß wir ihn selbst mit seinen Worten, deren eigentümlicher Reiz freilich durch die Uebertragung ins Hochdeutsch verliert, reden lassen: Herzog Philipp ließ die Gefangenen hervorbringen, daß man sie richten sollte. Da bat der Hauptmann Lutke für sie: es half nicht. Das ganze Hofgesinde bat, und es half nicht. Doktor Bugenhagen und Lutke Hanen's Hausfrau samt ihren Jungfrauen baten mit Weinen. Da wollte der Fürst nicht erachtet werden als ein Unerbittlicher und gab nach, daß Sieben sollten auf Geldstrafe losgelassen werden, und Dreien, den ersten Häuptern, sollte ihr Recht widerfahren, und darum sollte Niemand mehr bitten. Da erfreute man sich, daß dennoch das größte Teil der Strafe entzogen wäre, aber der Andern halben hatte Niemand Hoffnung. Da trat Doktor Bugenhagen hervor und sagte: Gnädiger Herr! Eure fürstliche Gnaden hat Euer fürstliches Amt von Gott dem Herrn, und thut Eure fürstliche Gnaden billig daran, daß Ew. f. G. Mutwillen und Unrecht straft. Darum hatte ich mir vorgesetzt, nicht ein Wort mehr hierein zu reden. Aber dieweil derselbe Gott, von dem Ew. f. G. den Befehl der Strafe des Bösen hat, von uns armen Sündern mehr denn zu hoch oft erzürnt wird, also daß wir auch keiner Gnade würdig sind; so ist er dennoch so barmherzig dabei, daß er seine Strafe oft fallen läßt oder gar mildert, wenn wir uns bekehren. Desselben Exempels bitte ich wolle Ew. f. G. eingedenk sein; und so es Ew. f. G. dafür hielte, daß diese armen Leute, wo sie sich hoch erbieten, sich bessern würden, daß Ew. f. G. ihnen wollte Gnade beweisen und das Leben geben. Und unterdeß verhindern ihn die Thränen und Angst weiterer Rede. Da wurde der Fürst blaß und setzte sich und bewog sich hart in sich selbst und schwieg lange Weile und konnte nicht eins werden, was er thun wollte. Zuletzt stand er auf und forderte die Räte zu sich, die weit von ihm gewichen waren und sich nichts mehr dazu zu sagen getrauten, und befragte sie, was sie für gut ansähen. Da sie sahen, daß er durch des Doktors Ermahnen so bewogen war, da wollten sie nicht abraten, daß er den Leuten das Leben gäbe. So gönnte er den Dreien auch das Leben.

Gegen Ende seines Aufenthaltes in Pommern erhielt Bugen=hagen vom Herzog Philipp einen Auftrag, welcher zeigt, wie viel Gunst und Vertrauen er beim Fürsten genoß. Als derselbe sich mit Maria von Sachsen, der Schwester des Churfürsten Johann Friedrich zu vermählen gedachte, bat er Bugenhagen, die Werbung einzuleiten, als deren persönliche Vermittler darauf zwei herzog=liche Räte nach Wittenberg kamen. Fastelabend, den 25. Febr. 1536 fand die Vermählungsfeier statt; Luther hielt am Abend die Trauung, Bugenhagen erteilte Tags darauf, weil Luther durch einen Schwindelanfall verhindert war, den Segen. Alle Pracht und aller Reichtum wurde bei dem Hochzeitsfeste entfaltet; es wurde weidlich turniert, allen Gästen, hohen und geringen, mit Essen und Trinken sehr gütlich gethan; Malvasier und Reinfal wurden aus eitel Silber getrunken; auf König Artus Hofe hätte es nicht besser können zugehen.

Vierzehntes Kapitel.

Wittenberg. Die Ordination. Anteil an der Wittenberger Konkordia und dem Konvent in Schmalkalden.

In der Mitte des August 1535 etwa erhielt Luther die Nachricht, daß Bugenhagen sich auf der Rückreise befinde. Die Universität war gerade, wieder einmal nach acht Jahren, vor der Pestgefahr nach Jena entwichen; jetzt, zum Wiedereintritt des Mitarbeiters wünschte Luther, daß sie sich wieder nach Wittenberg verfüge. So schrieb er schon am 19. August dem Jonas. Als fünf Tage

vergingen, ohne daß Pomeranus kam, wunderte er sich über das
Zögern, besonders da verlautete, er befinde sich schon acht Tage
lang in der Nähe. Bald darauf traf indes der Erwartete ein
und ward von allen Freunden empfangen.

Auf zwei Jahre war er seiner Gemeinde, der Universität
und seinem Aufsichtsbezirk in Chursachsen wiedergeschenkt worden.
Der Kreis der Thätigkeiten, in welche er wieder eintrat und die
in ihrem regelmäßigen Verlauf dem Biographen nichts besonderes
zu berichten geben, erweiterte sich gerade in jenem Zeitraum be-
deutsam, indem Bugenhagen zunächst wider seinen Willen die
Ordinationen zu vollziehen hatte, durch welche Diener am Wort
mit der Amtspflicht und dem Amtsrecht, das Evangelium zu
predigen in ihre Gemeinden entsandt wurden. Zehn Jahre lang
hatten sich die Wittenberger Reformatoren für die Erteilung jenes
Auftrages, für das Berufen und Senden der Prediger an einer
Feier in der Gemeinde der Berufenen genügen lassen; aber ebenso
das Bedürfnis einer kirchlichen Beglaubigung, wie das einer persönlichen Vergewisserung der zu Sendenden, nicht eigenmächtig,
sondern auf Gottes Befehl Evangelium zu predigen, forderte je
länger desto dringender, daß auch der Anteil, welchen die evangelische
Gesamtgemeine neben der Ortsgemeine an einer ordnungsmäßigen
Einsetzung der Diener am Wort nehmen mußte, seinen feierlichen
Ausdruck fände. Während Bugenhagen, als er die Kompetenzen
der pommerschen Bischöfe für die Zukunft abgrenzte, ihnen das
Recht beilegte, die Prädikanten, welche von Patronen oder Gemeinden ihnen präsentiert werden würden, zu ermahnen und zu
konfirmieren, doch ohne diesem Akt eine gottesdienstliche Gestalt
zu geben, wollte Luther seit 1535, daß der Wittenberger Pfarrer
die von einer Gemeinde oder einem Patron Berufenen, nachdem
sie examiniert seien, vor der Wittenberger Gemeinde solenn, unter
Gebet und Handauflegung, zum Dienst am Wort ordne und
sende. So entstand die Ordination, wie wir sie noch heute
verstehen, als ein evangelischer Weiheakt, welcher mit der Sendung
in das zuerst zu bekleidende Amt den Auftrag für das Amt
überhaupt verbindet. Die öffentliche gottesdienstliche Gestaltung
bewahrte jenen Akt davor, abermals in eine „Winkelweihe", ein
blos priesterliches Operieren zu entarten. Bugenhagen selbst hätte

es anfänglich wohl lieber gesehen, wenn auch diese Ordination
in der Gemeinde der Berufenen stattfände; aber er fügte sich
Luthers Ansicht. Als „geweihten Bischof" stellte dieser ihn am
7. November 1535 dem päpstlichen Nuntius Vergerius vor, und
Bugenhagen selbst berief sich Vergerius gegenüber für sein Ordinieren
auf die Auktorität Luthers und der Wittenberger Universität.
Der Diplomat der Kurie mochte hierzu lächeln; die Auktoritäten
aber, auf welche sich Bugenhagen berief, waren bei einem großen
Teil der Besten des deutschen Volkes in höherer Geltung, als
Papst und Bischöfe; und auf Grund jener evangelischen Ordina=
tion in Wittenberg sind Verkündiger und Verfechter der evange=
lischen Wahrheit in alle Teile der evangelischen Christenheit
gegangen.

Für sein akademisches Lehramt erhielt Bugenhagen in diesem
Zeitraum einen erneuten Auftrag, als Churfürst Johann Friedrich
die Universität neu fundierte, um sie reichlicher mit Mitteln zu
begaben, als seine Vorgänger. In der Urkunde, welche auch eine
Lehrordnung für alle Fakultäten in sich schloß, wurde dem Pfarrer
zu Wittenberg, der ein Doktor oder mindestens ein Licentiat der
heiligen Schrift sein sollte, auferlegt, Dienstags und Donnerstags
über den Evangelisten Matthäus, das Deuteronomium und zu
Zeiten über einen kleinen Propheten zu lesen; und seinem Ein=
kommen, welches seit drei Jahren 200 Gulden betrug, wurden
abermals 60 Gulden zugelegt. Das waren etwa 4000 Mark unseres
Geldwertes. Bei der einfachen Lebensweise jener Zeit durfte man
daher von Bugenhagen sagen, daß er gut besoldet sei.

Gleichzeitig empfing Bugenhagen Anlaß, sich an den Ver=
handlungen zu beteiligen, welche einer Existenzfrage des Prote=
stantismus galten. Ebendamals nämlich wurde derselbe, mannig=
fach ebenso bedroht, wie von auswärtigen Herrschern umworben,
zu dem Versuch gedrängt, über den Lehrgegensatz Luthers und
Zwinglis, welcher ihn so tief spaltete, hinaus zu einer religiösen
und theologischen Einigung zu gelangen, welche dann weiter
auch für die Zusammenfassung seiner äußeren Kräfte von Be=
deutung sein mußte. Für den sächsischen Churfürsten gab in
diesen Verhandlungen Luthers Stimme den Ausschlag, und Bugen=
hagen kommt nur als dessen getreuer Vertreter und Geleitsmann

in Betracht. Aber ihn kennzeichnet doch, und dadurch sticht er
gegen Lutheraner wie Amsdorf ab, die Friedensliebe, mit welcher
er disputierte, und die Freude an der erreichten Einigung.

In diesem Geist hat er an dem Gespräch teilgenommen,
welches in der letzten Woche des Mai 1536 in Wittenberg mit
den Vertretern der Oberdeutschen, namentlich Butzer und Kapito
stattfand. Mit einer Genauigkeit, die dem Zweck der Verhandlung
eher hinderlich sein konnte, die aber doch der Treue gegen seine
Ueberzeugung entsprach, vertrat er die Lehre Luthers, als man
vom Sakrament miteinander handelte. Er brachte z. B. zur
Sprache, was ihm als Mißbrauch erschien, daß in manchen Ge=
meinden das vom Abendmahl übrigbleibende geweihte Brot
wieder unter das ungeweihte gemischt wurde; ebenso verfocht er
die These Luthers, daß auch die Ungläubigen Christi Leib und
Blut im Abendmahl empfingen, nur daß er doch auf die Zuge=
ständnisse und vermittelnden Formeln der Oberdeutschen einging.
Wegen der „Kopftaufe", welche bei ihnen üblich war, und wegen
der Schulen, denen die Verbindung mit den Gottesdiensten der
Gemeinde gebrach, wird er sich bei den Erklärungen und Ver=
sprechungen Jener beruhigt haben. Daß er überhaupt die Ver=
handlung nicht mit dem Auge eines bloßen Parteigängers be=
trachtete, bewies er durch ein Wort in seiner am 24. Mai über
Joh. 17 gehaltenen Predigt: es möge gebetet werden, nicht,
daß die Oberdeutschen den Wittenbergern, auch nicht daß diese
jenen, sondern daß Beide der Wahrheit beitreten möchten. Auch
als ihm selbst am Tage nach Himmelfahrt das Festhangen an
mancher Kultussitte vorgehalten, als er wegen der Bilder in den
Kirchen, der Meßkleider und Lichter befragt und auf das für
Jene Aergerliche dieser Dinge hingewiesen wurde, gab er friedfertig
Bescheid, versichernd, daß sie in Wittenberg dem Mißbrauch stets
widersochten, auch am Gebrauch nicht knechtisch gehangen hätten.
Das Aufheben des Sakraments, um deßwillen er schon vor zehn
Jahren in Anspruch genommen worden war, suchte er als einen
alten Brauch zu entschuldigen, der mit einem Anbeten des Sakraments
nichts mehr zu thun habe und als Erinnerung dienen möge,
Christo für dasselbe Dank zu sagen. Doch gab er zu,
daß die Abschaffung wohlberechtigt sei und stellte sie für die

Zukunft auch für Wittenberg in Aussicht. Sie ist dann in der That durch seinen Einfluß erfolgt.

Herzlich freute er sich auch der erreichten Einigung, während Amsdorf wegen derselben zürnte. Die Hoffnung erfüllte ihn, daß die Zwietracht nun zu Ende sein und wahre Liebe und Eintracht zwischen ihnen und den Oberdeutschen herrschen werde.

Die Wittenberger Konkordia war kaum vereinbart, da sahen sich die Protestanten durch die päpstliche Einladung zum Konzil zu neuen Beratungen aufgefordert. Dieselben sollten im Februar 1537 in Schmalkalden stattfinden, wo die Verbündeten sich für ihre Stellung zu jenem Konzil entscheiden wollten. Luther hatte auf des Churfürsten Wunsch für jene Verhandlungen gleichsam das Vorwort geschrieben, die sog. Schmalkaldischen Artikel, ein gewaltiges, überaus einschneidendes Zeugnis für die evangelische Wahrheit und die evangelischen Forderungen. Dies „Testament Luthers", sprühend von kräftigstem Haß gegen das Papsttum, hat für sich und für Brenz auch Bugenhagen unterschrieben. Er ging darauf mit den beiden Reformatoren zunächst nach Torgau zu einer Besprechung mit dem Churfürsten, dann mit ihnen nach Schmalkalden. Hier hat er sich wieder an den Verhandlungen, durch welche die Eintracht mit den Oberdeutschen aufs Neue festgestellt werden sollte, beteiligt. Zwar gab es einen kritischen Moment, als Bugenhagen mit Amsdorf gegen Melanchthons Willen die Theologen zu einer Disputation über das Abendmahl zusammenrief und dann, als Butzer zufriedenstellende Erklärungen gegeben hatte, diesem Luthers Artikel zur Unterschrift vorlegte. Butzer erwiederte indeß, daß ihm hierzu kein Mandat erteilt sei; im Uebrigen habe er an jenen Artikeln nichts auszusetzen. Durch Unterzeichnung der Augustana und der Wittenberger Konkordia wurde einer Entzweiung vorgebeugt. Die errungene Eintracht hat später Bugenhagen auch gegen Amsdorf vertreten.

Die Rückreise von Schmalkalden brachte ihm dann Erlebnisse, an welche er noch lange nachher gedacht hat. Luther war an seinem Steinleiden schwer krank; in der Nacht Mittwoch nach Reminiscere glaubte er nicht mehr den nächsten Tag zu erleben. Er wollte damals nur seinen Pomeranus bei sich haben; zu dem hob er an davon zu reden, daß er das Papsttum mit Recht gestürmt, und trug ihm dann an seine Käthe, an die Freunde und Wittenberger Bürger Abschiedsgrüße auf. Von besonderer Wichtigkeit aber war es Bugenhagen, daß der Reformator dem Churfürsten und dem Landgrafen von Hessen sagen ließ, sie möchten sich durch das Geschrei über Kirchenraub nicht abhalten lassen, zur Förderung des Evangelii die geistlichen Güter einzuziehen, auch in Betreff des Widerstandes gegen den Kaiser thun, was ihnen Gott ins Herz geben würde. Am nächsten Tage hörte Bugenhagen Luthers Beichte und sprach ihm die Absolution, tröstete auch an den folgenden Tagen den Kranken und versprach ihm auf sein Begehr, dafür zu sorgen, daß er einst in die Schloßkirche zu Wittenberg solle gelegt werden, aus welcher der Quell des Lebens in alle Welt geflossen sei.

Er war noch nicht lange nach Wittenberg zurückgekehrt, als er einer neuen Berufung zu umfassendem reformatorischen Wirken sich gegenüber fand, welche ihn über die Grenzen Deutschlands hinausführen sollte.

Fünfzehntes Kapitel.

Berufung nach Dänemark. Die Krönung des Königs. Arbeit an der Kirche und Universität.

Der Fürst, welcher ihn bei der Disputation in Flensburg vor acht Jahren kennen gelernt hatte, berief ihn in einem kritischen Augenblick, um die dänische Kirche zu ordnen. Nach König Friedrich I. Tode 1533 trat Christian in Holstein die Regierung sofort kraft des Successionsrechtes an; in Dänemark aber konnte er nur durch die Wahl der Reichsräte auf den Thron gelangen. Es war natürlich, daß ihm, dem überzeugten Anhänger der evangelischen Lehre, in den Bischöfen eine mächtige Gegnerschaft erstand, deren Plan es war, durch die Wahl eines jüngeren Bruders Christians sich den Einfluß auf die Regierung nebst manchen Vorteilen zu sichern und die Reformation zu unterdrücken, welcher schon Friedrich I. eine wohlwollende und fördernde Duldung gewährt hatte.

Die Geschichte seiner im Sommer 1534 dennoch erfolgenden Wahl und seiner ersten beiden Regierungsjahre überzeugte den König von der Notwendigkeit, sich einer feindseligen Macht zu entledigen, welche auch vor einem Bürgerkriege nicht zurückscheute. Kaum hatte er, mit den Waffen über die Gegenpartei siegreich, seinen Einzug in Kopenhagen gehalten, so wurde am 12. August 1536 mit weltlichen Mitgliedern des Reichsrats in größter Stille vereinbart, die politische Macht der Bischöfe zu beseitigen. Dann folgte rasch am 20. August ihre Verhaftung und die Einziehung ihrer Güter. Noch bedurfte dieses Vorgehen der Bestätigung durch einen Reichstag. Am 30. Oktober 1536, als die Herren vom Adel samt Verordneten des Bürger= und Bauernstandes in Kopenhagen noch versammelt waren, ließ der König die An= klage gegen jeden einzelnen Bischof öffentlich verlesen, und als dann die Frage gestellt wurde, ob die Bischöfe zurückkehren sollten, antworteten alle Stände, selbst die Verwandten der Bischöfe, im Sinne des Königs. Hierdurch war die äußere Macht römisch= kirchlicher Institutionen beseitigt, und da das Evangelium seit Jahren im Volk Wurzel gefaßt hatte, galt es nun eine evange= lische Kirche zu organisieren.

Der König selbst war der Erste, welcher hieran gedacht hatte. Vier Tage nach der Verhaftung der Bischöfe, am 24. August, hatte er sich an den Churfürsten von Sachsen mit der Bitte ge= wendet, ihm Johannes Pomeranus zu leihen und auch Philipp Melanchthon zu schicken, denn die Einwohner seines Reiches seien begierig, das heilige göttliche Wort anzunehmen, während es ihm an geschickten Leuten fehle, die nötigen christlichen Ordnungen aufzurichten. Anfang November teilte er weiter dem Churfürsten die Absetzung der Bischöfe und seinen Wunsch mit, an ihrer Stelle andere geistliche Bischöfe und Superintendenten bestellt zu sehen, um den rechten christlichen Glauben zu pflanzen. Die bischöflichen Güter seien unter die Krone gelegt, und er gedenke zu seiner Rechtfertigung eine Druckschrift ausgehen zu lassen.

Luther, dem Christian ebenfalls Nachricht gegeben hatte, billigte dessen Vorgehen gegen die Bischöfe, als die das Wort Gottes verfolgten und das weltliche Regiment verwirrten, und bat nur, daß der König von den zur Krone gezogenen bischöflichen

Gütern soviel absondere, als erforderlich sei, die Kirche gebühr=
lich zu erhalten. Aehnlich äußerte sich Bugenhagen in einem
Briefe vom 1. Advent 1536.

In der That ging König Christian sofort ans Werk, um
die Reformation durchzuführen. Nachdem er durch einige dänische
Gelehrte eine Kirchenordnung hatte entwerfen lassen, fertigte er
am Dienstag nach Misericordias 1537 seinen Sekretär von Alten=
golßen als Botschafter nach Chursachsen ab, und am Mittwoch
nach Exaudi antwortete der Churfürst zusagend, während er
den König warnte, das Mantuaner Konzil zu beschicken. Gleich=
zeitig erteilte er Bugenhagen Urlaub bis Galli (16. Oktober),
also etwa vier Monate. Die weite und in jener Zeit anstrengende
Reise war für Bugenhagen nicht unbedenklich. Bei seinem letzten
Besuch in Wittenberg war es dem Churfürsten nicht entgangen,
daß Bugenhagens Gesundheit nicht mehr ganz fest sei, und daß
namentlich sein Gehör gelitten habe. Ein schweres Ohrenleiden
aus dem Jahre 1527 mochte diese Folgen hinterlassen haben. Aber
Bugenhagen entschied sich dafür, auch in der Ferne zusammen
mit dem Fürsten, mit welchem vereint er schon vor sechs Jahren
den Strauß gegen Melchior Hoffmann bestanden hatte, am Evan=
gelium zu dienen. Der Einladung des Königs gemäß wurde
er von seiner Frau und seinen Kindern begleitet, und außerdem
nahm er eine Anzahl von jungen Hülfskräften mit sich, um sie
nach beendeten Studien sofort für die kirchliche Arbeit zu ver=
wenden. Der bedeutendste, Peter Plads — Petrus Palladius
— ein Däne von Herkunft, hatte auf des Königs Christian
Kosten in Wittenberg studiert und am 6. Juni, wohl nur einige
Tage vor der Abreise, die Doktorwürde erlangt; ein junger
Mann, über den Bugenhagen sich mit zuversichtlicher Hoffnung
gegen den König geäußert hatte, als er von ihm die Kosten für
die Doktorierung und weiteres Studium erbat. Weiter begleiteten
Bugenhagen Johannes Lübbeke, Bugenhagens Schwestersohn,
und Tilemann de Hussen, welcher zugleich mit Peter Plads
Doktor geworden war.

Am 5. Juli betrat Bugenhagen gesund die dänische Küste.
Es war, wie er in einem Briefe an die Freunde in Wittenberg
erinnerte, die Zeit der Hundstage, in welchen die Jünglinge nach

Erfrischung und Ausspannung von ihren Studien verlangen; er selbst aber gönnte sich keine Ruhe. Ihn beseelte trotz seines grauen Hauptes die alte Schaffens= und Arbeitslust. Miles canus, sed nondum veteranus, einen ergrauten aber noch nicht ausgedienten Streiter nannte er sich mit freudigem Humor. Und ohne Verzug sah er sich in der That in die Arbeit des Ordnens hineingeworfen. Obschon auch der vom Könige nach Wittenberg geschickte Entwurf einer Kirchenordnung von ihm, wie Luther begutachtet war, so gab es jetzt auf dem Platz, wo der kirchliche Bau aufgeführt werden sollte, wie an jener Ordnung „hinzu zu flicken", so auch wohl abzuändern. Es ist gegenwärtig schwierig, diese Zuthaten von der ursprünglichen aus Dänemark selbst stammenden Vorlage abzulösen, und doppelt mißlich, da wahr= scheinlich auch bei dieser letzteren schon die anderen Kirchenord= nungen Bugenhagens als Vorbild gedient haben werden. Nur das ist sicher, daß ganze Partieen der Ordnung, wie sie aus Bugenhagens Revisionsarbeiten hervorgegangen und dann vom König angenommen worden ist, sich mit geringer Veränderung, zuweilen nur unter formaler Abkürzung an die älteren Bugen= hagen'schen Ordnungen anlehnen.

Nach diesen Vorarbeiten, mit denen wir uns den Reforma= tor zunächst in der Stille in Kopenhagen beschäftigt denken, tritt er uns dann zum ersten Male mit dem auszeichnenden Auftrage betraut entgegen, den König und seine Gemahlin zu krönen. Nach dem Bruch des Königs mit der römischen Kirche war es unmöglich geworden, aus den Händen eines hohen kirchlichen Würdenträgers Schwert und Krone zu empfangen. Der zum König Erwählte hatte jetzt Freiheit, nach seinem persönlichen Vertrauen die Krone aus den Händen des befreundeten Dieners am Evangelium zu nehmen, welcher an innerer geistlicher Würde Päpste und Legaten in den Schatten stellte.

Der 12. August, des Königs Geburtstag, war zur Feier ausersehen. Vor der prächtig hergerichteten Frauenkirche stand Bugenhagen, mit der Alba bekleidet, in der Mitte einer Schaar von Predigern; und jetzt nahte das Herrscherpaar auf geschmückten Rossen, einen langen glänzenden Zug im Gefolge. Nachdem dann der König und die Königin sich in die Zelte, welche der liturgischen Sitte gemäß für sie in der Nähe des Hochaltars aufgeschlagen waren, begeben, und die Reichsräte die Regalien, welche sie vorangetragen, auf den Altar geopfert hatten, begann Bugenhagen vom Altar aus seine Rede, welche die eigentliche Feier einleitete. Er schloß dieselbe an das übliche Krönungs= Cärimonial der Kirche an, nur daß er sich die Freiheit nahm, Teile desselben in evangelischem Sinne zu deuten; und in= dem er in den eingeflochtenen Reden dem Könige und der Königin als Pflegern und Beschirmern der evangelischen Kirche ins Gewissen redete, auch das Bekenntnis zum Evangelium und das Gelöbnis, die evangelische Kirche zu versorgen, in den Schwur aufnahm, den die zu Krönenden zu leisten hatten, machte er den Krönungsakt zugleich dem großen Werke der Reformation dienst= bar, in dessen Anfängen man stand, und welches gerade in Däne= mark der Mithülfe eines von Herzen evangelisch gesinnten Herr= schers bedurfte.

Bald folgten auch auf die Krönung Regierungshandlungen, die den Beweis lieferten, daß der König mit der Reformation entschlossen vorgehen wolle. Wie es die Verhältnisse forderten, und Bugenhagen gewiß dem Könige anriet, wurden zuerst die leer gewordenen Bischofsstühle durch sieben wissenschaftlich und praktisch tüchtige, aus den hervorragendsten dänischen Geistlichen ausgewählte Superintendenten besetzt. Nachfolger des erbittertsten Gegners der Reformation, des Bischofs Rönnov in Röskilde, wurde Petrus Palladius, damals noch nicht 34 Jahre alt, sicher= lich auf Bugenhagens Empfehlung. Tausen, der so lange der Vorkämpfer des Evangeliums gewesen war, finden wir nicht unter den Erwählten; wahrscheinlich hat Bugenhagen ihn als tüchtigen Lehrer des Hebräischen bei der bevorstehenden Neu= gründung der Kopenhagener Universität nicht entbehren mögen.

Diesen Superintendenten fiel eine tiefgreifende und weit= reichende Aufgabe zu. Jährlich hatten sie die Kirchen und Schulen und die Armenpflege ihrer Diözesen zu visitieren und bei dieser Gelegenheit zu predigen; ihnen lag ob, die Eintracht unter den Predigern zu erhalten, dieselben seelsorgerlich zu beraten, zu er= innern und zu strafen; auch Streitigkeiten, besonders in Ehesachen, sofern es sich um Gewissensfälle handelte, zu entscheiden. Und

8*

während sie so Ratgeber und Richter aus Gottes Wort waren
blieben sie doch auch Prediger und Seelsorger ihrer Parochie
und hatten in derselben lateinische Vorlesungen über die heilige
Schrift zu halten. Bugenhagen, wieviel er seinen Mitarbeitern
zuzutrauen pflegte, durfte doch im Hinblick auf einen solchen
Umkreis von Pflichten von unermeßlicher Arbeit und Fürsorge
reden, für welche Eines Mannes Kraft kaum ausreichen werde.

Am 2. September ordinierte Bugenhagen in der Frauenkirche
Kopenhagens, derselben, in welcher die Krönung stattgefunden
hatte, die erwählten Superintendenten. Der Sinn dieser Ordination sollte nur der einer öffentlichen Sendung in die Pflichten
und Rechte des Amtes sein. Daher waren auch solche Männer
zu ordinieren, welche schon die Weihen im Sinn der römischen
Kirche empfangen hatten. Die Form der Feier war schon in
der neuen Kirchenordnung vorgesehen; es erhöhte den Eindruck
von der Bedeutung derselben, daß der König selbst mit den
Großen des Reiches gegenwärtig war. So ward bezeugt, daß
diese Sieben als die rechten Nachfolger der früheren Bischöfe
gelten sollten; das dänische Volk hat auch dem Titel „Bischof"
vor dem protestantischen des Superintendenten immer den Vor-
zug gegeben.

Zugleich sicherte ein Edikt des Königs, welches die Kirchenordnung für seine Lande publizierte, den Superintendenten eine
vorläufige Rechtsgrundlage und Normen für ihre Wirksamkeit;
es war ein Akt der landesherrlichen Gewalt, welcher die Entwickelung der evangelischen Kirche Dänemarks gleich der Deutschlands in ihren ersten Anfängen beförderte und ihre weitere
Entwickelung territorial gestaltete.

Der König reiste mit seiner Gemahlin bald nach jener Feier
in seine deutschen Lande, um auch hier die Reformation einzuleiten; eine Kirchenordnung, an welcher einige holsteinische Priester
mitgeholfen hatten, wurde Bugenhagen vorgelegt. Auch auf dies
neue Arbeitsfeld blickte derselbe mit freudiger Hoffnung. Gott
wird helfen, schrieb er dem Könige, wie etlichen frommen Königen
Juda, die Gott mehr fürchteten, denn die Leute, welche wieder
aufrichteten den gefallenen Gottesdienst nach Gottes Worte.

Was ihn so freudig stimmte, war der glückliche Fortgang
der Visitationen in Dänemark selbst. Die Superintendenten
hatten diese wichtigste Arbeit sofort beim Eintritt in ihre Diö=
cesen begonnen, wie es scheint, mit einem überall günstigen Er=
folge. Petrus Palladius war mit Bugenhagens Gutheißen in
Röskilde, das für eine papistische Stadt galt, 14 Tage lang ge=
blieben und hatte unter Zulauf der ganzen Bürgerschaft täglich
gepredigt, täglich auch vor 125 Zuhörern lateinische Vorlesungen
gehalten. Zwei Pfarrer waren sofort eingesetzt, ein dritter, für
das graue Kloster, in Aussicht genommen worden. So schrieb
Bugenhagen im November 1537 dem Könige. Im Februar
1538 konnte er den Wittenberger Freunden noch weitere Fort=
schritte des Evangeliums melden. Auch in den Klöstern und
Domstiften, die man für jetzt bestehen ließ, um in Zukunft, falls
nicht andere Hände zugriffen, die Einkünfte für Schulen und
Studierende zu verwenden, fügte sich Alles den Visitatoren. Die
Gottesdienstordnung, welche Bugenhagen schon in Pommern aus=
gearbeitet hatte und nun auf die dänischen Verhältnisse übertrug,
wurde von Mönchen und Stiftsherren beobachtet; auch Unter=
weisung in der Schrift ließen sie sich gefallen. Aber die Kapläne,
welche die Domherren von Röskilde für die armen Bauern
unterhielten, fand Bugenhagen sehr ungelehrt und ungeschickt;
und auch die Anhänglichkeit der Stiftsherren an das hölzerne
Bild des Papstes Lucius mißfiel ihm sehr. In humorvollem
Zorneserguß klagte er's dem Könige und meldete, daß dasselbe
abgethan worden sei. Jene hätten zwar von Kirchenschmuck
begütigend geredet, und evangelische Klüglinge hätten das Bild
als warnendes Exempel konservieren mögen, aber er selbst
habe nie Greulicheres gesehen, eine rechte Darstellung der
paulinischen Weissagung vom Antichrist, drei Kronen auf dem
Haupt, in der Linken den Bischofsstab, in der Rechten ein auf=
gehobenes blankes Schwert. Möchten Jene einwenden, das
Schwert sei ein Zeichen des Märtyrertums, er, Bugenhagen
meinte, daß die Papisten jetzt lieber Anderen das Haupt ab=
schlügen und jenes Schwert auf die Gewalt des Papstes über
alle Könige, Kaiser und Herren deuten möchten. Wollte man
ein Papstbild haben, „dann solle man einen Teufel mit Angesicht

und Klauen, gezieret mit einem goldenen Mantel, Stabe, Schwert und drei Kronen malen und die Laien aus solchem Buch lernen lassen". Der König möge daher jenes Bild nur lieber ganz wegholen lassen und als Ersatz den Domherren zwei Fuder Holz zur Feuerung schenken.

Hartnäckige Gegner der Reformation waren auch die Bettelmönche. Da sie die Gnade des Königs, welche ihnen ihre Versorgung zusicherte, nicht annahmen und fortfuhren, im Volke zu hetzen, so wurden sie bis auf wenige ausgewiesen. Die Umtriebe einiger Pfaffen zu Gunsten der bischöflichen Gewalt gegen die königliche führten in der That in Norwegen zu einem Aufstand.

Ein Uebelstand machte sich ferner trotz aller Erfolge fühlbar, und ihn vermochte im Augenblick kein Eifer des Predigens und Visitierens zu heilen: der Mangel an gelehrten Predigern. Wir hörten schon Bugenhagens Klage über die unwissenden Kapläne auf dem Lande, und in den Städten fehlte es an ausreichendem Einkommen. Sollte dann ein gelehrter Landpfarrer in die Stadt berufen werden, so mußte er die Versetzung ablehnen, um nicht das aus dürftiger Feldwirtschaft gewonnene Auskommen aufzugeben und Mühe und Arbeit ohne das tägliche Brot dafür einzutauschen.

Die Hoffnung auf einen theologischen Nachwuchs beruhte daher auf der Universität. Mochte das Gymnasium zu Malmöe den evangelischen Bestrebungen nicht ohne Erfolg gedient haben, so war es doch der Wunsch des Königs, in seiner Hauptstadt die während der bürgerlichen Unruhen gesunkene Hochschule zu der Bedeutung eines geistigen Stützpunktes der Reformation zu erheben, und er fand in seinem Doktor Pomer hierfür einen eifrigen und bis ins Kleinste mit Ueberlegsamkeit eingehenden Berater.

Schon im Herbste 1537 begann Bugenhagen mit den Bemühungen um die Reorganisation, und er bekümmerte sich um äußere Dinge nicht minder, als um die Vorlesungen und den Lehrplan. Klagend schrieb er über die dänischen Handwerker an den König: die Zimmerleute arbeiteten noch an den Bänken und die Glaser würden nicht fertig. Er mußte daher mit den Lektoren, im Spätnovember von Sturm und Wind bedrängt, sich in die

Kirchen zurückziehen, um nur einen Raum für die Vorlesungen zu gewinnen. Manche Lektionen waren ganz auszusetzen, die Disputierübungen konnten noch nicht beginnen. „Wenn Ew. Majestät", schrieb er im November an den König, „der Universität mehr wird bauen lassen, wie denn von nöten, so muß es anders bestellet werden, die Arbeiter in diesem Lande bedürfen eines Treibers." Im Februar 1538 äußerte er sich gegen Freunde in Wittenberg schon befriedigter; für die Lehrgegenstände war eine Anzahl nicht unbedeutender Männer mit nicht geringem Gehalt angestellt, so daß Bugenhagen für den nächsten Sommer auf eine stärkere Zuhörerzahl hoffte; denn bis jetzt kamen nur Unbemittelte, während die Reichen „sich nicht für würdig hielten, Menschen zu sein." Und doch galt es, 4000 Parochien in Dänemark zu versorgen, eine Zahl, die er nach den in Rößkilde gemachten Erfahrungen freilich für übertrieben halten mußte.

Zur Auslegung der heiligen Schrift immer bereit, wo sich irgend Gelegenheit bot, nahm er sofort von dem Beginn der Neugründung auch an den Vorlesungen teil. Er hielt sie gratis, damit die anderen ihr Gehalt unverkürzt empfingen; ihm genügte, wie er selbst bezeugt, die Freude an der tüchtigen Bildung einiger Männer, deren Vorlesungen er je und je besuchte. Er las über paulinische Briefe, nahm zahlreiche Stellen aus den Propheten durch, besonders aber behandelte er wieder den Psalter. Seinen dänischen Zuhörern hatte er oft die Uebersetzung Luthers empfohlen, da viele von ihnen Deutsch verstanden; als er aber doch bemerkte, daß die Mehrzahl des Deutschen unkundig sei, begann er mit Eifer eine neue lateinische Uebersetzung des Psalters und prophetischer Stücke und fügte diese letzteren zu jener hinzu. Der Druck, welcher schon beschlossen war, stieß dann doch auf Hindernisse: so ließ er diese neue Arbeit, nachdem er sie achtmal durchgesehen, und des Hebräischen Kundige als Berater zugezogen, fünf Jahre später in Wittenberg drucken und widmete sie 1544 den Freunden an der Universität, dem Kanzler Fries und Peter Suave.

Zum Sommer 1538 wäre Bugenhagens Urlaub abgelaufen: aber aus so reicher und segensvoller Wirksamkeit mochte König Christian ihn nicht entlassen, da noch so manche Schwierigkeit zu

überwinden blieb. Er erbat daher im Frühjahr auf dem Braun=
schweigischen Fürsten=Convent vom Churfürsten Johann Friedrich
die Erlaubnis, daß Doktor Pomer ein weiteres Jahr in Dänemark
verbliebe, und am Freitag nach Palmarum 1538 wurde die Ver=
längerung des Urlaubs in einem sehr gnädigen und anerkennenden
Schreiben des sächsischen Landesherrn erteilt.

Wir besitzen nicht Nachrichten genug, um uns von dem, was
Bugenhagen ferner wirkte, ein Bild zu entwerfen, in welchem die
Einzelheiten in ihrer geschichtlichen Folge klar hervortreten; aber
die vorhandenen bezeugen sämtlich, daß er mit dem Fortgang der
Reformation, dem Wirken der Superintendenten und der Ent=
wickelung der Universität in lebendiger Berührung blieb. Auch
rastete seine Feder nicht; er machte 1538 die chursächsische
Instruktion für die Visitatoren von 1528, weil er auch in der
dänischen Kirchenordnung auf diese Arbeit Melanchthons hin=
gewiesen hatte, durch eine lateinische Uebersetzung nutzbarer. Seiner
Arbeit am Psalter ist schon oben gedacht worden.

Für einen gedeihlichen Fortgang der Reformation des Landes
war es von Bedeutung, daß Bugenhagen als Ratgeber dem Könige
so nahe stand, wie wohl kein anderer im Reiche. Zwischen den
beiden Männern bestand ein Verkehr, wie ihn damals die gleiche
Hingebung an große Aufgaben zwischen einem Könige und einem
Pfarrer zu Stande bringen konnte, ein Verkehr, der sich bis auf
Alltägliches in einer für uns befremdlichen formlosen, jovialen
Zutraulichkeit erstreckte. So konnte Bugenhagen einen halben
Brief mit Scherzen über zu kleine und magere Speckseiten, welche
ihm auf Befehl des Königs geliefert worden waren, anfüllen:
die Seiten habe er bald sehen können, Speck aber könne er darin
nicht merken; das sei Speck wie eine dürre Tonne, durch welche
die Sonne scheine; man mache davon eher eine Laterne, als einen
fetten Kohl! Und auf diesen Ton konnte der König eingehen,
und noch nach Jahren, als er Bugenhagen für das Bistum
Schleswig berief, in der Erinnerung an diesen Spaß schreiben,
er möchte gern solch einen alten Pomer und Speckesser in seinen
Landen haben. Aber diese Scherzworte beeinträchtigten weder die
Achtung und Ehrerbietung, noch den Ernst, mit welchem die beiden

Männer ihrer kirchlichen Arbeitsaufgabe oblagen. Die gleiche Hingebung an dieselbe ist doch die eigentliche Seele jenes Brief= wechsels; und hier wieder fällt dem Leser die Fürsorge auf, welche sich auch auf Nebendinge und auf einzelne Personen bezog. Schwerlich hat damals ein unterstützungsbedürftiger junger Mann aus Dänemark in Wittenberg studiert, für welchen Bugenhagen nicht bei seinem königlichen Freunde reichliche, den ganzen Unterhalt gewährende Stipendien ausgewirkt hätte; und nie blieb seine Fürbitte vergeblich; ja, der König fragte wohl selbst einmal bei Bugenhagen an, wenn dieser, um nicht unbescheiden zu sein, eine Weile mit Empfehlungen und Bitten innegehalten hatte.

In einem besonderen, von politischen Gesichtspunkten mit= zubeurteilenden Falle ist allerdings Bugenhagen mit seiner Für= sprache gescheitert. Als Christian die Bischöfe in seinen Landen absetzte und ihre Güter einzog, sollten nach seiner Ansicht auch diejenigen Einkünfte an die dänische Krone heimfallen, welche der Bischof von Röskilde vom Kloster Hiddensee auf Rügen bezogen hatte. Auf diese machte indes sofort der Herzog Philipp von Pommern ebenfalls Anspruch. Es kam zum Streit, in welchem König Christian zur Wiederverzeltung griff, indem er 40 pommersche Schiffe in den dänischen Häfen anhalten ließ, darunter fünf mit Kornladung, welche für die Niederlande bestimmt war. In dieser Irrung nahm sich Bugenhagen der armen Leute an, denen ihre Waare durch das Lagern zu verderben drohte; er riet den pommerschen Herzögen, einen Schiedsspruch befreundeter Herren herbeizuführen, wandte sich an den dänischen Kanzler Fries, ging endlich in beweglicher Zusprache seinen königlichen Freund selbst an, hielt ihm freimütig die Härte der Maßregel vor und bat, die Leute gegen Eid und Bürgschaft loszulassen, doch vergeblich. Der Streit hat noch länger angedauert und einen Augenblick sogar das gute Einvernehmen der pommerschen Herzöge mit den pro= testantischen Bundesgenossen getrübt.

Ein vereinzelter Mißerfolg dieser Art tritt indes zurück hinter der Fülle des Erreichten. Durch Bugenhagens Einfluß war doch eine dänische evangelische Landeskirche begründet, die lutherische Lehre und Predigt auf Kanzeln und Katheder zur Herrschaft ge=

bracht worden, und wegen der Mittel zur Dotierung der Schulen und Pfarren hatte sich der König nie karg finden lassen. Die Fundationsurkunde der Kopenhagener Hochschule, an deren Abfassung Bugenhagen gewiß großen Anteil hat, bezeugt nächst der Kirchenordnung, wieviel in jenem einen Zeitpunkt erstrebt und geleistet wurde, weil der König und der leitende Theolog eines Herzens und Sinnes waren. „Unser Vaterland", hat später ein dänischer Historiker über Bugenhagen gesagt, „wird seine Treue und erfolgreiche Bemühung nie vergessen!" Das mitlebende Geschlecht war vollends von Dank gegen den unermüdlichen Arbeiter erfüllt. Als am Tage Simonis und Judä — dem 28. Oktober 1538 — Bugenhagen Rektor der Universität wurde, welche in gewissem Sinne sein Werk war, so bedeutete diese Ehre den natürlichen Ausdruck der Anerkennung seiner Verdienste.

Als sein Urlaub im Frühjahr 1539 zu Ende ging, versuchte der König, den erprobten Gehilfen seinem Reiche dauernd zu erhalten. Er wandte sich durch Herzog Franz von Lüneburg an Churfürst Johann Friedrich mit Anfrage und Bitte, verhieß auch, den Pomer, wenn er in seinem Lande bleiben würde, wohl zu versorgen. Inzwischen begab sich Bugenhagen in der Karwoche auf den Rückweg. Er hatte eine stürmische Fahrt: „Der Belt wollte am Karfreitag mit mir die Passio spielen", schrieb er scherzend, „welches der Teufel gern gesehen hätte, aber es gefiel Gott anders." Der Fährlichkeit auf dem Meere eben entronnen, vollendete er alsbald auf Schloß Nyborg, jenseit des Belt, eine in Kopenhagen begonnene Schrift über „Ehebruch und Weglaufen" (bösliche Verlassung), welche 1540 in Wittenberg gedruckt worden ist. In Hadersleben, wo er um Pfingsten mit dem Könige war, erhielten dann beide das Antwortschreiben des sächsischen Churfürsten, eine freundliche Ablehnung des Wunsches des Königs mit Aussicht auf spätere Gewährung; für jetzt aber bedürfe man des Pomer, um ihn zum 1. August zum Religionsgespräch in Nürnberg zu entsenden. Da nun auf Trinitatis ein dänischer Reichstag nach Odensee ausgeschrieben war, blieb dem jetzt zurückberufenen noch Frist, sich zu demselben zu begeben. Vierzehn Tage lang, bis zum 15. Juni, verweilte er daselbst, predigte vor den versammelten Reichsständen und erlebte dann die letzte Bestätigung feiner Arbeit, als die Reichsräte erklärten, daß sie bei dem lieben Evangelium und den christlichen Ordnungen bleiben wollten, zugleich bereit, die Bestimmungen anzunehmen und zu halten, welche etwa ein freies christliches Concil zu Frieden und Einigkeit der Cärimonien beschließen würde, wofern sie der Lehre des Evangeliums unschädlich wären. Zu Urkund dessen hängten sie ihre Siegel an die Kirchenordnung; war dieselbe auch schon durch das königliche Edikt vom 2. September 1537 in Kraft getreten, so erhielt sie nun samt den späteren Zusätzen die endgültige Sanktion. Tags darauf wurde auch die Fundationsurkunde der Universität mit Willigkeit angenommen und in gleicher Weise besiegelt.

Das war der letzte Schlußstein des Gebäudes, an dessen Aufrichtung Bugenhagen zwei Jahre gearbeitet hatte. Der Dank des Königs und der Reichsräte begleitete ihn, als er die Heimreise antrat. In dem Schreiben an den Churfürsten vom 12. Juni bezeugten sie seinem Fleiß und seiner erfolgreichen Arbeit lebhafte und warme Anerkennung; und auch er hat damals und jederzeit auf das dänische Arbeitsfeld mit besonderer Befriedigung zurückgeblickt. Hier einmal war er mit seinen Bemühungen zum Ziel gelangt; nirgends hatte er so viel Eifer gefunden, das göttliche Wort zu hören, so viel Treue im Gebet, als im dänischen Volke. Er schrieb nach der Ankunft seinem Churfürsten, daß er dort Freude und Lust gewonnen, und wenn ihm auch zuweilen der Teufel den Braten zu sehr gesalzen habe, — wir wissen nicht, auf was dies Wort zielt, — so sei doch Alles zum Besten und zu Gottes Ehre geraten, der solle gelobt sein in Ewigkeit.

Drei Wochen dauerte die Reise. Sie ging über Hamburg, wo man ihm acht Wagenpferde und drei Reiter, doch auf seine Kosten, bis Celle mitgab. Dann hatte er als Gast des Herzogs Ernst von Lüneburg freie Herberge und fuhr mit dessen Wagen und Pferden über Gifhorn nach Neuhaldensleben, von wo der Rat ihn auf Ansuchen des Herzogs bis Magdeburg mit Pferden und Zehrung versorgte.

Dem Briefe, in welchem er von Wittenberg dem Könige über seine Reise und glückliche Ankunft Bericht erstattete, mußte er freilich auch eine schlimme Nachricht über den Anschlag des in

Eutin residierenden Lübecker Bischofs hinzufügen, welcher die
Messe im Lübecker Dom mit Hilfe der Herren vom Rat daselbst
wieder einzuführen trachte. Ein Gerücht sage sogar, der dänische
König stehe solchem Vorgehen nicht fern. Bugenhagen war zwar
überzeugt, daß dies unwahr sei, wollte aber doch den König
warnen und ihn erinnern, daß es geraten sein möchte, auf die
Domherrn durch Einbehalten der Zinsen, welche sie aus seinen
Landen bezögen, einen Druck auszuüben.

Fünfte Abteilung.
Lebensabend.

Sechzehntes Kapitel.

Bis zum Tode Luthers. Bugenhagen als Pfarrer, kirchlicher
Ratgeber und als Freund Luthers.

Am Freitag nach Mariä Heimsuchung war Bugenhagen
wohlbehalten mit Weib und Kind in Wittenberg angelangt.
Der Rat begrüßte ihn mit einem Ehrengeschenk; der Churfürst
bezeugte ihm auf die Anzeige seiner Ankunft seine Freude über
die Erfolge des Evangeliums in Dänemark; in dem Freundeskreise, in den er jetzt wieder eintrat, erhob sich ein friedesamer
Streit zu seinen Gunsten und Ehren wegen der Geschenke, welche
König Christian mitgesandt hatte. Luther wollte von den für
ihn bestimmten 100 Gulden nur die Hälfte nehmen und bot die
andern seinem Pomeranus durch Melanchthons Vermittelung an.
Als dann einer immer den andern für berechtigter achtete, denn
sich selbst, und als man in Luther drang, er möge das Geschenk
nehmen, damit nicht Pomeranus beim Volk für undankbar gelte,
sprach der Reformator: Gerade deshalb will ichs nicht thun.
Sie selbst wollen über Pomeranus urteilen, welcher redlich und
aufrichtig ist, während sie selbst die allerundankbarsten sind!

Außer der Arbeit des Pfarramts, in welcher ihn Luther
zwei Jahre lang vertreten hatte, empfing Bugenhagen auch an
der Revision der Bibelübersetzung Luthers seinen Anteil, welcher
ihm stets am Herzen gelegen hat. Seit 1539 versammelte der
Reformator um sich einen Kreis sprachkundiger Freunde, um
seine deutsche Uebersetzung durchzusehen und zu feilen. Einige
Stunden vor dem Abendessen fanden sich da unter Luthers

Vorsitz die damaligen Meister der Auslegungskunst zusammen: Melanchthon, der vor allen das Griechische verstand, Cruciger, der des Hebräischen sehr kundig war, und andere Gelehrte. Auch Bugenhagen ward zugezogen. Seine Teilnahme an der Arbeit wurde wohl wegen seiner Kenntnis der lateinischen Versionen geschätzt; hatte er doch soeben in Dänemark auf eine lateinische Wiedergabe des Psalters und einer Anzahl prophetischer Stücke neuen Fleiß verwandt, eine Uebersetzung, welche er dann zu Hause bis 1544 noch achtmal wieder durchgesehen hat. Als eine erste Konferenz zur Revision der Lutherbibel möchte man jene Versammlung in Luthers Hause passender bezeichnen, als wenn Mathesius sie ein „Sanhedrin" nennt; denn sie hat noch unter Luthers persönlicher Leitung begonnen, was in der Gegen= wart die Evangelischen Deutschlands als Recht und Pflicht er= kannt haben: für das Werk des größten Uebersetzers der Bibel die fortschreitende exegetische Erkenntnis zu verwerten. Als jene erste Konferenz ihre Arbeiten vollendet hatte, galt das Bugenhagen soviel, daß er in seinem Hause jährlich am Tage des Evangelisten Matthäus, dem 21. September, ein Fest der Bibelübersetzung mit Beten und Singen beging und zuletzt seine Gäste festlich be= wirtete; das erste Bibelfest im evangelischen Pfarrhause. Für die Grundsätze jener Konferenz werden wir ihn noch später gegen unkritische Aenderungen eintreten sehen.

Auch in den religiösen und kirchlichen Fragen, welche von 1539 ab die Gemüter beschäftigten, ward seines Rates begehrt. Seine vor sechzehn Jahren geäußerte Ansicht vom Rechte des Widerstandes gegen den Kaiser, falls dieser mit Waffengewalt gegen die Evangelischen vorgehen würde, war jetzt zur Geltung gekommen; ja Luther überbot sie noch an Schärfe, als 1538 auf dem Braunschweiger Konvent dieser Punkt aufs neue erörtert wurde. Es folgte hierauf eine Zeit der Spannung, in welcher ein innerer Krieg für Deutschland nahe bevorzustehen schien, während die verbündeten protestantischen Fürsten es zu Anfang des Jahres 1539 in Frankfurt noch einmal mit einer friedlichen Vermittelung versuchten. Bugenhagen war damals noch in Dänemark. Nach seiner Rückberufung trat eine Wendung ein; eine Aussicht auf einen Ausgleich zwischen den Katholiken und Protestanten that sich auf; es schien, als sollte die religiöse Spaltung des deutschen Volkes durch Vermittelung und Versöhnung aufgehoben werden. Unter den Theologen, deren Gutachten Johann Friedrich am 29. Dezember 1539 einforderte, war auch Bugenhagen, und ebenso nahm ihn der Churfürst neben Melanchthon, Jonas und Cruciger mit nach Schmalkalden zur Beratung.

Von da kehrte Bugenhagen nach Wittenberg zurück, während Melanchthon nach Hagenau gehen sollte, um am Konvente weiter teilzunehmen. In dieser Zeit war es, daß Melanchthon aus tiefer Gewissensangst über den Handel der Doppelehe des Land= grafen Philipp von Hessen dem Tode nahe kam und durch Luthers Gebet ins Leben zurückgerufen wurde. Mit seelsorgerlichem Zu= spruch stand ihm auch Bugenhagen bei, und das hat ihm Melanch= thon von Eisenach aus in einem Briefe gedankt, den er mit noch zitternden Händen geschrieben hatte.

An den folgenden Ausgleichsverhandlungen, welche in Worms und Regensburg stattfanden, nahm Bugenhagen nicht persönlich teil; seine Ansicht fiel indes in den Gutachten, welche der Chur= fürst von seinen Theologen begehrte, mit in die Wagschale. Ihm und Jonas stellte nämlich der Fürst am 16. März 1541 ein Bedenken wieder zu, welches ihm kalt und seicht erschien, nament= lich in seinen Ausführungen über den Beistand, welchen ein evan= gelischer Fürst dem anderen um des Gewissens willen aus christlicher Liebe schulde. Luther sei durch seine Krankheit ent= schuldigt; aber die Beiden, der Propst und Pomer, möchten das Bedenken stattlicher verfertigen und auch Luthers Urteil hören. Und als im Verlauf des Religionsgesprächs der evange= lische Grundsatz von der Rechtfertigung des Glaubens allein verschleiert zu werden drohte, war es wieder der gerade Sinn des Churfürsten, welcher in der wortreichen vermittelnden Formel diesen Mangel wahrnahm. Er schickte einen reitenden Boten an Luther und Bugenhagen ab, um ihr Gutachten einzuholen, und erhielt dasselbe in der Nacht vom 12. zum 13. Mai. Sie antworteten maßvoll, verwahrten aber jenen Augapfel evangelischer Wahrheit gegen die Möglichkeit des Deutelns im Sinn der Gegner und bezweifelten überhaupt, daß es den Papisten mit der Wahrheit ein Ernst sei; mehr liege diesen daran, die Evangelischen der

Hartnäckigkeit beschuldigen zu können. Das Bedenken ist von Luther verfaßt; ob Bugenhagen auch seinerseits ein solches hinzugefügt, erkennt man nicht deutlich; daß beide Männer Eines Sinnes waren, sieht man indes aus den Briefen, die Cruciger von Regensburg aus in derselben Angelegenheit an Bugenhagen schrieb; auch bat Luther, als er einige Wochen später sich sehr abfällig und abweisend über den Ausgleich äußerte, der Churfürst möge ihn, Luther und Pomeranus den Vorwurf der Halsstarrigkeit mittragen lassen.

Zu Luther stand Bugenhagen auch in dem Streit mit Agricola, welcher dem Gesetz eine Bedeutung für die christliche Buße absprach, mit Treue. Aber obwohl er den theologischen Gegensatz tief empfand, noch vor seiner Abreise nach Dänemark verbot, Agricola an seiner Statt predigen zu lassen, bewährte er wieder einen milden, zu herzlichem Entgegenkommen geneigten Zug seines Wesens, als durch Agricolas Widerruf eine Schlichtung des Streites in Aussicht stand. Er leitete die Verhandlungen, ohne dem, was er für Wahrheit erkannte, etwas zu vergeben, doch mit Zutrauen zu der Gesinnung des Gegners; und als man mit der Lehre wieder im Reinen war, schrieb er an denselben als an einen Bruder, dem man vergiebt, auch für eigene Verfehlung Vergebung erbittend, herzliche Seelsorgerworte.

Wenig später, im Frühjahre 1541, trat an Bugenhagen wieder ein Ruf nach Dänemark heran. Nach dem Tode des Bischofs Gottschalk von Alefeld in Schleswig wünschte König Christian für seine Lande Bugenhagen selbst, oder durch ihn einen anderen frommen und gelehrten Mann aus Deutschland zu gewinnen. Aber obwohl Luther und Jonas zuredeten, und der König eine reichliche Versorgung verhieß, lehnte Bugenhagen doch ab: er fühle die Beschwerden des Alters, und die Ehre der bischöflichen Würde locke ihn nicht; er verhoffe, so schrieb er dem Könige, vor Gott und der Christenheit durch seine Förderung des Evangelii und durch Bestellung von Kirchen und Schulen mehr Bischof gewesen zu sein, als er es später werden könne. So hatte es für diesmal bei gutem Rat und Vorschlägen für die Besetzung des Bistums sein Bewenden.

Zu neuen Anerbietungen gab dem Könige die Bitte der Kopenhagener Professoren Anlaß, der Universität in Bugenhagen oder einem anderen Gelehrten und Schriftsteller von Ruf ein Haupt zu geben und dadurch das Ansehen der Hochschule zu erhöhen. Der König war bereit, es sich „was Tapferes" kosten zu lassen und dachte abermals zuerst an Bugenhagen: „Denn wir gerne", schrieb er zugleich scherzend, „einen solchen alten Pommern und Speckesser hätten, der auch vielleicht die Luft dieser Lande besser als ein Anderer vertragen könnte. Wir wollten auch denselben dermaßen versorgen, daß er uns zu danken haben sollte". Zugleich teilte er Bugenhagen seine Absicht mit, bei einem bevorstehenden und vielleicht nur kurzen Besuch seiner Herzogtümer die für Dänemark gültige Kirchenordnung auch dort „zu bestätigen und zu renovieren". Es handelte sich also um eine Durchsicht des Werkes, an dessen Aufrichtung Bugenhagen zwei Jahre gearbeitet hatte, um Verbesserungen und Zusätze und dann um die endgültige Sanktion unter Zustimmung der Stände der Herzogtümer. Für diesen die Reformation daselbst fester begründenden Akt lag dem Könige vor Allem an der Mitwirkung Bugenhagens, oder falls derselbe nicht abkommen könnte, Luthers, Melanchthons oder des Doktor Jonas. Um den Urlaub für Jenen um so sicherer zu erhalten, schrieb er selbst an den sächsischen Churfürsten, und Bugenhagen wandte sich gleichfalls an seinen Landesherrn. Derselbe gewährte das Erbetene nicht ohne Bedenken, da ihm das Holstein'sche Volk und zumal der Adel wohl um ungöttlichen Handels und Wuchers halben bisher des Evangelii wenig zu achten schien; aber dennoch wollte er dem Vorhaben eines christlichen Königs und lieben Oheims auf eine Zeitlang willfahren; und da Bugenhagen in seinem Schreiben gesagt, er stelle seinen Willen in den Willen Gottes und seines Churfürsten, so erlaubte dieser, daß Bugenhagen mit den Abgesandten des dänischen Königs sich auf die Reise nach Holstein begebe. Ein churfürstlicher Diener empfing Befehl, bis an die Holstein'sche Grenze mitzureiten. Die Frist für den Urlaub ward höchstens bis Pfingsten erstreckt, mit der Hoffnung, der Berufene möge schon früher zurückkehren.

Ueber Bugenhagens Wirksamkeit ist uns wenig berichtet,

aber ihre Spuren sind doch deutlich erkennbar. Wer auch die
niederdeutsche Uebersetzung der dänischen Kirchenordnung, welche
es jetzt auf einem Landtage zu Rendsburg auf Schleswig und
Holstein zu übertragen galt, angefertigt, und wer sonst von den
Predigern des Landes im Einzelnen zu den Veränderungen bei=
getragen haben mag, doch rühren gerade wesentliche Zusätze von
Bugenhagen her. Manches, wie der Lehrplan der Schulen, ist
eine Entlehnung aus seiner Hamburger und Lübecker Ordnung.
Wo genauere Kenntnis örtlicher Verhältnisse nötig war, wird er
sich auf die Mitberater gestützt, wo politische Erwägungen mit=
wirkten, wird er vom Könige und den Räten desselben die
Richtlinien erhalten haben. Aber trotz dem Allen bleibt sein
Anteil auch an dieser Kirchenordnung ein hervorragender.

Er folgte dem Wunsch des Königs, wenn er nun auch noch
die kirchlichen Angelegenheiten Dänemarks mitberiet, welche auf
einem Reichstag in Ripen verhandelt werden sollten; auch hätte
ihn der König gern zu einer Visitation der Universität in Kopen=
hagen zugezogen, und eine Bitte um Nachurlaub wurde nach
Wittenberg gesandt. Aber es blieb bei einer kurzen Teilnahme
an den Arbeiten jenes Reichstags. Hier wurden der dänischen
Kirchenordnung 26 Artikel hinzugefügt, deren größter Teil sich
mit der Aufbesserung der Pfarreinkünfte beschäftigte; und wenn
sich der König selbst seines Anteils am Zehnten zu Gunsten
armer Kirchen und Gemeinden entäußerte, so darf man vermuten,
daß Bugenhagen nichts unterlassen hat, einer so milden Frei=
gebigkeit in den Beratungen zum Siege zu verhelfen. Denn
darauf bezieht es sich doch wohl, wenn er später den König
daran erinnert, wie er anfänglich ungern nach Ripen gegangen,
und wie er dann dort so viel Gutes durch seine Majestät habe
ausrichten dürfen. Weiter entsprach die Einrichtung von Lektorien
in den Domkirchen, welche ebenfalls in Ripen beschlossen wurde,
einem Lieblingsgedanken Bugenhagens.

Am Sonntage Cantate waren die Beratungen beendet, und
mit Dankschreiben des Königs an Johann Friedrich kehrte Bugen=
hagen nach Wittenberg zurück, ehe die Gewährung des Nachurlaubs
in seine Hände gelangt war. Er traf in einem Zeitpunkte ein,
in welchem der Reformation in Deutschland ein neues Gebiet

im eigentlichen Sinne erobert werden und bald seine Hilfe begehrt werden sollte.

Der schmalkaldische Bund ergriff im Sommer 1542 die Waffen gegen den Braunschweig'schen Herzog, jenen „Heinz von Wolfenbüttel", gegen welchen im literarischen Kampf Luther die gröbsten Donnerkeile seiner Polemik entsandt hat. Als der gewaltthätige, unlautere Fürst an Goslar die Reichsacht vollziehen wollte, obschon der Kaiser den vom Reichstage verhängten Spruch suspendiert hatte, nahm sich der schmalkaldische Bund der bedrängten Reichsstadt an und eroberte im ersten Anlauf das Herzogtum. Alsbald wurde die Einführung der Reformation angebahnt, welcher die günstige Stimmung einiger Bürgerschaften entgegenkam; und wieder wurde Bugenhagen ausersehen, die Verhandlungen auf dem Wege einer allgemeinen Visitation zu leiten. Aufs unmittelbarste folgte diese Arbeit des Aufbauens der des Schwertes. Am 13. August war das feste Wolfenbüttel vor dem Angriff des Landgrafen erlegen; und schon am 20. August fuhr Bugenhagen als ein provisorischer Superintendent des eroberten Landes aus Wittenberg mit einigen Gefährten ab, nachdem er noch Tags zuvor die Königin von Dänemark wegen des entarteten Verwandten, des Herzogs Heinrich, getröstet: es sei ihrem hochberühmten Geschlecht unabbrechlich, wenn einer darunter für seine eigene Person etwas verwahrloset. Als theologische Mitarbeiter wurden ihm Corvinus, Superintendent von Kalenberg-Göttingen, und Görlitz, Superintendent der Stadt Braunschweig, beigegeben. So rief ihn die Aufgabe des Pflanzens nach vierzehn Jahren noch einmal in die Lande, in deren Hauptstadt er seine erste Evangelistenarbeit gethan hatte.

Nach der Bischofsstadt Hildesheim begab er sich alsbald. Dort hielt er am 1. September die erste Predigt. Als er, wie es Brauch war, ein deutsches Lied anstimmte, fürchtete er, allein singen zu müssen; aber fast die ganze Gemeinde fiel ein, ihm selbst zur Verwunderung. So ermutigenden Erfahrungen standen freilich andere überreichlich gegenüber. Das kirchliche Leben lag jämmerlich darnieder; die Klöster verschlossen sich der Reformation, und wenn sich, wie es in einem Falle geschah, die Brüder zum Dienst am Evangelium erboten, waren aus der Gesamtheit nur vier ein wenig nütze. Er selbst leistete wieder, was einem Manne möglich ist; in täglicher Arbeit, predigend, an den Anfängen einer Kirchenordnung schreibend „bläute er das Evangelium in die Leute" und gewann die Bürger, während der Rat der Stadt dem Einfluß des Bischofs zugänglich blieb und sich mit Hinzögern half. Durch Versammlung der ganzen Bürgerschaft fiel dann doch am 26. September die Entscheidung. Erregt und laut genug ging es auf dem Rathause her, während die Stadtthore geschlossen waren; das Getümmel konnte Bugenhagen in seiner benachbarten Herberge hören. Als der Beschluß gefaßt war, das Evangelium einzuführen, wurde für den weiteren Ausbau der Gemeindever= hältnisse Bugenhagens Braunschweig'sche Kirchenordnung von 1528 zu Grunde gelegt.

Am 10. Oktober erhielt die Visitations=Kommission zwei Instruktionen, die eine für die Gemeinden, die andere für die Klöster und Prälaturen, und ging nun ohne Verzug an ihre Arbeit. In den Städten meist freudig aufgenommen, besonders in Helmstedt, begegnete sie in den Klöstern, in den Frauenklöstern vor allem, ausgesprochener Abneigung. Auf dem Lande bildete die Unsittlichkeit und Unwissenheit der Pfarrer ein für jetzt nicht zu bewältigendes Hemmnis; wie wenig war damit gewonnen, wenn die Geistlichen durch Eintritt in die Ehe das gröbste Aergernis beseitigten und sich äußerlich dem Evangelium wie einem neuen Gesetz widerwillig unterwarfen! Um so mehr Anlaß für die Visitatoren, die Einrichtung von Schulen in den Städten mit Eifer zu betreiben. Auch auf die Sicherung genügender Pfarr= einkünfte waren sie bedacht; aber schon war viel Kirchen= und Pfarrgut entfremdet, und aus den Klöstern waren die Kleinodien öfters geflüchtet, so daß nicht einmal ein Inventar aufgenommen werden konnte. Selbst die Städte vermochten den gemeinen Kasten nicht so reichlich auszustatten, daß er für die Besoldung der Pfarrer, geschweige für die Versorgung der Armen genügt hätte. Zu allen diesen Hemmungen kamen die Widerwärtigkeiten der Kriegsläufte. Die protestantischen Truppen hatten manche Klöster und Ortschaften stark gebrandschatzt, die eingesetzten Beamten hier und da sich bereichert; auch die zähe Ausdauer eines Bugenhagen war nicht im Stande, gegen soviel erschwerende, verbitternde Ver=

hältnisse immer mit Erfolg anzukämpfen. Und so schollen ihm denn in der Fastenzeit 1543 fast nur Klagen seiner Mitarbeiter entgegen, Klagen und Beschwerden über Zerfahrenheit im Kultus, über ärmliche Ausstattung der Pfarrer, über die Gleichgültigkeit der Beamten, die am Hofe in Wohlleben sich alle die Nöte nicht kümmern ließen. Eine feste kirchliche Ordnung und Aufsicht durch einen Superintendenten thue vor allem not, so urteilten jene, sollten die alten Mißbräuche nicht weiter einwurzeln. Im Herbst 1543 erschien dann die ersehnte Kirchenordnung für die Braun= schweig=Wolfenbütteler Lande, hauptsächlich verfaßt nach der Braunschweig'schen Ordnung von 1528 und der Schleswig'schen von 1542; wesentlich also Bugenhagens Werk. Aus ihr ist auch die Ordnung für die Stadt Hildesheim geschöpft, welche 1544 veröffentlicht worden ist und die Unterschrift Bugenhagens, Winkels und Corvins trägt.

Als dann der unglückliche Ausgang des schmalkaldischen Krieges den Fortgang der Reformation in den Braunschweig'schen Landen hemmte, behielten die Evangelischen doch an Bugenhagen einen Berater und Freund. Während der schweren Krisis, welche mit dem Augsburger Interim drohte, hat er mit Melanchthon die Braunschweiger zur Festigkeit ermahnt, den Hildesheimern mit eben demselben seinen Rat erteilt, als 1548 der Bischof den Pfarrern ihre Einkünfte aus den Stiftsgütern weigerte; für die Helmstedter bei den protestantischen Fürsten mit Luther und Melanchthon Fürsprache eingelegt, als sie wegen ihrer Haltung gegen Herzog Heinrich mit einer allzu schweren Geldbuße belegt worden waren. Auch die Versorgung der Kirchen mit tüchtigen Predigern blieb sein Augenmerk. Noch 1551 wollte er mit Melanchthon nach Nordhausen reisen, um mit dem dortigen Diakonus wegen seiner Uebersiedelung nach Hildesheim zu verhandeln.

Der Versuch, das Fürstentum Braunschweig zu reformieren, ließ Bugenhagen aufs Neue inne werden, wie unübersteigbare Hemmungen widrige Verhältnisse dem besten Willen zu bereiten vermöchten. Die Kirchenordnung war fertig geworden; aber Bugenhagen hat sich schon früher bei einer anderen Gelegenheit geäußert, daß es leichter sei, Ordnungen zu machen, als durch= zuführen. Was er soeben erlebte, konnte ihn wenig ermutigen, nochmals für die Ordnung kirchlich verfahrener, verworrener und undurchsichtiger Verhältnisse eine große Verantwortung zu übernehmen. Eine Berufung, welche jetzt an ihn aus seiner Heimat Pommern erging, schloß daher für ihn eine schwere und unwillkommene Zumutung ein.

Der Camminer Bischof Erasmus von Manteuffel war im Anfang des Jahres 1544 gestorben, und die Herzöge einigten sich, nachdem sie sich anfänglich wegen der Wiederwahl hart entzweit, dann in Gefahr gestanden hatten, einen noch allzujungen Kandidaten, den Grafen Eberstein, zu der verantwortungsvollen Würde zu berufen, auf den um die kirchlichen Verhältnisse ihrer Lande bestverdienten Doktor Bugenhagen; und auch das Dom=Kapitel, dem das Vokationsrecht zustand, wandte sich an den Erwählten mit vielen anerkennenden Worten. Da Bugenhagen in Pommern geboren und gebildet worden sei und ebendort durch sein Reformieren bischöflich gewirkt, erachteten die Herren es für gebührend, daß „das verlorene Schaf wiedergebracht werde", zumal so viel Zwiespalt zwischen den Landesfürsten durch seine Treue und Fürsichtigkeit verhütet werden möchte.

Aber der stattlichen Gesandtschaft, welche mit solchen Vorstellungen in ihn drang, gab der Berufene nur eine beschränkte Zusage: er fühle sich in seinem Alter für die zwiefache Last des Lehrens und des Regiments wenig geschickt und möchte das Pfarramt in Wittenberg nicht verlassen, das zu dieser Zeit ein recht wahrhaftig bischöflich Amt und größer sei als andere Bistümer. Doch wolle er auf eine Zeit das pommersche Bistum mit der Freiheit zu resignieren und einen geeigneten Nachfolger zu wählen verwalten.

Als die Herzöge diesen Vorschlag ablehnten und zu Weihnachten 1544 abermals eine Werbung an Bugenhagen sandten, deren Wortführer der Superintendent Paul von Roda war, während Herzog Philipp sich zugleich an den Churfürsten Johann Friedrich wandte, fanden die Abgesandten Bugenhagen erst recht unzugänglich gegen alle Bitten. Denn in dem inzwischen verflossenen halben Jahr hatte sich sein Urteil geklärt; er hatte erkannt, daß er selbst seine bedingte Zusage ohne Freudigkeit gegeben, und daß er nicht dafür verantwortlich sei, wenn wirklich die

Herzöge sich wegen der Wahl entzweiten. Dazu kamen Erinnerungen
an die Hemmungen, auf die er vor zehn Jahren gestoßen war,
den kargen Sinn der Städter, die Habgier der Adeligen: Dann
wäre er doch lieber nach Dänemark gegangen, und hätte er über
zehn Meere fahren sollen! Aller hohe Fleiß, den die Abgesandten
anwandten, um des Doktors Gründe zu entkräften, sogar die
Citate aus den Kirchenvätern und die Versuche, ihm die Zukunft
der Kirche Pommerns ins Gewissen zu schieben, verfingen daher
so wenig, wie eine vor dem Kanzler Brück in Gegenwart Melanchthons gepflogene Verhandlung. Er legte vielmehr in seinem an
Luther und Melanchthon gerichteten und zugleich für den Churfürsten bestimmten Schreiben bündig die Gründe seiner Ablehnung
dar, während er sein Anerbieten, eine Reise ins Stift zu thun,
um bei der Ordnung eine Zeit lang mitzuhelfen, erneuerte. In
seinem für die Herzöge bestimmten Bescheid fügte er zugleich die
Mahnung hinzu, mit der Besetzung des Bistums nicht länger zu
zögern, damit sich nicht etwa jemand durch kaiserliche Mandate
oder andere Listen und Praktiken ins kirchliche Amt eindränge.

Die Herzöge waren zwar mit Bugenhagens Bescheid nicht
sonderlich zufrieden, förderten aber die Angelegenheit so, daß am
12. April Bartholomäus Suave, ein Verwandter des Freundes
Bugenhagens Peter Suave, erwählt wurde, ein gelehrter eifriger
Lutheraner und als Kanzler Barnims und Amtmann von Bütow
bisher im Dienst seines Landesherrn bewährt. Er hat auch als
Bischof für die Erstarkung der evangelischen Kirche in Pommern
viel gethan. Welch andere Art, erledigte Bistümer zu besetzen,
war doch durch die Reformation emporgekommen! Wie hebt sich
Bugenhagens Verzicht ab gegen diejenige Besetzung des Camminer
Stuhles, welche er in seiner Pomerania gerügt hatte!

Während Bugenhagen es ablehnte, in seiner Heimat die
höchste kirchliche Würde zu bekleiden, weil ihm das Amt zu schwer
däuchte, blieb er dennoch Berater und Förderer reformatorischer
Bestrebungen, evangelischen Gemeindelebens an den verschiedensten
Orten. Gerade in der ersten Hälfte der vierziger Jahre, gleichzeitig mit den täuschenden Versuchen, zwischen den Evangelischen
und Rom einen Ausgleich zu Stande zu bringen, drang das
Evangelium als eine Geistesmacht zu neuen Siegen vor, und

wo immer Belehrung und Rat, wo geeignete Kräfte, tüchtige Männer erfordert wurden, richteten sich die Blicke nach Wittenberg, der Burg der Reformation. Die Hochschule entsandte seit dem Auf= blühen, welches mit der Neufundation von 1536 anhob, von Jahr zu Jahr immer reichlichere Scharen theologisch gebildeter Männer in das zur Ernte weiße Feld, und Bugenhagen, dem es oblag, auch den für fremde Kirchengebiete Bestimmten die Ordination zu erteilen, gewann schon hierdurch eine Fülle von Beziehungen zu den zu versorgenden Gemeinden. Handelte es sich um Rat bei kirchlichen Ordnungsfragen, so wandte man sich ebenfalls mit an ihn als bewährte Autorität.

Seit 1542 fand das Evangelium in Siebenbürgen Eingang, und 1543 veröffentlichte der bedeutendste humanistisch gebildete Theologe des Landes, Honter, den Entwurf einer Kirchenordnung für Kronstadt. Damals trat Ramser, — er schreibt sich Ramaschy — der Stadtpfarrer von Hermannsburg mit den Wittenbergern in Verbindung, indem er ihnen die in Kronstadt gedruckte Kirchen= ordnung übersandte. Die Reformatoren antworteten Anfang September voller Freude über den neuen Fortschritt des Evan= geliums und verwiesen ihn auf jene Kronstadter Ordnung, welche sie durchaus billigten. Bugenhagen schickte an Ramser auch das Wittenberger Formular, Diener des Evangeliums zu ordinieren und stellte ihm zugleich seinen vollständigen Kommentar zum ersten Brief Pauli an die Korinther für die nächste Zeit, nach der Herbstmesse in Aussicht. Auch im folgenden Jahre, als sich eine stürmische Bewegung gegen die Elevation des Sakraments, die Bilder und die Privatabsolution in Siebenbürgen erhob, wandte sich Ramser an die Wittenberger Theologen mit der Bitte, auf den Rat von Hermannsburg, welcher sich von den Gegnern hatte einnehmen lassen, durch ein Schreiben einzuwirken. Die Reformation Siebenbürgens hat in der Folge einen gedeih= lichen Fortgang gehabt und ist ebenso wie die Ungarns von Witten= berg aus durch die Sendung von Männern unterstützt worden, welche daselbst ihre theologische Bildung und die Ordination empfangen hatten.

Eine viel verheißende Aussicht eröffnete sich dann dem Evan= gelium, als der Erzbischof von Köln, Hermann von Wied, selbst die Reformation seines Sprengels einleitete. Butzer und Melanch= thon verfaßten in seinem Auftrage den Entwurf einer Kirchen= ordnung, und dieser hat Luther und auch Bugenhagen vorgelegen und ihre Billigung gefunden. Wäre er zur Durchführung ge= langt, dann wäre „des römischen Reichs Pfaffengasse", das Rhein= gebiet, zu einer freien Bahn für die Reformation bis in die Niederlande geworden. Es ist der Kaiser gewesen, welcher diese große Hoffnung des Protestantismus zu nichte gemacht hat.

In solcher Weise an den großen Angelegenheiten, wenn auch erst in zweiter und dritter Linie, nach Luther und Melanchthon seinen Anteil empfangend, wurde Bugenhagen auch in den Personal= fragen, welche mit jenen zusammenhingen, vielfach angegangen. Als der Bischof von Münster sich 1543 der Reformation zuneigte, und Hermann Bonnus von Lübeck nach Osnabrück berufen wurde, fragte dieser Luther und zugleich Bugenhagen um Rat, ob er dorthin gehen solle. Dem befreundeten Kordatus sandte Bugen= hagen am 1. Oktober 1544 einen Pommer als tüchtigen Mit= arbeiter nach Stendal; für die Berufung Medlers nach Braun= schweig interessierte er sich; an den Unterhandlungen mit dem Rat von Wesel und dem von Mühlhausen, welcher einen für das Kirchenregiment geeigneten Mann suchte, war er mitbeteiligt.

Sorge tragend für alle Gemeinden, die sich bei ihm Rats erholten, war er daheim in seinem Wittenberg, im Pfarramt, auf dem Katheder und als Ober=Superintendent mit dem ihm eigenen rüstigen Fleiß thätig. Anfang August 1545 begann er mit seiner Vorlesung über Augustins Werk „vom Geist und Buchstaben" und verlegte die Stunde, um nicht mit der Physik zu kollidieren, auf 6 Uhr Morgens. Die Statuten der Univer= sität verlangten die Auslegung jener Augustin'schen Schrift; da= bei waltete der Gesichtspunkt ob, die Uebereinstimmung der reformatorischen Lehre mit den Auktoritäten der alten Kirche zu erweisen; mit wie guter Zuversicht die Reformatoren diese Aufgabe in Bugenhagens Händen wußten, hat eben damals Melanchthon selbst bezeugt.

Auch in die volle Predigtarbeit war er seit seiner Rückkehr aus Dänemark wieder eingetreten und hatte damit Luther, wel= cher ihn zuletzt 1539 unter großer leiblicher Beschwerde „als sein

Unterpfarrherr und Lückenbüßer" vertreten hatte, eine Bürde abgenommen. Dieser, der viel gewaltigere Verkündiger des göttlichen Wortes, schätzte nach der ihm eigenen freudigen Willigkeit, eines Anderen Gabe und Weise anzuerkennen, die Predigten seines Pomeranus. Als ein von ihm verschaffter Prediger von den fürstlichen Amtleuten abschätzig beurteilt worden war, schrieb er 1530 an Mykonius: Ich kann nicht eitel Luther und Pomer schicken! Doch mißbilligte er, wie bereit er war, den irrenden Eifer des Freundes zu entschuldigen, die Länge der Predigten desselben. Mir ist, sagte er einst, langes Predigen verhaßt, weil die Lust zum Hören dem Hörer vergeht; und eines Tages gab er seinem Verdruß in dem Worte Ausdruck: Jeder Priester muß sein besonderes Opfer haben. Daher opfert Bugenhagen seine Zuhörer mit seinen langen Predigten. Denn wir sind sein Opfer, und heute hat er uns auf außerordentliche Weise geopfert! Auch mit der Schärfe, welche Bugenhagen wohl je und je seinem Worte gab, und die ihm im Jahre 1545 Verdruß von Seiten eines Hallensers zuzog, war Luther nicht immer einverstanden. Als Bugenhagen einmal scharf gepredigt hatte, sagte der Reformator: Will er die Leute fromm machen, so soll er zu schaffen bekommen; Welt bleibt Welt.

Uneingeschränkt dagegen ist das Lob, das Bugenhagen als Seelsorger geerntet hat. Der als Beichtiger und Berater 1527 Luther in seinen schweren Anfechtungen getröstet, ihm auf der Heimfahrt von Schmalkalden, da derselbe sein Ende erwartete, beigestanden hatte, fand ja gewiß leicht den Weg zum Herzen seines Vaters Luther. Wenn er ihm einmal, als der Zuspruch bei dem Verzagten nicht haftete, zurief: Lieber Herr Doktor, was ich euch sage, sollt ihr nicht als mein, sondern als Gottes Wort aufnehmen; wenn er ein andermal ihm strafend zuredete: Unser Gott gedenkt ohne Zweifel, was soll ich doch mit diesem Menschen machen? ich habe ihm soviel herrlicher Gaben gegeben, noch will er an meiner Gnade verzweifeln! so war solche Rüge und Zusprache dem Glaubensgeiste, welcher auch unter Verdunkelung durch Verzagtheit und Mißmut in Luthers Herzen verborgen lag, so angemessen, daß sie daselbst Aufnahme finden mußte. Dankbar gedachte dessen der Reformator. Pomeranus, sagte er einst, hat mich oft getröstet

mit Worten auf der Stelle, die mich noch heutigen Tages
trösten.

Diesen tiefsten Beziehungen gingen ein geselliger Verkehr
zur Seite, in welchem Ernst und Scherz, Geistliches und Welt-
liches ungezwungen in der Zuversicht des Glaubens sich mischten,
daß Solches Gott auch wohlgefalle. Wenn Luthers Geburtstag
war, oder Bugenhagen sein häusliches Bibelfest feierte, wenn
ein Gast bewirtet oder ein geschenktes Wildpret verzehrt werden
sollte, fand sich der Freundeskreis zusammen, zu welchem die
bedeutendsten Männer des Zeitalters gehörten. Zu der Fülle
dessen, was da geboten wurde, besonders aus Luthers nie er-
schöpftem Geist und Gemüt, trug dann auch Bugenhagen das
Seine bei. Da zeigte sich sein „liberalisches und fröhliches
Gemüt", wenn er etwa von dem Bauern erzählte, der das Rasier-
wasser austrank, oder wenn er an einer Anekdote von einem unkeuschen
Mönch die Macht des Gewissens erwies. Aus den Erlebnissen
während seiner Arbeit im Norden flochten sich allerlei Erinnerungen ein, z. B. die Geschichte von dem besessenen Mädchen,
welches ihm in Lübeck zu schaffen gemacht; brachte er doch dem
Aberglauben des Zeitalters seinen Zoll reichlich dar; ja, er be-
rühmte sich eines besonders kräftigen Mittels, Zauberinnen zu
entdecken! Aus Dänemark zurückgekehrt, setzte er die Freunde
durch das sprachliche Rätsel in Verwunderung: er komme aus
einem Lande, in welchem die Leute Schmeer äßen und Oel tränken,
bis er die Lösung gab: Schmeer heiße dort die Butter, und Oel
bedeute Bier. Ein ander Mal wurde er selbst wohl ein Opfer
des Scherzes, indem Luther, um die Wahrheit des Spruches zu
erweisen, daß „aus Schimpf Ernst wird", ihn und die Frauen,
besonders Frau Jonas, durch die fingierte Verteidigung einer
ungeschickten Predigt Fröschels in Harnisch brachte. Dann aber
ging das Gespräch wieder auf Fragen christlicher Erkenntnis,
auf Gebiete der Lebensweisheit, auf die großen Ereignisse über,
welche das Vaterland und die Kirche bewegten, die Gerichte und
Heimsuchungen Gottes und auf den lieben jüngsten Tag, auf
dessen Kommen sich die Reformatoren freuten, weil sie in dem
wiedererweckten Ruf des Evangeliums den Hall der letzten Po-
saune zu hören glaubten.

Trübende Schatten fielen indes auf den Kreis der durch Glauben, Arbeit und Kampf eng verbundenen Freunde durch die weltmüden, zuweilen verbitterten Stimmungen, von welchen der alternde, kränkliche, reizbare Luther sich je und je beherrschen ließ, wenn der Erfolg seines großen Tagewerks doch hinter vielem, was er gehofft und erstrebt, zurückblieb. Da hatten die Freunde genug zu trösten und zu bitten, und Bugenhagen ließ wohl auch seinen Vater Luther seinen Unwillen spüren, wenn dieser gar so oft betete, daß Gott ihn zu sich nehmen wolle. Als dann Luther im Sommer 1545 voll Zorn über das leichtfertige Wesen, welches ihm in Wittenberg überhand zu nehmen schien, von dannen zog und an Käthe unmutig schrieb, Pomeranus möge Wittenberg von seinetwegen gesegnen, sandte die Universität Melanchthon und Bugenhagen ihm nach, und er ließ sich zur Heimkehr bewegen. Dieser Drang, von Wittenberg fortzukommen, ist Bugenhagen als Vorbote der Sehnsucht nach dem letzten Abschied erschienen, als er Luther die Leichenpredigt hielt; für jetzt ließ es sich doch an, als sollte derselbe noch eine Weile bei ihnen sein. Am 10. Nov. 1545 war Bugenhagen mit den anderen Freunden wieder zu Luthers Geburtstag geladen; man redete mit einander nach alter Weise und war fröhlich. Auch im neuen Jahr aß er noch einmal am Tische Luthers, drei Tage, ehe derselbe nach Eisleben abreiste. Von dort ließ der Reformator die Freunde öfters grüßen; durch einen Brief an Käthe vom 14. Februar erhielt Bugenhagen die letzte Nachricht über das Befinden Luthers. In der Frühe des 19. Februar brachte ein churfürstlicher Bote die Trauerbotschaft. Der „Prophet deutscher Nation", der Vater und Lehrer war gestorben.

Am 22. Februar, als die Leiche Luthers in Wittenberg anlangte, hatte Bugenhagen in der Schloßkirche die Grabrede zu halten. Er legte ihr das Wort des Paulus, 1. Thess. 4, 13—18, ein apostolisches Zeugnis von der christlichen Hoffnung für die Entschlafenen zu Grunde, über welches Jonas schon an dem Tage nach Luthers Tode in der Andreaskirche zu Eisleben gepredigt hatte. Seine Rede war ein ganz schlichtes Zeugnis treuer herzlicher Liebe und Pietät. Anfänglich konnte er vor Weinen kaum ein Wort sprechen; dann handelte er von der hohen Bedeutung

des Dahingeschiedenen. Das Wort der Offenbarung Johannes
(Kap. 14, 6—8) von dem Engel der mitten durch den Himmel
flog, sei erfüllt worden in diesem Bischof und Seelenhirten, den
Gott erweckt, und das Wort des sterbenden Hus von dem Schwan
wahr geworden. Nun sei jener, nachdem er sein Apostel= und
Prophetenamt ausgerichtet, zu dem Herrn Christo gegangen, wo
die heiligen Patriarchen, die Propheten und alle Gläubigen seien.
Dann nach einer kurzen mehr lehrhaften Ausführung von dem
Zustand der verstorbenen Gläubigen giebt Bugenhagen den Er=
innerungen an Luthers letzte Lebenszeit Raum. Er spricht jetzt
nicht weiter mehr von der Arbeit und dem Kampf des Refor=
mators, sondern führt ihn nur als Zeugen für das schöne Loos
eines sanften seligen Endes an. Gebe mir Gott, hatte Luther einst
gesagt, als er einige im Bekenntnis Christi abscheiden sah, daß
ich so süßiglich entschlafen möge im Schoß Christi, und nicht in
langen Todesschmerzen der Leib gequält werde. Dann erzählt
Bugenhagen von einem Magister Ambrosius, einem Schwager
Luthers, der vor seinem Ende in seinen Phantasien so fröhlich
gewesen und vom Tode auf dieser Welt nichts gewußt, dabei
aber doch die Gnade Gottes in Christo von Herzen bekannt habe.
An dessen Grabe vorübergehend habe Luther zu Bugenhagen ge=
sagt: Der wußte nicht, daß er krank war, er wußte auch nicht,
daß er starb, und war doch nicht ohne Bekenntnis Christi. Da
liegt er, er weiß noch nicht, daß er todt ist. Lieber Herr Jesu,
nimm auch mich also aus diesem Jammerthal zu dir! Solche
Sehnsucht abzuscheiden, habe Luther besonders in dem letzten
Jahr kund gegeben in seinen Reden, wie in seinem Begehren, an
einen anderen Wohnort zu ziehen. So sei er in Eisleben, wo
er geboren und getauft, aus diesem Leben gereiset. Nun giebt
Bugenhagen Bericht von Luthers Abschied, seinem letzten Gebet
und Trostspruch Joh. 3, 16 und schließt mit Ermahnungen, des
Epitaphiums gedenkend, welches sich Luther selbst gemacht: Papst,
da ich lebte, da war ich deine Pestilenz, wenn ich sterbe, so will
ich dein bitterer Tod sein; das wolle Gott erfüllen und wahr
machen!

Siebzehntes Kapitel.

Während der Belagerung und Eroberung Wittenbergs.

Die Wittenberger trösteten sich nach dem Heimgang Luthers wohl der Verheißung Christi: Ich will euch nicht Waisen lassen, ich bin bei euch alle Tage bis an der Welt Ende; und sie beteten auf solche Worte hin, der Sohn Gottes wolle seine wahre einsame Kirche regieren und erhalten; doch waren sie darauf gefaßt, Gottes Gerichte zu erleben. Luthers Tod erschien ihnen als ein Zeichen von Gott. Melanchthon hatte am Tage vor Luthers Begräbnis daran erinnert, wie sich das Wort Stilichos: nach des Ambrosius Tode werde Italien zu Grunde gehen, in den Verwüstungen der Gothen und Vandalen erfüllt habe; und Bugenhagen schrieb am 16. Mai einem Bekannten das Wort des Propheten Amos (Kap. 8, 11 u. 12) auf ein Gedächtnisblatt: Siehe, es wird die Zeit kommen, spricht Gott der Herr, daß ich werde Hunger ins Land schicken, nicht einen Hunger nach Brot oder Durst nach Wasser, sondern nach dem Worte des Herrn.

Die Erfüllung solcher Vorahnungen war vor der Thür. Der innere Gang des deutschen Protestantismus trieb gerade in den letzten Jahren, durch die kaiserlichen Vermittelungsversuche nur noch mehr dazu gedrängt, auf einen Religionskrieg hin, wie er im Sommer 1546 zwischen dem Kaiser und den schmalkaldischen Bundesgenossen wirklich losbrach. Er war schon mitten im Zuge, und noch hatte Bugenhagen wenig Genaues davon gehört. Dann aber nahmen die Kriegsläufte die ungünstige Wendung, durch welche es ihm beschieden wurde, die Belagerung Wittenbergs zu erleben und zu beschreiben. Unsere folgende Darstellung folgt seinem Bericht und läßt die sprachliche und gemütliche Färbung desselben durchscheinen, um den Eindruck der Erlebnisse auf den Mann, dessen Bild hier zu zeichnen ist, unmittelbar nahe zu bringen.

Als die Gegner im Anzug waren, wurde Wittenberg alsbald in Verteidigungszustand gesetzt. Die Stadt galt für wohlbefestigt, mit Proviant und Waffen gut versehen und erhielt bald eine Anzahl von Knechten zur Besatzung, deren Haltung Bugenhagen im ganzen belobt hat; auch waren die Bürger selbst Tag und

Nacht auf dem Wall, da es jetzt hieß: pugna pro patria. Aber doch, so urteilt Bugenhagen, ist uns damit nicht geholfen gewesen, sondern wir haben das erste Gebot lernen müssen, um recht zu singen: Ein feste Burg ist unser Gott. Zur äußeren Bedrängnis gesellte sich auch noch eine gnädige Strafe Gottes, eine neue Krankheit des Hauptes, welche tägliche Opfer forderte, so daß von außen Krieg, innen Furcht war. Da hatte der treue, alte Pastor viel zu ermahnen, zu trösten und zu beten, und ihm selbst war auch nie wohler, als wenn er dem Volke predigte, es zum Gebet ermahnte und mit ihm zum Nachtmahl ging. „Denn da beteten wir also, daß mich Gott ließ fühlen, daß er unser Ge= bet und Flehen annahm.“ Aber wenn er dann daheim wieder allein war, dann fühlte er bei sich nichts als Not und Angst um diese Stadt, um Kirche und Schule, und er flüchtete mit starken Psalmworten zu Gott. Auch gegen die Nacht, wenn er sich auskleidete und mit dem Gebet aufhören wollte, konnte er doch nicht ablassen, so fiel er dann entkleidet vor dem himmlischen Vater auf die Knie und betete, bis er matt darüber ward. Doch ließ ihn Gott mitten in solcher Trübsal wider sein Befürchten oft besser schlafen, denn vorhin. Auch fand sichs gewöhnlich nach so starkem Gebet am andern Morgen besser und stiller in der Stadt, und nur das that ihm wehe, daß dennoch unter sol= chem Schutze Gottes manche nicht in die Predigt gingen und im Fressen und Saufen roh dahin lebten, als hätte es keine Not. Ein Trost aber war es, daß viele mit ihm Gott treulich anriefen, und daß er sie mit den gnädigen Zusagen, welche Gott dem Gebet gegeben, trösten konnte.

Er selbst hätte wohl all dieser Not entgehen können; die Thore standen auch nach der ersten Berennung der Stadt oft noch offen, und es fehlte nicht an Anerbietungen von Freunden. Aber der treue und tapfere Mann sah in dem Gedanken, sein Wittenberg zu verlassen, ebenso wie in Drohbriefen, die ihm das Loos in Stücke gehauen zu werden, in Aussicht stellten, nur eine List des Teufels. Sollte er gehen, der früher wiederholt Gut, Gewalt und Ehre, die ihm angetragen, verschmäht hatte, um bei dieser seiner Kirche zu bleiben? Und wäre er gegangen, die andern Prädikanten wären dann schwerlich geblieben. So aber

144

harrten mit ihm der Rektor der Universität und Prediger der
Schloßkirche, Kaspar Kruciger, der Arzt Melchior Fendius, Paul
Eber, Georg Rörer, die Kapläne, der Schulmeister der Jungfrauen
und Bernhard, der die Ordinanden unterrichtete, aus. Auch die
beiden Schulmeister samt ihren Gesellen wollten Wittenberg nicht
verlassen, der eine mit der schönen Erklärung: Wir wollen gern
bleiben bei dem Grabe unseres lieben Vaters Doktoris Martini
Lutheri. Und so geschah diesem, denn am Ende der Belagerung
reiste er zum Herrn Christo. Auch von den Bürgern ging nie=
mand fort, und so blieben Hirt und Herde im Namen Gottes
und des Herrn Jesu Christi zusammen. Doch schickte Bugenhagen
auf einige Zeit seine Kinder mit seinem Schwiegersohn Gallus
Marcellus nach Zerbst, wo sie König Christian mit 50 Thalern
unterstützte. Bugenhagen selbst empfing von demselben ein herz=
liches Trostschreiben.

Näher aber rückte bald das Schwere des Krieges. Am
6. November wurde die Universität aufgelöst; Dienstag nach
Martini, bald nach Luthers Geburtstag brannten die Wittenberger
die Vorstadt samt den Gartenhäusern nieder, damit der belagernde
Feind sich die Gebäude nicht zu Nutze mache. Da, wo im Sommer
die Sonne untergeht, sah Bugenhagen die Feuer durch die Nacht
leuchten, aber des anderen Morgens stand eben an der Stelle
ein Regenbogen. Darin erblickte er ein von Gott gegebenes
Gnadenzeichen; und als dann, während er zur Kirche ging, ein
mäßiger Regen anhob ohne Wetter und Sturm, nahm er's
wieder für ein Zeichen, daß Gott es mit der Trübsal auf Besse=
rung, nicht auf Verderben abgesehen habe, und redete so auch
von der Kanzel. Als drei Tage später, am Donnerstag nach
Martini, Herzog Moritz die Stadt berannte, ließ die Besatzung
Seine Gnaden merken, daß an Wittenberg nicht so leicht zu
kommen sei. Die andern Städte und Flecken Chursachsens da=
gegen wurden eingenommen und huldigten dem neuen Herrn.
Nachdem darauf der Verkehr durch die Thore wieder ganz frei
geworden war, beruhigten sich die Bürger, und auch Bugenhagen
ließ nach Weihnachten seine Kinder zu sich holen.

Darüber brach das Jahr 1547 an, und es wurde bekannt,
daß der Kaiser heranziehe. Jeder ahnte, daß jetzt die schwerste

Zeit kommen werde. Bugenhagen schickte Weib und Kind abermals auf einige Zeit fort, um ihr Leben zu sichern und in der bevor= stehenden Drangsal unter ihrem Weinen und Jammern nicht etwa weichmütig zu werden. Doch setzte ihm jetzt die Anfechtung aufs neue zu, daß er doch die Stadt lieber verlassen möchte, und diese Versuchung umgab sich sogar mit heiligem Schein, als diene er so am besten der Sache des Evangeliums. Sollte er nicht ebensowohl wie der große Athanasius eine Zeitlang entweichen, und hatte nicht der Herr Christus selbst, als seine Stunde noch nicht gekommen war, sich seinen Widersachern entzogen? Und wem sollte damit gedient werden, wenn er selbst getötet würde? So sprach eine Stimme in seinem Herzen, mit welcher sich das Zureden der anderen Prediger verband. Dann erkannte er doch, daß mit diesem allen der Teufel es auf ihn besonders abgesehen habe. Er wollte bleiben auch gegen Wunsch und Willen der Freunde. Keiner seiner Mißgönner sollte sagen, daß er die Kirche in ihrer Not verlassen habe. Im Gebet ward er dann dessen inne, daß es so das Rechte sei. Wie umgewandelt fühlte er sich, als er zum himmlischen Vater sprach: Dein Wille geschehe wie im Himmel, so auch auf Erden.

Von solcher Zuversicht und Ergebung innerlich gestählt ging er den kommenden Ereignissen entgegen. Am 24. April 1547 fiel auf der Lochauer Haide die Entscheidung gegen den Churfürsten. Flüchtlinge brachten die Kunde nach Wittenberg, wo sich die Churfürstin mit ihren Kindern und Herzog Johann Ernst, dem Bruder ihres Gemahles, aufhielt. In der Morgen= frühe empfing Bugenhagen die Nachricht durch seine Frau, welche mit lautem Weinen in die Schlafkammer gelaufen kam: Ach lieber Herr, erschreckt nicht, unser lieber Landesherr ist gefangen. Bugenhagen fuhr auf: Es ist, ob Gott will, nicht wahr, man bringt viel Lügen in diese Stadt! Ach leider, erwiderte sie, es ist allzuwahr! Da machte er sich auf und griff zum geistlichen Harnisch, fassete etwas Stärke aus Gottes Wort und befahl dann die Sache dem himmlischen Vater. In der Hand Gottes ist das Herz der Könige, so betete er dann, daß der gefangene Fürst beim Kaiser Gnade finde und von Gott mit Stärke im Glauben getröstet werde. Dann ans Fenster tretend wurde er doch selbst vom Jammer erfaßt; denn beim Blick in die Stadt erschien seinem geistigen Auge ein trauriges Bild: die hohe Schule verwüstet, von der die Welt reformiert worden war; die Stadt selbst aber und ihre evangelische Kirche wie ein Jungfräulein, dem Vater und Mutter abgestorben sind, der Gesalbte des Herrn gefangen, der unser Trost war! „Ach Gott, wir habens mit unseren Sünden verdient, strafe uns nicht in deinem Zorn!"

So hat er uns von diesen schweren Stunden selbst erzählt, und bald genug stellte sich ihm die harte Wirklichkeit vor Augen. Ueber Dabrun zogen die Heersäulen des Kaisers heran; es verschlug ihnen nichts, daß die Wittenberger die Brücke abgebrochen hatten, denn 2000 Schritt weiter stromabwärts setzte das Heer über die Elbe, und am Freitag nach Himmelfahrt ward öffentlich verkündigt, daß der Churfürst die Stadt an den Kaiser übergeben wolle, und der Kaiser allen freie Uebung des evangelischen Glaubens zusichere. Aber die Bürger, welche das Morden und Sengen der spanischen Teufel mit Augen gesehen, hatten darob großes Bedenken; sie fürchteten für Weib und Kind und wollten sich gegen die fremde unzüchtige und mörderische Nation wehren bis auf den letzten Mann. Bugenhagen, von ihnen um Rat befragt, redete ihnen zu, mit dem gnädigen Herrn selbst zu ratschlagen, berief auf Bitten der Bürger das Volk durch Glockengeläut in die Kirche und legte dort zunächst wie ein Redner auf dem Rathause die Sache vor, doch ohne eine bestimmte Ansicht zu vertreten, weil die Verantwortung ihn zu schwer deuchte; dann aber wieder vermahnte er als ein Prediger, den himmlischen Vater anzurufen. Da fiel alles Volk, auch die Kinder, auf die Kniee und betete so ernstlich, daß Bugenhagen mit andern im Geist es fühlte, Gott habe das Gebet angenommen, nachdem man ihm die Sache in die Hand gegeben.

In der That riet der Churfürst selbst zur Uebergabe, indem er die Bürger der Zuverlässigkeit der Zusagen des Kaisers getröstete; dazu versicherte der Kaiser selbst den Bürgern auf ihre Supplik, daß er nur deutsches Kriegsvolk in die Stadt legen wolle. Am Mittwoch vor Pfingsten ritt er selbst ein, besah die Stadt und Feste, redete auch huldvoll und tröstend mit der

Churfürstin und äußerte sich unwillig, als er von derselben hörte, in der Schloßkirche sei seit der Uebergabe nicht mehr evangelischer Gottesdienst gehalten worden. Bugenhagen aber, welcher nie einen Gottesdienst hatte ausfallen lassen, predigte in der Pfingst= woche vom Unterschied des evangelischen und des päpstlichen Glaubens und ermahnte das Kriegsvolk, es getreulich weiter zu sagen, daß die Evangelischen dies lehrten und nichts anderes. Der Kaiser sogar, dem man von dem feierlichen Gottesdienst der Evangelischen erzählte, soll damals ausgerufen haben: Wir haben es in diesen Landen viel anders gefunden als uns gesagt ist.

Bald darauf, am Montag nach Trinitatis Nachmittags vier Uhr hielt Herzog Moritz seinen Einzug als Landesherr in die eroberte Stadt, ließ sich huldigen und redete gnädige Worte zu dem Rat, versicherte auch, daß die Universität wieder aufgerichtet werden solle.

Solche Milde war Bugenhagen ein großer Trost; er forderte in einer Wochenpredigt das Volk auf, Gott für die Errettung zu danken, auch dem Kaiser dankbar zu sein und um den Frieden für das ganze Reich zu bitten; aber gerade hieran mochte bei manchen das leidenschaftlich erregte Gefühl der Pietät Anstoß nehmen, und bald mußte er hören, daß er unbeständig und un= dankbar gegen seinen alten Herrn nach der Gunst des Kaisers trachte. Wie bald, hieß es, konnte Pomeranus seines alten Churfürsten vergessen! Gegen solche Nachreden konnte sich Bugenhagen auf die tägliche Fürbitte berufen, welche in Witten= berg im Kämmerlein, wie auf der Kanzel für den gefangenen unvergeßlichen Herrn geschah. Auch schrieb er einige Wochen nach der Katastrophe, Pfingsten 1547, an denselben im Verein mit Cruciger einen Brief voll inniger Teilnahme und treuer Anhänglichkeit. Am liebsten wäre er sogar dem alten Churfürsten gefolgt, falls dieser die Hochschule in seine thüringischen Lande verlegen wollte; für den Fall, daß dies nicht geschehe, bat er ihn allerdings um Verwendung bei der neuen Herrschaft, damit die Universität Wittenberg erhalten und ihr Lehrkörper wiederher= gestellt werde. Die Erhaltung einer evangelischen Hochschule war ihm gerade als praktischen Theologen ein Hauptwunsch, an dessen Erfüllung er mit betendem Herzen hing; und die freund=

liche Stellung, welche Churfürst Moritz zu dieser Frage einnahm, bewirkte, daß Bugenhagen ihm trotz der Anhänglichkeit an Johann Friedrich mit Vertrauen entgegenkam. Vielleicht dachte er zu wenig daran, daß er es mehr mit einem Politiker, als mit einem von Interessen für das Evangelium erfüllten Manne zu thun hatte.

Zunächst schienen die schweren Befürchtungen wegen der Wittenberger Universität sich schon im Sommer zu zerstreuen, als Bugenhagen mit Kaspar Cruciger zu einem Provinzialkonvent nach Leipzig berufen ward, auf welchem unter anderen auch die Form eines Gebetes für die neue Obrigkeit festgestellt wurde. Sie wurden vom Churfürsten Moritz auf das Huldvollste empfangen, mit Geschenken geehrt und in Gegenwart aller Superintendenten dessen versichert, daß den päpstlichen Mißbräuchen auf keine Weise unter seinem Regiment Vorschub geleistet werden solle. Sie selbst möchten nur fortfahren, das reine Evangelium zu lehren und jene Mißbräuche, wie die Irrtümer der Schwärmer zu verdammen. Bald darauf gab der Churfürst auch in Wittenberg in Betreff der Universität die Versicherung, daß er dieselbe nicht verringern, sondern verbessern wolle.

Hierdurch etwas getröstet entschloß sich Bugenhagen zu Anfang des August, den Brüdern und Freunden, die sich seinethalben bekümmert hatten, einen ausführlichen Bericht zu erstatten, besonders seinem lieben Könige von Dänemark und der Königin, die ihn schon als todt beklagt hatte. Und während er daran Tag und Nacht schrieb, an einigen Stellen unter Thränen und doch mit Danksagung, regte sich in ihm das Interesse am geschichtlichen Darstellen, und die Erzählung spann sich zu der „Historia aus, wie es uns zu Wittenberg ergangen ist, in diesem vergangenen Krieg." Man fühlt es derselben ab, daß zuletzt die Freudigkeit des Gemütes ihm wiederkehrte, ja er hielt es für möglich, einst noch mit Aeneas in der Erinnerung froh zu werden: Forsitan haec olim meminisse juvabit.

Achtzehntes Kapitel.

Streit wegen des Interim. Letzte Lebensjahre.

Die schweren Ereignisse, welche er erlebt hatte, glichen indes nicht einem Unwetter, auf das bald wieder Sonnenschein folgt; sie bargen vielmehr den Keim fernerer Kämpfe und Nöte in sich. Bugenhagen, der einst im Freundeskreise hatte sagen dürfen, Arbeit habe ihn nie ermüdet, sollte an der Schwelle des Feierabends seines Lebens die Antwort Luthers bestätigt finden: Arbeit macht stark, aber der Gram und die Sorge, welche unter der linken Brust liegt, haben das höllische Feuer.

Bange Monate verflossen zunächst bis zu der verheißenen Wiedereröffnung der Universität. Für die Einkünfte war man fortan auf die Freigebigkeit des neuen Landesherrn angewiesen, und die Dozenten mochten auf unbestimmte Erwartungen hin nicht zurückkehren. Weiter war die Bereitwilligkeit, unter der neuen Herrschaft an der Hochschule weiter zu arbeiten, Verdächtigungen und Zumutungen ausgesetzt. Melanchthon und Bugenhagen mußten Vorwürfe hören. Von letzterem verlangten einige sogar, er solle, ein zweiter Ambrosius, über Moritz den Kirchenbann verhängen, weil er gegen seinen Verwandten Krieg geführt.

Bedenklich und ängstigend lauteten auch die Nachrichten aus Augsburg. Der Kaiser verharrte bei dem Gedanken, eine religiöse Einigung zwischen den Katholiken und Evangelischen herzustellen. Gegenüber diesen Bestrebungen indes fand Bugenhagens gutmütige Geneigtheit, das Beste zu hoffen, sofort ihre Schranke. Mit Mißtrauen sah er, wie Seine Majestät es heimlich und wunderlich treibe, und es entging ihm nicht, daß jene Vermittelung auf Kosten des evangelischen Glaubens gemeint sei. Bekümmerten Gemütes betete er, Gott wolle seine arme Christenheit erhalten beim Evangelium Christi; seine einzige Hoffnung war, daß Christus der Schlange den Kopf zertreten werde.

Die Vermittelungsformel des Kaisers, das Augsburger Buch, wurde denn auch von den Wittenberger Theologen in einer Reihe von Gutachten mit scharfer Kritik abgewehrt. Jenes „Augsburger Interim" schloß in der That unter oberflächlichen Verhüllungen eine Verleugnung der Reformation ein. Dem Widerstand der

Theologen war es sicherlich mit zu danken, daß der neue Landes=
herr, welcher sich an die Zustimmung seiner Stände gebunden
hatte, zu der Ueberzeugung genötigt ward, in dem Augsburger
Buch müsse manches ausgemerzt, anderes evangelischer gestaltet
werden, um Annahme zu finden. Aus einer Reihe von Ver=
handlungen, deren Windungen hier nicht zu verfolgen sind, ging
dann eine neue abgeschwächte Formel hervor, das sogenannte
Leipziger Interim, welches der Kirchenordnung Joachims von
Brandenburg vom Jahre 1540 nachgebildet, namentlich für den
Kultus Konzessionen an den älteren Brauch machte.

Immer war das eine bedenkliche Verschleierung. Wie man
auch über die Zulässigkeit einzelner Formulierungen urteilen mag,
der Schein entstand durch sie, als enthielten sie eine Deklaration
des Augsburger Interim. Den Politikern, den herzoglichen Räten,
welche die Theologen mit Vorhaltungen weiter zu drängen suchten,
lag gerade daran, daß dieser Schein erweckt würde; Agrikola,
Joachims Hofprediger, redete dreist zu Gunsten dieses Scheines,
und auch die Wittenberger Theologen, von den Berlinern um
Rat gefragt, haben es bei demselben bewenden lassen.

Man darf sie nicht zu hart beurteilen. Eingeschüchtert durch
den widrigen Verlauf des Krieges, welchen sie eben mit durch=
gelebt und =gelitten, unter dem Eindruck einer Katastrophe, wie
sie Chursachsen betroffen, bedroht von dem Zorn des Kaisers,
der sich sogar gegen Melanchthon persönlich richtete, endlich Zu=
schauer der rücksichtslosesten Verfolgung, welche dieser Zorn über
die Evangelischen Süddeutschlands verhängte, wo die Pfarrer
verjagt wurden, die Gemeinden, obschon standhaft, des Wortes
und des Sakramentes entbehrten, trachteten sie nur nach dem
Einen, dies Wort und Sakrament der sächsischen Kirche zu er=
halten, sollten sie dies auch mit der Knechtschaft unter einige
aberglänbige Cärimonien erkaufen.

Bugenhagens Anteil an diesen Dingen ist überdies, da
Melanchthon seit Luthers Tode die theologische Führerschaft hatte,
ein beschränkter gewesen. Wahrscheinlich war er in seinem Alter
weniger als sonst der Mann, um den Diplomaten, welche in
diese Sache hineinredeten, die Spitze zu bieten: es ist auch frag=
lich, ob er die Tragweite einzelner Zugeständnisse, wie die an

die bischöfliche Gewalt, übersah, und er merkte es recht gut, daß
er wegen seiner Renitenz beim Konvent in Zelle nach Jüterbogk
nicht mitberufen ward, wohin Joachim von Brandenburg Agrikola
mitbrachte, den eiteln und über seine Bedeutung sich selbst täu=
schenden „Interimsagenten"; aber es bezeichnet denn doch eine
allzu gutmütige Kurzsichtigkeit, daß er aus den Berichten der vom
Konvent zurückgekehrten Freunde nur die frohe Gewißheit gewann,
es herrschte lauter Friede und Eintracht, und auch Agrikola sei
entschlossen „sich eher rädern und ädern zu lassen, als daß er
von der Wittenberger Lehre weichen sollte." Als dieser darauf
laut verkündete, die Wittenberger Theologen seien mit ihm eins,
da freilich entrüstete sich Bugenhagen und wollte hiergegen laut
protestiert wissen. Später erfuhr er erst zugleich mit Warnreden
und Vorwürfen den ganzen Inhalt der Jüterbogker Abmachungen
von Herzog Albrecht und sah mit Entrüstung den Theologen die
Verantwortung für Dinge aufgebürdet, welche hinter ihrem Rücken
verabredet worden waren. Auch für die Leipziger Formel lehnte
er die Verantwortung ab, und es scheint in der That, als ob
in dieselbe mehr hineinredigiert worden wäre, als die Theologen
bewilligt hatten.

Es mußte ihn daher mit Freude erfüllen, daß die Stände
die Formel mannhaft abwiesen. Am Epiphanientage 1549 hielt
er ein kirchliches Dankfest, indem er zugleich sich und die anderen
Theologen verwahrte, Artikel angenommen zu haben, wider welche
sie bis in den Tod gestritten. Auch sandte er Briefe an die
ober= und niederdeutschen Städte, nach Dänemark und an viele
Fürsten und Herren. Dann schmolz das Ergebnis dieser Einigungs=
bestrebungen zunächst zu dem Versuch zusammen, eine Agende für
den Gottesdienst zu entwerfen, in welcher ältere Kultussitten
wieder Eingang fanden. Indes widerstrebten brennende Lichter,
priesterliche Gewänder, symbolische Akte an sich weder der
liturgischen Art des Luthertums noch der Eigenart Bugenhagens.
Wie lange hatte er doch die Elevation beim Abendmahl beibe=
halten! Ein Unterschied freilich, daß das, was ursprünglich
Anbequemung an die Schwachen gewesen war, jetzt zu einer
Nachgiebigkeit gegen die Starken und Mächtigen wurde. Auch
diese Agende indes, von welcher Bugenhagen behauptete, sie ent=

halte nichts, was man nicht vorher auch beobachtet, ist nicht zur
Einführung gelangt; erst vor zwanzig Jahren hat man sie aus
dem Weimar'schen Archiv an Licht gezogen.

Bugenhagen hat bei diesen mißlichen Verhandlungen ohne
Zweifel in dem Willen und der Ueberzeugung mitgewirkt, dem
Evangelium nichts zu vergeben. Dennoch hatten die Verhand=
lungen, wie alle abgedrungenen Konzessionen ihr Bedenkliches,
und hierauf richtete sich sofort eine Reihe der schärfsten Angriffe.
Die bittere und oft ungerechte Polemik des Flacius, eines
Schülers der Wittenberger Hochschule, beschuldigte die Mithelfer
am Interim der Verleugnung des Evangeliums: diese hinwiederum
hielten sich in dem Urteil über diesen plötzlich erstandenen Wider=
sacher nur an die Uebertreibungen und Ungerechtigkeiten desselben.
Es kam daher hier, wie so oft bei überschärfter theologischer
Polemik auch das Richtige bei dem Gegner nicht zur Anerkennung.
Doch ist jener Angriff des Flacius nicht wirkungslos geblieben;
in ihm lebte doch etwas von dem Trotz und Zorn des heimge=
gangenen Reformators wieder auf, und so hat er die Interims=
bestrebungen mit zum Scheitern gebracht.

Den Vorwürfen und Verdächtigungen nun, welche ihm so
schmerzlich waren, setzte Bugenhagen den Hinweis darauf entgegen,
daß in Wittenberg gelehrt würde wie bisher, daß die Hochschule
in Blüte stehe, und Prediger von ihr weit hin bis nach Ungarn
entsendet würden. Aber die Anfeindung hinterließ doch Spuren
in den Herzen der Freunde selbst. Alte Gesinnungsgenossen
stellten sich fremd und redeten frostig; Herzog Albrecht von
Preußen, dem er seit der Kopenhagener Krönungsfeier nahe ge=
treten war, hatte ihm oft als einem Vater herzliche Briefe ge=
schrieben, und Bugenhagen hatte ihm vor kurzem im Januar
1546 seine Auslegung des Propheten Jeremia gewidmet, ein
unverdächtiges Zeugnis seines Glaubens und seiner Theologie:
jetzt schien auch er sich von ihm abzuwenden. Dies Mißtrauen
schmerzte ihn tief; wiederholt kam er in den Briefen an den
König Christian hierauf zurück, und als Herzog Albrecht wieder
einzulenken versuchte, war es an Bugenhagen, ihm Vorwürfe
wegen seiner Hinneigung zu der Lehre Osianders von der Recht=
fertigung zu machen. Die beiden Männer sind sich nicht wieder

herzlich nahe gekommen. Auch von dem gefangenen Churfürsten Johann Friedrich, welcher den kaiserlichen Zumutungen den ganzen Heldenmut seiner Bekenntnistreue entgegenstellte, verlautete, daß er über die Wittenberger ein böses Wort gesagt habe. Was sollte Bugenhagen thun? Eine Zeitlang hatte ers mit Stillschweigen und Gebet versucht; da aber die Nachreden und Drohungen kein Ende nahmen, die Freunde ihm keine Ruhe ließen mit Bitten, er möge gegen Jene auftreten, und da er in jeder Gesellschaft, in welcher er eine frohe Stunde zu haben hoffte, bis zum Ueber= druß von den Wirren hören mußte, entschloß er sich, ein Zeugnis von seiner unveränderten Haltung gegenüber den römischen Irr= tümern abzulegen. Seit der Wiedereröffnung der Universität hatte er über den Propheten Jonas gelesen; von der Veröffent= lichung dieser Vorlesung versprach er sich die Wirkung einer Rechtfertigungsschrift, und er widmete das Buch dem Könige Christian von Dänemark, welcher nie an seinem Pomeranus irre geworden war. Als der Druck nach einiger Verzögerung fertig war, sandte er dem Könige die Bogen dieses Jonas, „naß wie er ihn aus dem Walfisch, der Druckerei, bekommen", und erst später folgte ein zweites gebundenes und vergoldetes Exemplar.

Er hatte recht, sich dieses Spätlings seiner akademischen Arbeit zu freuen. Dieser Kommentar ist vielleicht die interessan= teste theologische Arbeit Bugenhagens. Er enthält nicht Aus= legung im strengen Sinne, aber gerade die Exkurse verleihen dem Buche seinen Reiz und seine Bedeutung; denn Bugenhagen hat es mit Abzielung auf das Interim geschrieben, und ohne einen Hauch von Vermittelung. Indem er dem Zuge zur geschichtlichen Erfassung von Problemen folgt, welche sich schon in der Schrift gegen die Kelchdiebe zu erkennen giebt, macht er den Versuch, Lehren, Einrichtungen, Bräuche der römischen Kirche, welche auf dem Wege des Interims den Protestanten wieder aufgedrungen werden sollten, aus einer der ältesten Häresieen, aus dem Mon= tanismus herzuleiten. Der Anspruch der Montanisten, die Kirche im heiligen Geiste zu vollenden, verbunden mit der Ueberspannung des Gegensatzes von Natur und Geist und der daraus sich er= gebenden asketischen Lebensrichtung gilt ihm als der Keimpunkt, aus welchem die kirchliche Gesetzlichkeit mit der Prätension einer höheren Heiligkeit emporgewachsen sei. War Bugenhagen mit dieser Ansicht auch im Irrtum, so bekundet der Versuch, sie zu begründen, doch eine bedeutende Befähigung, in geschichtlichen Erscheinungen ein Gesetz nachzuweisen und Analogieen derselben in der Vergangenheit aufzuspüren.

Das Schmerzliche persönlicher Kränkungen und Verdächtigungen, denen er durch dies Buch zu begegnen suchte, wurde aber doch weit überwogen durch den noch immer andauernden Druck der Verhältnisse. Bedrohend, ängstigend schwebten die Verhandlungen des wiedereröffneten Konziles zu Trident gleich einer finsteren Wolke über den Häuptern der Evangelischen. Immer noch lag der Kaiser seinen Interimsgedanken ob. Nachdem er die Evangelischen Oberdeutschlands seine Ungnade schwer hatte fühlen lassen, sollte Magdeburg für seinen evangelischen Trotz gezüchtigt werden, die Stadt, in der bisher als in einer „Kanzlei unseres Herrgottes“ gegen das Interim geschrieben und gedruckt worden war, was man an keinem andern Ort zu schreiben und zu drucken wagte. Wie mußte es Bugenhagen bekümmern, daß sein Landesherr Moritz sich zur Exekution der Reichsacht erbot, trotzdem seine Landschaft kein Geld und keinen Mann dazu bewilligte, und wer konnte ahnen, daß der dem Kaiser scheinbar so ergebene Fürst sich mit ganz anderen Gedanken trug! Der Belagerung folgte Bugenhagen mit fürbittender Teilnahme. Als dann die Kunde von Magdeburgs Erlösung kam, — Moritz hatte der Stadt die Uebergabe sehr leicht gemacht, — erkannte er dankbar, wie Gott die brüderliche Fürbitte erhört habe.

Noch immer blieb indes, als der Reichstag zu Ende ging, und alle Religionsverhandlung auf das Konzil zu Trident verschoben wurde, die Bitte: Erhalt uns, Herr, bei deinem Wort! sein und seiner Gemeinde Hauptgebet; und mit dem tiefen Gefühl der Bedrängnis ward in seinem Herzen die Erwartung des Endgerichtes erweckt, die Sehnsucht, daß der Herr komme. Hinweise auf das 12. Kapitel des Daniel und das 14. Kapitel der Offenbarung des Johannes finden sich in seinen Briefen wiederholt. Die Weissagung, welche in großen Krisen der Christenheit die Gemüter zu Hoffnung und Standhaftigkeit erhoben, welche Luther in seinem Kampf und seinem Zagen getröstet hat, bot

auch ihm einen Ausblick aus der verworrenen Zeit zu dem letzten
Abschluß aller Dinge.

Eine Erquickung war es dann für ihn, wenn er aus Ober-
deutschland Gutes hörte, wie treu dort die Evangelischen zum
Bekenntnis hielten, wie fürsorglich Herzog Christoph von Würtemberg
gleich zu Anfang seiner Regierung sich des Wortes annahm. Auch
dachten die Evangelischen dem Konzil gegenüber nicht unthätig
zu bleiben; es ward beschlossen, dasselbe zu beschicken und ein
schriftliches Bekenntnis vorzulegen, welches auf Grund der Augs-
burgischen Konfession schon jetzt in Wittenberg von Melanchthon
unter dem Beirat Bugenhagens und anderer Theologen entworfen
wurde. Dann drang zu Anfang des Jahres 1552 seltsame
Mär zu seinen Ohren: Herzog Moritz rüste sich zu einem
Kriegszuge gegen den Kaiser. Bugenhagen vernahm es schwankend
zwischen Besorgnis und Hoffnung. Als beobachtender Politiker
folgte er diesen wunderlichen Praktiken nicht, nur als Beter. Um
Okuli tröstete er sich noch mit Nachrichten, welche Melanchthon
mitgebracht, daß auf Befehl des Kaisers am 1. April zu Regensburg und am 4. zu Linz friedliche Vereinbarungen stattfinden
sollten, um die kirchliche Angelegenheit in die Hände Maximilians
zu überantworten, welcher ein Freund der Evangelischen war.
Als er aber so gegen Ende des März schrieb, war Moritz schon
gegen den Kaiser losgebrochen. Da schienen Bugenhagen die
Worte der Offenbarung Johannis sich zu erfüllen, daß die Wein-
trauben ihr Blut durch Gottes Zorn bis an die Zäume der
Pferde gäben, (Apokal. 14, 20); Gott eile zum Ende der Welt,
und das neue Jerusalem, die Braut in weißen Kleidern, werde
bald erscheinen.

Die Friedensbotschaft, welche bald darauf anlangte, begrüßte
er mit Preis zu Gott, daß das Gebet der armen Christenheit
nicht vergeblich gewesen, er wollte weiter bitten, daß Gott die
Sache zum Frieden anführe und wider die Türken stärke. Auf
das Konzil konnte er jetzt mit Frohlocken blicken; es ist zu Trennt
und bleibt zu Trennt (zertrennt), schrieb er mit triumphierendem
Scherz. Auch die Nachricht von der Befreiung des gefangenen Churfürsten Johann Friedrich teilte er dem dänischen Könige voller Freuden
mit, und bei der Rückkehr des geliebten Herrn verfaßte er in Ge-

meinschaft mit den anderen Geistlichen ein beglückwünschendes Schreiben. Sie erhielten indes eine Antwort, in welcher der Churfürst neben dem Wohlgefallen an ihrer Teilnahme doch auch seine Meinung nicht barg, daß die Irrungen wegen des Interim durch festeres Halten an den schmalkaldischen Artikeln hätten vermieden werden sollen.

Wir sind nicht unterrichtet, welchen Eindruck es im folgenden Jahre gemacht hat, als Herzog Moritz nach der Schlacht von Sievershausen im Juli seiner Wunde erlag. Gegen die Wittenberger Theologen ist darauf die Anklage erhoben, daß sie ihn zu lebhaft betrauert hätten. Für den neuen Herrn, Churfürst August, den Bruder von Moritz, hatte Bugenhagen schon früher ein Interesse gewonnen, als derselbe im Herbste 1548 die Tochter Christians III., Prinzeß Hanna, als Gemahlin heimführte. Die Hochzeit und die Geburt jedes Kindes hatte er mit seinen Segenswünschen und Gebeten begrüßt. Es kränkte ihn daher, daß wegen der Interimshändel auch dort bei Hofe abfällig über ihn geurteilt worden war. Im Sommer 1553, als er zu einer Hochzeit nach Dresden reiste, fügte es sich nicht so, daß er seinen Landesherrn persönlich hätte begrüßen können, denn derselbe lag am Fieber so schwer danieder, daß auch die Churfürstin ihn nicht zu sprechen vermochte, so gern sie wollte. Doch ging er, von vielen Personen geleitet, ins Schloß, ließ in der Schloßkirche sich auf der Orgel vorspielen und bewunderte in den schönen Gemächern das künstliche italienische Malwerk. Mit Freuden begrüßte er es im nächsten Jahr, daß Churfürst August in seinen Landen eine Aufzeichnung aller Gebrechen des weltlichen Regiments und kirchlichen Lebens anordnete; denn er hoffte, daß diesen Nachforschungen eine Visitation folgen werde. Dieselbe wurde 1555 in der That ins Werk gesetzt; doch hat Bugenhagen an ihr nicht mehr teilgenommen.

Bald darauf erhoben sich abermals Kriegsgefahren. In Ungarn fing die Türkennot wieder an, und „nicht fern von dem Alter Augustins", welcher als 76jähriger Greis die Belagerung der Stadt Hippo erlebt hatte, sah Bugenhagen für das deutsche Vaterland Krieg und Zerrüttung voraus. Was ihn tröstete, wenn er auch hierin ein Zeichen des nahen Weltendes erblickte, war die

Gewißheit, daß immerdar einem Häuflein die reine Lehre des Evangeliums werde geprebigt werden. Noch einmal erhob er damals seine Stimme in einer für die Pastoren und Gemeinden des Churfürstentums bestimmten Ansprache. Es war ein einfaches und herzliches Wort, weniger lehrhaft breit, als sonst seine Predigten, ein schlichter Ruf zur Sinnes- und Lebensänderung, in welchem die im Schwange gehenden Volkssünden durchgenommen, und die Gebote Gottes eingeschärft wurden. Das war sein letzter Hirtenbrief, die letzte, uns bekannte Urkunde seiner langen Wirksamkeit als Pfarrer und Generalsuperintendent.

Aber auch für gelehrte Arbeit hatte ihm in diesen schweren Zeiten seit der Belagerung Wittenbergs die Kraft noch nicht versagt. Einen Kommentar über den Propheten Jeremia vollendete er im Jahre 1546. In seiner Erklärung des Propheten Jonas sahen wir ihn kirchengeschichtliche Gelehrsamkeit scharfsinnig in den Dienst der Polemik stellen, und in demselben Werk findet sich auch ein merkwürdiges Zeugnis des gespannten Interesses, mit welchem er über der Reinheit des Textes der Bibel wachte. Die Stelle im ersten Brief des Johannes Kapitel 5 Vers 7 von den drei Zeugen im Himmel weist er nämlich als einen unechten Zusatz nach, an welchem auch Hieronymus und andere eine Stütze gegen den Arianismus gesucht hätten, und er lobt den Erasmus, weil er über dieses dreiste Einschiebsel eine gute Anmerkung geschrieben, tadelt ihn aber, daß er dasselbe aus dem einen englischen Kodex, in welchem es sich gefunden, doch wieder aufgenommen habe, um niemand Anlaß zur Verleumdung zu bieten. Bugenhagen beschwört die Buchdrucker und ihre gebildeten Berater, die Stelle wegzulassen, sobald ein Neudruck des griechischen neuen Testamentes zu besorgen sein werde, und so das Griechische in seiner ursprünglichen Reinheit unversehrt wieder herzustellen „wegen der Wahrheit zur Ehre Gottes." Endlich beschäftigte ihn fort und fort das Buch, welches er, werdenden Glaubens, mit Eifer studiert, zuerst ausgelegt, später mit Erweiterungen versehen hatte, der Psalter. Eine neue Erklärung von dreißig Psalmen, „ein großes Buch", war druckfertig, als er seinen Jonas abschloß, und er bot das Manuskript dem Könige von Dänemark, welchem er diese Arbeit durch ein Versprechen

schuldete, zum Durchlesen an. Auch der Königin hatte er das
Wort gegeben, über die Episteln St. Johannis etwas Rechtes
zu schreiben; er erinnert sich dessen 1550 mit dem Vorsatz, daß
es mit Gottes Hülfe unvergessen sein solle. Von älteren Arbeiten
ließ er noch 1551 und 1557 sein Buch von den ungeborenen Kind=
lein mit Zusätzen wieder ausgehen. Er widerrief jetzt die bedingte
Taufformel, welche er in der Hamburger Kirchenordnung für
Kinder, deren Taufe zweifelhaft war, zugelassen hatte, beschrieb auch
ausführlich bis auf das „eingebeugte Becken, da man mit voller
Hand eingreifen kann", den 'in Wittenberg gebräuchlichen Taufritus;
denn noch immer lag ihm die Sitte am Herzen, nach welcher das
Kind begossen und nicht blos an der Stirn benetzt wurde. Zugleich
fügte er ein Ritual für eine jüdische Proselytentaufe an, welches
dem altkirchlichen Ritus des völligen dreimaligen Untertauchens
genug that.

Auch sein Jugendwerk, die Leidensgeschichte des Herrn nach
den vier Evangelisten erlebte 1551 eine neue Auflage. Unter
dem Titel, „das Passional" ist dies Buch lange gebraucht, auch als
Text für Passionspredigten benutzt worden. Was hier für einen
Teil der evangelischen Geschichte geschehen war, das unternahm
Bugenhagen noch als Greis für das Ganze derselben, eine har=
monistische Darstellung aus den vier Evangelisten, welcher er
den Bericht des Markus zu Grunde legte. Das war sein exe=
getisches Testament, wohl auch seine letzte Vorlesung. Indes
hat er nur die Anfänge seinen Zuhörern diktierend dargeboten;
einer seiner Schüler, Paul Krell, hat später pietätsvoll das Ganze
vollendet.

Des Interesses haben wir noch zu gedenken, mit welchem
Bugenhagen die erste Gesamtausgabe der Werke Luthers, welche
sein Schwager Georg Rörer besorgte, begleitete und förderte.
Von jedem Bande, der erschien, schickte er ein Exemplar dem
König Christian; und als 1551 Rörer durch die deutschen Wirren
und durch eigene Not gedrängt, nach Dänemark übersiedelte,
nachdem er zwei Fässer seiner Manuskripte dorthin gesandt hatte
empfahl Bugenhagen ihn und sein Werk der Fürsorge des Königs.
Er verhehlte indes nicht, daß diese Uebersiedelung gewagt, und

das ganze Werk, falls dem Rörer, einem schwachen Manne, etwas zustieße, gefährdet sein dürfte.

Während über Bugenhagens Arbeiten, über sein Miterleben der großen Ereignisse jener Jahre in seinem Briefwechsel vielfache Zeugnisse vorliegen, sind wir über sein Familienleben wenig unterrichtet. Es war nach dem Zeugnis Melanchthons sehr ehrbar; aber doch gestalten sich die Notizen, welche wir über das Verhältnis zu Weib und Kind aus seinem Briefwechsel auflesen können, nicht zu einem Gesamtbilde, wie es sich so anmutig wie von selbst über das häusliche Leben Luthers entwirft. Es sind Einzelheiten, darunter schwere Heimsuchungen, welche uns aus den späteren Lebensjahren Bugenhagens berichtet werden. Wir erfahren, daß in jenen Tagen, in welchen ihm wegen kirchlicher Nöte und theologischer Händel das Herz schwer war, — Oktober 1547 — seine an Gallus Marcellus verheiratete Tochter Sara, noch nicht 23 Jahre alt, Witwe ward, daß sie mit ihrem Kinde in das Haus des Vaters zurückkehrte und 1549, Montag nach Trinitatis, mit Doktor Georg Krakow eine zweite Ehe einging. Das ist derselbe, welcher später ein Opfer der kryptokalvinistischen Streitigkeiten, im Gefängnis gestorben ist. Wie herzlich der alternde Vater mit seinen Kindern verkehrte, sehen wir aus einigen Briefen Bugenhagens an seinen zweiten Schwiegersohn Doktor Wolff und dessen Frau, seine Tochter Martha. Sie enthalten nur wenige Zeilen, kurze Nachricht über das Befinden der Geschwister, hatte doch die Pest 1552 Wittenberg wieder befallen; einen schlichten Ausdruck seiner väterlichen Liebe, einen Gruß, eine Ermahnung zu beten und fromm zu sein.

In der Haushaltung scheint Bugenhagen sich ebenso als guten Wirt bewährt zu haben, wie in der Verwaltung der Kirche. Der Mann, welcher von den Wittenberger Theologen wohl am genausten den Wert äußeren Besitzes für geordnete kirchliche Einrichtungen erkannte, mag nur aus dieser Haushaltertüchtigkeit heraus gerecht beurteilt werden, wenn er die selbstvergessene Weise Luthers mit irdischem Gut zu schalten nicht besaß. Er hatte ein Herz für die Armen; eine geordnete Armenpflege sahen wir ihn anstreben, wo er immer wirkte; bis in sein Alter bat er für arme Studierende; auch erfahren wir gelegentlich, daß er einer bedrängten Witwe Gastfreundschaft erwiesen hat. Aber bei einem damals reichlichen Einkommen, das man auf 5000 Mark unseres Geldwertes veranschlagen darf, wenn man den Ehrensold, welchen König Christian ihm, wie Luther und Melanchthon gewährte, hinzurechnet, hatte er soviel erworben, um gegen Ende seines Lebens seine Kinder auszustatten. Wohlhabend ist er dennoch kaum geworden. Zwei Jahre vor seinem Tode bat er König Christian, für den Fall seines Absterbens seinen Ehrensold an seine Frau als Witwenversorgung weiter zu gewähren.

Eine gleiche Vergünstigung erbat er auch für Luthers Witwe, hielt aber mit dem Tadel nicht zurück, der für ihn charakteristisch ist: sie würde nicht arm sein, wenn sie ihr Gütlein besser zu bewirtschaften verstände. Er selbst scheint immer jene Schätzung des Kleinen besessen zu haben, welche den guten Wirt macht. Die Schiefertafeln Melanchthons, damals wohl etwas neues, erregen ihm im Jahre 1526 den Wunsch, eben solche zu besitzen. In sein Tagebuch zwischen theologische Notizen und Entwürfe mitten hinein schreibt er ein Rezept, wie man aus Rosen und Hutzucker eine Arzenei bereitet. Mit dem dänischen Könige scherzt er seitenlang über zu kleine Speckseiten; und als alter Mann schreibt er seiner Tochter: Deine Mutter, liebe Martha, sendet dir durch diesen Boten ein Viertel Seife vom Stein. Wieviel naive Genauigkeit des Rechnens vollends neben Bescheidenheit des Wunsches, wenn der Neunundsechzigjährige, um doch einmal auch für sich etwas zu bitten, den König Christian um dreißig schwedische Fuchsfelle angeht, um „diesen alten Bugenhagen zu wärmen“, und dann, als die Fuchsfelle angekommen sind, dem Geber nicht vorenthält, daß es nur Rückenstücke ohne Wammen gewesen seien, ihm auch genau vorrechnet, wieviel Felle er habe nachkaufen müssen, um einen passenden Hausrock zu erhalten. Dieser Zug seines Wesens ist es wohl, der zu einigen Anekdoten über den Geiz Bugenhagens Anlaß gegeben hat, sämtlich so plump, daß sie sich sofort als Erfindungen oder Entstellungen verraten.

Mit dem Jahre 1557 neigt sich Bugenhagens Lebensabend seinem Ende zu. Der Mann, an welchem sonst die natürliche Rüstigkeit auffallen mochte, war dennoch früh gealtert, wie denn in jenem Jahrhundert die größten und besten Männer unseres

Volkes sich gewöhnlich früh in Eifer und Arbeit verzehrt haben. Auch Bugenhagen ist, obschon sein Temperament ruhiger war, als das Luthers, in ein sehr hohes Alter nicht eingetreten. Lange schon galt er im Freundeskreise als Greis, bezeichnete er sich selbst als müde und abgearbeitet, und sein 70. Geburtstag er= innerte ihn daran, daß David nicht älter ward. Mein lieber Herr Christus, schrieb er, will mich schier absolvieren von Mühe und Arbeit und von dieser bösen Welt. 1557 hörte er auf zu predigen, besuchte aber den Gottesdienst, um sein Gebet mit der Gemeinde zu opfern, nahm auch noch an den Beratungen, welche in der Sakristei stattfanden, teil. Zuletzt verfiel seine einst so stattliche Gestalt, wie sie uns zahlreiche Bilder ver= gegenwärtigen; eins seiner Augen erblindete, und damals war es wohl, daß sein Anblick Melanchthon so tief erschütterte, daß er Gott bat, ihm nicht ein solches Alter zu geben. Geist und Gemüt blieben ihm indes frisch; mit einem Freunde, Tilemann Heßhus, redete er noch in seinen letzten Lebenstagen voll Teil= nahme über dessen persönliche Angelegenheiten.

Anhaltend beschäftigte er sich mit Gebet und wiederholte sich Worte der Schrift, besonders den Spruch: Das ist aber das ewige Leben, daß sie dich, daß du allein wahrer Gott bist, und den du gesandt hast, Jesum Christum, erkennen. Erkenntnis Christi, wie er sie einst als Suchender und Lernender den Jüng= lingen angepriesen, blieb auch dem Sterbenden die höchste Weisheit. Magister Fröschel betete ihm im Todeskampf Worte der Schrift vor; so ist er unter den Händen der Seinen und der Brüder in der Nacht vom 19. zum 20. April 1558 gestorben. Er ruht links vom Altar der Pfarrkirche, an welcher er fünfunddreißig Jahre gewirkt hat.

Anmerkungen.

Hauptsächliche Abkürzungen. CR. = Corpus Reformatorum ed. Bretschneider. — Mskr. = Bugenhagens Manuskripte auf der Kgl. Bibl. in Berlin. — Br. KO., Hamb. KO., Lb. KO. = Braunschweig'sche, Hamburgische, Lübecker Kirchenordnung. — Mel. decl. = Melanchthonis declaratio in CR. XII, 296 ff. — Dickmann = Oratio de vita etc. Bugenhagii Pomerani mit ergänz. und erläut. Anm. v. O. Dickmann. Berl. 1879. — Pom. = Bugenhagens Pomerania ed. Balthasar, Grypisw. 1728. — Cramer = Daniel Cramer, das große Pommersche Kirchen-Chronikon. Alt-Stettin 1628. — Kantzow = Thomas Kantzow's Chronik von Pommern, herausg. von W. Böhmer, Stett. 1835. — Balt. St. = Baltische Studien. — Stud. u. Kr. = Theol. Studien und Kritiken. — Fock = Rügen-Pommer'sche Geschichten. — Handschriftliches, Abschriften und Notizen, welche die Herren D. Knaake, lic. theol. Vogt und Dr. Buchwald mir mitzuteilen die Güte hatten, sind mit Kn., Coll., Vogt, Coll. und Bchw., Coll. bezeichnet. — Die bedeutenderen Biographien sind mit den Namen ihrer Verfasser angegeben: Zänke, Vogt, Zitzlaff. — Kinn = Festschrift z. Feier des 400 jähr. Geburtstages J. Bugenh. Hamb. 1885. — Lth. = Luthers Werke in der Erlanger Ausg. — de W., Burkh., Seidemann bez. die Sammlungen der Briefe Luthers von de Wette, Burkhardt u. Seidemann. — Köstlin M. Lth. = Martin Luther von J. Köstlin, 2. Ausg. 1883. — Anal. = Analecta lutherana von Th. Kolbe, 1884. — Kwr. Jon. = Der Briefwechsel des Justus Jonas v. G. Kawerau 2 Bde. Halle 1884 u. 1885. — Brth. Vis. = Die sächs. Kirchen- und Schulvisitationen, herausg. von Burkhardt. — B. colloq. = Luthers Tischreden, herausg. von Bindseil. — Wrmplm. = Das Tagebuch des Cordatus, herausg. v. Wrampelmeyer. — lib. dec. = liber decanorum ed. Foerstemann. — Richter = L. Aem. Richter, die ev. Kirchenordnungen des 16. Jahrh. 1846. — Andere Abkürzungen ergeben sich an der betr. Stelle.

Im Folgenden bezeichnet die erste, stärkere Zahl die Seite; die kleinere die Absätze der Seite, nach ihren Endpunkten gezählt.

------

1. Kapitel.

Zum Kapitel überhaupt: Fr. Koch, Erinnerungen an D. Joh. Bugenh. Stettin 1817. — R. Geier, Progr. d. Bugenh.-Gymnas. 1858. **2**, 1. Ueber Julin Pom. S. 23. Kantzow S. 22. 26. 28. G. Haag in Balt. St. XIII, 1.

XXXI, 19. XXXII, 135 ff. Kratz, Die Städte der Prov. Pommern. Berl.
1865 S. 548 ff. 556. 2, 2. Ueber den Namen Bugenhagen erteilte mündlich
Auskunft Herr Prof. Gering. Vgl. auch Förstemann, altd. Namenbuch. Nordh.
1856 I, 287. 688. Ueber die Frage nach der Abkunft des Reformators von
dem pommerschen Adelsgeschlechte seines Namens erhielt ich schriftlich eine
Aeußerung von Herrn Prof. Th. Pyl in Greifswald. Vgl. die älteren Unter=
suchungen dieses Punktes bei Jäncke S. 2 f. Koch S. 10. Dickmann S. 14
Anm. 12. Ueber die abligen Bugenhagen vgl. Th. Pyl, Pommersche Gene=
alogieen. Greifsw. 1868 S. 193—205. Klempin, Diplom. Beitr. Berl. 1859
(Nachweis im Register). Allgem. Deutsche Biogr. III, 508 ff. — Ueber den
Ort Bugenhagen vgl. Bogislav's Memorabilien bei Klempin S. 551 f. Das
Gut befand sich damals im Besitz der Ritter Bugenh. Ueber die gegenwärtigen
Verh. des Ortes E. Hühn, Topogr. stat. hist. Lex. v. Deutschl. I, 541. G. Neu=
mann, geogr. Lex. d. Deutschen Reiches 1. Hälfte, S. 162. 2, 3. 3, 4. Als
Bgh.'s Geburtsjahr ist 1485 endgültig festgestellt durch C. Bertheau, Stud.
u. Krit. 1885 S. 314 ff. — Kratz S. 552. Pom. S. 180 f. Anna starb 1512.
3, 2. Vogt S. 5. Strauß, Hutten 1. Aufl. I, 217 u. ö. Erhard Gesch. des
Wiederaufblühens der Wissensch. III, 61. 3, 3. Mel. decl. 297.

2. Kapitel.

5, 1. Kloster Belbog bei Treptow a. R. in Balt. St. II, H. 2. F. Winter,
Die Prämonstratenser S. 213. Pom. S. 114. 123. 129 f. Kratz, S. 510 ff.
Urkundl. Mat. auch bei Vogt S. 6 ff. 5, 2. Der Darstellung liegt die
„confessio autoris" in Bgh.'s Psalmenauslegung zu Ps. 1, Vs. 1 zu Grunde,
während Vogt diese Stelle nur im Rückblick S. 27 anführt und sich mehr an
Mel. Darstellung decl. 297 hält; diese ist aber jedenfalls durch Bghs. Selbst=
zeugnis zu limitieren. 6, 1. Die Angabe Melanchth.: Usitato more . . .
(Dickmann S. 9 u. Anm. 26), welche der Darstellung zu Grunde liegt, scheint
auf die Einrichtung der Prämonstratenser hinzuweisen, nach welcher sich beim
Kloster ein Stift für die canonici befand. Winter, Die Prämonstr. S. 105.
6, 2. Brief vom 23. April 1512, in den Beitr. zur Geschichte d. Humanismus
v. Krafft u. Crecelius S. 43 ff. Bgh. unterz. als Sacerdos Christi, ludi=
magister Treptoviae. 6, 3. Cramer, III. Buch S. 29. 7, 1. Pom. S. 118.
8, 1. Aus Bgh.'s Mscr. tom. 41, Bl. 58 ff. von K. A. T. Vogt als Jubelfest=
programm der theol. Fakultät, Greifswald 1856 herausgegeben.

3. Kapitel.

9, 1. 2. Bgh.'s Widmung vor seiner Pomerania. G. Jähnke, die
Pomerania des Joh. Bugenh. Dissert. Berlin ohne Angabe des Jahres.
(Georg Haag, teilweise anerkennend, doch auch mit scharfer Kritik Jähnke's
in Balt. St. XXXIII, 211 ff., 227 ff. Ueber die früheren Untersuchungen
S. 225. Vgl. noch die Aufsätze von Haag in Balt. St. XVI u. XXVI. Ueber
Stojentin Strauß, Hutten I, 53. 69. 10, 1. 2. Haag, Balt. St. XXXIII,
225. Pom. p. 116 f. 75. 126. 131 f. 134. 138. 11, 1. Pom. p. 55 f.

11, 2. Pom. S. 18. Zu beachten bef. S. 164. 12, 1. Pom. S. 137. 105. 25. 151. 12, 2. Pom. S. 76. 119. Foct V, 111. 13, 1. Foct V, 121. Burth. S. 33. Cramer III, 7 S. 48. 14, 1. Köstlin M. Lth. I, 123. Lth. S. A. 21, 156. Op. lat. XII, 1 ff. Bgh's. Brief in Mfkr. tom. 42. Bl. 49 ff. von Vogt im Jubelfestprogr. der theol. Fakultät Greifswald 1856 herausg. Auszüge in besf. Monogr. S. 32 ff. 15, 1. Lth. Op. lat. V, 13 ff. Köstlin, M. Lth. I, 365 ff. 15, 2. Didmann S. 9. Cramer III. Buch 11. Kap. 16, 1. Seidemann S. 20. Vogt S. 30, Anm. 2.

4. Kapitel.

17, 1. Didmann S. 9. Vogt S. 31. CR. I, 521. 18, 1. Bgh's Widmung an den Churfürsten vor seiner in librum psalmorum interpretatio 1524. 19, 1. Ueber die Aenderungen des Meßgottesdienstes in Wittenberg Köstlin, M. Lth I, 504 ff. Kolbe, Staupiß 369 ff. Der Brief an Linck v. 9. Oft. CR. I, 894, als dessen Verfasser Bugenh. angegeben wird, ist irrtümlich ins J. 1527 versetzt. Er gehört ins J. 1521, wie aus der Vergleichung seines Inhalts mit CR. I, 460. Köstlin, M. Lth. I, 504. Kolbe, Staupiß S. 371. 375. Roth, Ref.-Gesch. v. Nürnb. S. 95 f. 101. 115. 120 zu ersehen, und es ist dann kein Grund mehr vorhanden, ihn Melanchthon abzusprechen. — Mel. decl. 297. Köstlin, M. Lth. I, 498 ff. 19, 2. de W. II, 245. Anal. S. 38. Da die Ausdrücke nuptiae rescissae sunt (Lth.) und uxorem duxit (Ulscenius in den Anal.) mißdeutbar sind, als handelte sich um eine eingegangene Ehe, so ist eine feindselige Darstellung des Petrus Anspach (An. Coll.) um so wertvoller: „wie sich dann der Wittenbergisch Bischoff mitt eyner redlichen meybt recht verlobt, und darnach, da der meybt der tauff gereivet, denn sie wolt keyn pfaffen weyb seyn, und eher durch den korp gefallen, hat ehr sich mit eyner andern vereheelicht (sie, wol absichtlicher Bosheitsscherz!), wie dan solch löblich geschicht landruchtig ist." Hierzu vgl. man noch die Worte Bgh's. in den Annot. ad Deuteron. Cap. XXIII. p. 125. Vide quod sponsa secundum scripturam uxor dicitur adhuc virgo . . . ut videas matrimonium jam esse inter sponsum et sponsam ante nuptias, quia conjugium sola fide conciliatur et sola in fidelitate dirumpitur . . . Wie sehr die Ehe Bgh's damals durch das auch bürgerlich gültige Recht bedroht war, ist ersichtlich aus der Ehe Bernhardi's (Köstlin M. Lth. I, 496) Spalatins (bei Mencken p. 648) u. bef. B. Colloq. II, 359. Wrmplm. 560. Den richtigen Vornamen ermittelte zuerst Zißlaff (S 19) aus dem Wittenb. Todtenregister. Die Annahme, daß Walpurga G. Rörers Schwester gewesen sei, stüßt sich nur darauf, daß Bgh. Rörer seinen Schwager nennt (Schumacher I, 160); aber Bugenhagens Schwester Hanna war Rörers Frau. Sie starb an der Pest 1527 d. 2. Nov., wie Rörer selbst bezeugt. G. Buchwald Sammlung ungedr. Pred. M. Luthers 1. Hälfte S. XXVIII. Walpurga, Bgh's Frau, war geboren auf Walpurgis, d. 1. Mai 1500 (Schumacher I, 211 f.) Ueber die Hochzeit de W. II, 252 ff. 283. 20, 1. CR. I, 541. de W. II, 587; hier irrig in's Jahr 1524 ge-

sett; das richtige Datum ist der 20. Sept. 1522. (Kn. Coll.) Ueber die Er=
furter Verhältnisse 1522 Köstlin, M. Lth. I, 551 f. 559. Brief Bgh's v. 27.
Nov. 1522 (Schw. Coll.). **20**, 2. de W. II, 284. **21**, 1. Beschwerde des
Kapitels an Friedrich den Weisen v. 28. Okt. 1523 und Rechtfertigung des
Rates v. Montag nach Allerheiligen, (Vogt Coll.). **22**, 1. Dickmann S. 10.
Wittenb. KO. v. 1533 bei Richter I, 220.

5. Kapitel.

22, 2. 3. Köstlin, M. Lth. I, 549 ff. Fröschel's Erzählung in Fortg.
Samml. 1731. **23**, 1. Fröschel ebendas. **24**, 1 — **25**, 2. Bgh's Gutachten
veröffentlicht durch Buchwald Stud. u. Kr. 1884 S. 567 nebst Zusatz von
Köstlin S. 571, und Buchwald in Stud. u. Kr. 1885 S. 555. Vgl. über den
Verlauf des ganzen Streites Köstlin M. Lth. I, 562 ff. Kolde, Friedrich der
Weise S. 34 f. 65 ff. Spal. bei Menken p. 642. **26**, 1 — **27**, 1. Sechs
Predigten Bgh's., aufges. und mitgeteilt v. Buchwald, von mir im Osterprogr.
der Univ. Halle 1885 veröffentlicht. **27**, 2. Das Literarische über die In=
dices nebst Auszügen bei Vogt S. 62 ff. **27**, 4. Die Texte bei Hortleber
v. deutschen Krieg II, 53. Walch, Lth. W. X, 674. Kapp, kleine Nachlese II,
571. Vgl. CR. I, 600 u. das Geschichtliche im Zusammenhang bei Köstlin,
M. Lth. I, 631 ff. In betr. Amsdorfs noch Meier, Amsdorf S. 137. **28**,
2. **29**, 1. Der Titel beider Schriften und Auszüge bei Vogt S. 85 ff. 89 ff.
30, 1. Göze, Versuch einer Historie der gedr. niedersächs. Bibeln Halle 1775.
Bes. S. 154 — 161. Die Ausg. von 1524 haben Göze und auch Panzer nicht
gekannt; sie wurde mir aus dem Antiquariat von Otto Harassowitz in Leip=
zig zur Benutzung mitgeteilt. Am Schluß der Vermerk: Gedrücket tho Witten=
berch dorch Hans Lufft. 1524. Format: Oktav. Gal. 5, 6 lautet hier: . . .
de leve, de dorch den loven bedich ys (während es in der Ausg. v. 1523
heißt: de leve, de dorch den gheloven werke deith.). Beide haben also den=
selben Fehler, welcher sich in der September= wie der Dezemberbibel Luthers
findet. Dagegen enthält das plattb. Testament von 1524 die letzten Worte
der Stelle I. Petr. 1, 25: Das ist aber . . . ., die in Luthers September=
bibel ausgefallen sind, in der Dezemberbibel dagegen stehen. Diese letztere
muß der Uebersetzer daher zu Grunde gelegt haben. **30**, 2. **31**, 1. Bgh's
Kommentar zum Psalter erschien schon 1524 an verschiedenen Orten: in Basel
Titel bei Vogt S. 10 Anm. 1; in Nürnberg im August bei Joh. Petrejus,
ferner in Basel 1535 bei Henr. Petrus. Vgl. über Bgh's spätere Arbeiten
am Psalter im Flgb. S. 119. Vgl. CR. I, 664. **32**, 1. Annotationes ad
Deuteron et duos libr. Sam. erschienen in Nürnberg bei Joh. Petrejus,
Okt. 1524; die Annot. in duos libr. post Sam. 1525 auch in Basel. Merkw.
Allegorie S. 307. Luther (Martinus) zitiert S. 247; translatio Martini
S. 357. Vgl. über Lth's. Arbeiten am A. T. Köstlin, M. Lth. I, 608 f.
33, 1. Die Uebers. Steph. Rodt's ersch. 1524 in Wittenb. b. Jos. Klug. Eine
neue lat. Ausg. war nach Bgh's Aussage (Vorrede jener Wittenb.=Ausg.)
schon in Basel ersch. Die Hätzer'sche Ausg. befindet sich in der gräfl. Stolb.
Bibl. in Wernig.

6. Kapitel.

34, 1. CR. I, 673. 676. Anal. p. 56 u. Bgh. im Eingang seines Schreibens an die Stadt Hamburg. Spalatins Brief an den Churfürsten aus Köhler's Lit.-Gesch. abgedr. bei Erdmann, Lebensbeschr. u. lit. Nachrichten von den Wittenb. Theologen. S. 188 f. **34,** 2. **35,** 1. Bgh's. Brief mitget. von C. Bertheau in der Vorrede zur Hmb. KO. S. VI f. Vgl. in Betr. des Mandats Köstlin, M. Lth. I, 634 f. Die Angabe, daß Bgh. 1525 nach Hamburg berufen worden sei, wird durch sämtliche Briefdatierungen und Spal. bei Mencken S. 640 widerlegt. Der Fehler (schon bei Staphorst II. Teil I. Bd. S. 9) entstand wohl dadurch, daß Bgh. in dem Eingang des 1526 gedruckten Schreibens an die ehrenreiche Stadt Hmb. sagt, er sei im vergangenen Jahr gerufen. Aber der Beginn der Abfassung dieser Schrift fällt sicherlich noch in's J. 1525. C. Bertheau hat im Vorwort S. XI. das Richtige. **35,** 2. Bgh's. Schrift: Van dem Christen loven unde rechten guden werden u. s. w. erschien 1526. Ueber Titel und Ausgaben vgl. C. Bertheau Vorr. zu Hamb. KO. S. IX. Vogt hat sie in hochdeutscher Uebertragung mitgeteilt S. 100 —267. **38,** 1. Schreiben des Rats v. 6. Febr. 1525. Königl. Bibl. in Berlin Mscr. boruss. Fol. 249 S. 243 f. aus der Samml. v. Enders mitget. de W. II, 641 f. 656.

7. Kapitel.

39, 1. Halle'sches Osterprogr. 1885 S. 13 ff. CR. I, 728. Bchw. Coll. **39,** 2. Ueber Johannes, Prior Regii Lapidis, Spalatin bei Mencken S. 640. Da auch von der administratio gladii und von der Pflicht, das Evangelium zu predigen gehandelt wird, wird der Brief Bgh's. etwa aus dieser Zeit sein. — Ueber die Schrift de conjugio episcoporum vgl. Vogt S. 58 f. u. über W. Reißenbusch noch Köstlin M. Lth. I, 594. **40,** 1. Zu Lth's. Trauung außer Köstlin, M. Lth. I, 766. 768. 817 noch Stud. u. Kr. 1886 S. 163 die von Bgh. gewöhnlich angewandte Form der Trauung (mitget. v. Buchwald). In dem Briefe Bgh's. an Spalatin (Mencken p. 645) v. 16. Juni 1525 ist das duximus wohl Korrektur, geflossen aus der späteren irrigen Tradition. Zu den Zuständen vgl. Eberlins Traktat: Der trostlosen Pfaffen Klag und Theiner's Buch über den Cölibat. **41,** 1. Muther, drei Urk. z. Ref.-Gesch. Ztschr. f. hist. Theol. 1860 S. 453 ff. Köstlin, M. Lth. II, 13 ff. **41,** 2. Mein 3. Aufsatz Stud. u. Krit. 1885 S. 232 ff. Hier Abdruck der Wittenb. Kasten-O. Anm. 2. **42,** 1. de W. III, 219. 230. 244. 253. **42,** 2. Die Auslegung der 4 ersten Kap. des I. Korintherbr. erschien 1530 in Wittenb. Titel b. Vogt Bgh. S. 74 Anm. 2. Die Titel der anderen Schriften Bgh's. b. Vogt S. 62 Anm. 1. Auszüge S. 74 ff. **43,** 1. Titel b. Vogt S. 94 Anm. 2 u. Auszüge. **43,** 2. Titel des Bgh.'schen Sendbriefes bei Vogt S. 77 Anm. 1. Vogt benutzte einen Druck von 1526; mir hat der erste von 1525 vorgelegen. (Titel vollst. Anal. 74 Anm.). Da Moiban im August 1525 als Pfarrer nach Breslau an die Elisabethkirche berufen wurde, so wird Bgh. seinen Sendbrief in dieser Zeit abgefaßt haben. Vgl. Köstlin in Herzog

R.-Enc. VI, 63. M. Lth. II, 66—85. Kasel's Bericht bei Kolbe, Anal. S. 65
bes. 75 f. Kasel will Bgh. teils zum Bereuen, teils zum Berstummen bewogen
haben, erwähnt auch von den Gegenvorwürfen Bgh's den stärksten — die
Beschuldigung, die Wittenberger wollten Christus mit den Zähnen essen —
nicht, und diese gerade hatte doch Bgh. in seinem Sendbrief als gottesläster=
lich abgewehrt! Dadurch erhält jener Bericht etwas Einseitiges. — Zu den
Vorgängen vgl. noch Kapito u. Butzer S. 334. Köstlin, M. Lth. I, 717. II,
85 u. in Betr. der Elevation I, 722. E. A. 29, 188 ff. 202 ff. über Luther's
Anteil hieran. Fortges. Samml. 1720 S. 605. Köstlin M. Lth. II, 82 f.
44, 1. Die lit. Nachweise bei Vogt S. 78 ff. 44, 2. Die publica de sacra-
mento corporis et sanguinis Christi ex Christi institutione confessio etc.
erschien in Wittenb. bei Joh. Lufft 1528. Sie wurde wahrscheinlich unmittelb.
nach Lth's großem Bekenntnis vom Abendmahl (erschien im März 1528,
Köstlin M. Lth. II, 104) abgefaßt, denn die Widmung an Brenz ist datiert,
feria quinta post Jubilate. Im Anhang, betitelt: Sequitur de singularibus
quibusdam sacramentariis Joannis Bugenhagii Pomerani. Cum exposi-
tione sexti Capitis Joannis Evangelistae befleißigt sich Bgh. auch der Be=
weisführung aus den Kirchenvätern (N. 3 ff.) 44, 3. Buchwald, Mitt. aus
Bgh's. Nachlaß, Stud. u. Krit. 1886 S. 164 ff. Burkhardt, Visit. S. 12.
Ders. Lth's. Briefw. S. 122. 128 ff. 45, 1. Bgh. in der Vorrede zu seinem
Kommentar über den Römerbr. A, 1. Der Hiob erschien während der Frank=
furter Messe 1526. Er sagt von diesem haud gratus hospes: Judico plane
ex eo plus emolumenti provenisse venditori quam lectori . . . nemo
huic pesti (des Nachdrucks) cupit subventum. Soli typographi sine legi-
bus agunt. 45, 2. Bgh's Römerbr. erschien 1527, Hagonae per Johan.
Secer. Die Darstellung nach der praefatio u. dem Schlußwort der von
Roth besorgten deutschen Uebersetzung der Erkl. der kurzen Briefe Pauli.
Ueber die göttliche Gnadenwahl äußert sich Bgh. in den Annot. in Deuteron
p. 38 u. Psalmorum interpret. Nürnb. Ausg. v. 1524 Bl. 87. In der interpret. in ep. ad Rom. A. 3. Am tiefsten geht Bgh. auf die Gefährdung,
welche Gedanken über die Prädestination mit sich führen können, ein in dem
Brief an den Halle'schen Bürger Dumer (Buchwald, Mitt. aus Bgh's. Nach=
laß in Stud. u. Krit. 1886, S. 171 ff.)·

8. Kapitel.

Grundlegend noch immer, wenn auch in Einzelheiten der Berichtigung
bedürftig Rehtmeyer, der Stadt Braunschw. Kirchengesch. 1710, III. Teil.
S. 20 ff. Einen genauen Einblick in die Verhandlungen mit der Bürgerschaft
gewährt L. Hänselmann, in der anmutig geschriebenen Vorrede zu seiner
Ausg. der Br. KO. 47, 2. Rehtmeyer S. 33 ff. de W. III, S. 279. 289 f.
48, 1. Rehtmeyer S. 46 ff. Vgl. bes. die Artikel S. 53 f. 49, 1. de W. III,
326. Hänselmann a. a. O. S. XXI. u. LXVI Anm. 1. Mscr. tom. 48 Bl. 1.
49, 2. de W. III, 311. 314. Hänselmann a. a. O. S. XXII. Rehtmeyer
Kap. IV, S. 60. 50, 1. Hänselmann ebendas. G. Rietschel, Lth. u. die Orb i-

nation S. 55. Die Predigtentwürfe nach dem Manuscr. Bgh's. bei Vogt
S. 275 ff. **52**, 1 Br. KO. S. 269. **53**, 1. Ueber die Gutachten und An=
träge Hänselmann S. XXVII—LII. Ueber die Besoldung der Prädikanten
S. LIV. und Bgh. in seiner Schrift: Von mannigerleie christliken saken, 1531
Bl. 270. **55**, 1. Br. KO. S. 9—24. 41 ff. 45—54. **56**, 1. Br. KO.
S. 54—57. **57**, 1. Br. KO. S. 138—152. Ueber die Schulen u. Bgh's.
Reform: H. Dürre, Gesch. der Gelehrtenschulen zu Br. 1861. Lor. v. Stein,
die innere Verwaltung, 2. Hauptgeb. 2. Teil. 2. Aufl. 1883 u. 3. Teil, Heft 1,
1884. mit wärmster, viell. zu weit gehender Würdigung; während Paulsen
in s. Gesch. des gel. Unterr. 1885, den Humanism. überschätzt, die Bed. der
Reformation mißkennt. Vgl. W. Schrader in Jahrb. für Nat.=Oek. u. Stat.
v. J. Conrad. N. F. Bd. X. bes. S. 330 f. Monum. Germ. paed. v. Kehr=
bach Bd. I. herausg. v. Kolbewey 1886; bespr. v. W. Schrader, Zeitschr. f.
Gymn.=wesen XLI. S. 22 ff. **58**, 1—60, 1. Br. KO. S. 77 ff.; 91 ff.
60, 1. 2. Br. KO. 103—128; 131—138; Zu St. Autor's Fest: Hänselmann,
Schichtbuch, 1886 S. 76—89. Br. KO. S. 153—245. **61**, 1. Br. KO.
S. 270 ff. 285 ff. 291 ff. Stud. u. Kr. 1885 S. 251 ff. **62**, 1. Br. KO.
S. 207. Brief Bgh.'s an den Bremer Rat v. 11. Sept. 1528 im Brem.
Jahrb. II. Ser. 1. Bd. 1885 S. 262 ff. **62**, 1—63, 1. Burkhardt S. 136.
142. 144. de W. III, 376. 346. Bertheau, Vorr. z. Hmb. KO. S. XIV.
Sillem, Einf. d. Ref. in Hamb. S. 120. Balt. St. Jahrg. 1833. Burkhardt S. 74.

9. Kapitel.

Zum Inh. des Kap. außer Staphorst neuerdings die treffl. Ausg. der
Hamb. KO. v. C. Bertheau, Hamb. 1885 mit wertvoller, durch Akribie ausgez.
Vorr. des Herausg.; ferner die schöne Arbeit v. W. Sillem, die Einführung
der Ref. in Hamb. (B. für Ref.=Gesch. Nr. 16). Mein Aufsatz, Liebest. der
Ref. III. Stud. u. Kr. 1885. Koppmann in Mitteil. des Vereins f. Hamb.
Gesch. 1883. V, 125 ff. Hänselmann Vorr. z. Br. KO. S. LVIII. f. Ed. Meyer,
Gesch. des Hamb. Schul= u. Unterr.=wesens im Mittel=A. Hamb. 1843.
67, 1. Der Brief Bgh.'s bei Burkh. S. 145. Korrekturen von D. C. Ber=
theau. Vgl. dessen Vorr. z. Hamb. KO. S. XXV. **67**, 2. Titel des Hamb.
Druckes von 1529 bei Bertheau Vorr. S. XXIV. Eine hochdeutsche Ausg.
aus demselben J., Wittenb. bei G. Rhaw, lag mir vor. **67**, 3. Burkhardt
S. 147. **67**, 4. Burkhardt S. 148 ff. 145 Anm. 2. de W. III, 399.
69, 1. Hamb. KO. S. 8 ff. Vgl. auch den feindseligen Bericht bei Staphorst
S. 83. Staphorst 79. Koppmann, Mitteilungen S. 139 ff. B. colloq. III, 12.
CR. VI, 779. Sillem S. 149. Anal. S. 112. Kwr. Jon. I, 122 f. Ueber
die Bed. eines wiederholten Vorlegens der KO. Bertheau Einl. S. XXII f.
Hamb. KO. S. 8 f. 5 ff. **69**, 2. Hamb. KO. S. 12. Br. KO. S. 4.
70, 1. Hamb. KO. S. 76 ff. Dazu der Bericht Bgh.'s in der Schrift „von
den ungeborenen Kindern" Ausg. v. 1557. M. VII. Richter KOO. I, 318.
Funk, Die Entstehung uns. heut. Taufform, Tüb. theol. Quartalschr. 64. Jahrg.
114 ff. **70**, 2. Hamb. KO. S. 40 ff. Meyer S. 54 ff. Sillem S. 136.

71, 1. Hamb. KO. S. 148 ff. Stub. u. Kr. 1885 S. 255. 72, 1. Frerichs, Blicke in die Ref.-Gesch. Ostfriesl. S. 13. Kwr. Jon. I, 123. 73, 1. O. zur Linden, Melchior Hofmann. 75, 1. Obige Darstellung nach dem Protokoll und Bgh.'s Bericht, Wittenb. bei J. Klug. 75, 3. Bgh. in seinem Bericht. 76, 1. Fortg. Samml. 1745 S. 316. de W. III, 443. Burkh. S. 162 f. 76, 2. Sillem S. 153. Rinn, Vorw. 77, 1. Sillem S. 163 ff. Koppmann S. 125. 78, 1. Rehtmeyer III, Kap. V. S. 73—86. CR. II, 24. de W. IV, 277. Hänselm. Vorr. z. Br. KO. S. LXII. läßt, wie Rehtm. Bgh. Himmelfahrt, 6. Mai, nach Braunschw. kommen. Da Bgh. nach s. „Bericht" am 11. Mai in der Hamb. Peterskirche gepredigt hat, ist jene Angabe wohl nicht richtig. Auch würden die Kämmereirechnungen (Koppmann S. 137 ff.) die Kosten jener Reise angeben. 78, 2. Hänselmann Vorr. z. Br. KO. S. LXII. Zitzlaff S. 69 aus dem Wittenb. Kämmereibuch.

10. Kapitel.

79, 1. Köstlin, M. Lth. II, 128 f. de W. III, 512. 80, 1. Hortleder von Rechtmäßigkeit des deutschen Krieges II. Band II. Buch 2. Kap. S. 63 ff. de W. III, 560. Köstlin, M. Lth. II, 187 f. 254 ff. Bgh.'s Bericht vom Meuchelbriefe, Wittenb. 1546 im Januar. Abdr. bei Hortleder S. 147 ff. 81, 1. Burkhardt S. 173. de W. III, 564. CR. II, 25 ff. Förstemann, Urk.-Buch zu der Gesch. des Reichst. z. Augsb. I, 63—108. Zur Frage nach der Zeit der Abfassung die Orientierung bei Kwr. Jon. I, 144 f. Bgh.'s Anteil nicht erkennbar; viell. die Notiz über Braunschw. Förstem. I, 105. CR. II, 142. de W. IV, 48. Köstlin, M. Lth. II, 209. 213. 216 f. Rinn S. 23. 81, 2. Bgh.'s Br. v. 11. Aug. 1529 mitget. v. C. Bertheau, Vorr. z. Hamb. KO. S. XXIX. Br. Bgh.'s bei Rehtmeyer, Beilagen z. 4. Kap. des III. Teils S. 14 f.

11. Kapitel.

Der Ueberblick nach Seckendorf III. Sect. 3 § 8. Starcke, Lüb. K.-Hist. Hamb. 1724. Grautoff, hist. Schriften, II. Bd. Lübeck. 1836. 1. bis 4. Vorlesung. G. Waitz, Lübeck unter Jürgen Wullenwever und die europ. Politik. I. Bd. S. 1—61 und die von Petersen 1830 aus dem Tagebuche eines Augenzeugen herausgegebene ausführliche Geschichte der Lübeckischen Kirchen-Reformation in den J. 1529—1531. Ueber diesen zeitgenössischen Bericht und die Chronik Reimer Kocks vgl. Waitz S. 409 ff. Bgh.'s KO. wurde in dem Abdruck v. 1877 benutzt, welcher getreu nach dem Autograph v. 1531 vom Lüb. Ministerium herausg. ist (bez. mit Lb. KO.) 83, 2. Petersen S. 88. 83, 3. Waitz Anm. u. Urk. Nr. 14 S. 277 Nr. 15 S. 278. 85, 1. de W. IV, 163. Vogt giebt S. 331 mit Recht den 28. Okt. als Tag der Ankunft nach Bgh.'s Mscr. an. Den 26. Okt. haben Petersen S. 99. Grautoff S. 17 u. Waitz S. 62. 87, 1. Lb. KO. S. 21 ff. 88, 2. Bgh. im Bericht v. Meuchelbrief. Bgh. ist 1531 auch in Hamburg gewesen. Mitt. des H. D. C. Bertheau. 89, 1. de W. IV, 277. 320. 377. Hänselmann Vorr. z. Br. KO. S. LXV. Köstlin, M. Lth. II, 328. Wiechmann Kabow Jahrb. des Vereins f. mecklenb.

Gesch. 24. Jahrg. (1859) S. 140 ff. 90, 1. Ueber Rossensis Herzog N.-Enc. 2. Ausg. IV, 262 f. Bgh. hatte auch von Sebastian Franck's Kritik des röm. Kultus in der Weltchronik Kenntnis, wie zwei Stellen der Mstr. bezeugen. 90, 2. Auch über Kampanus enthalten die Mstr. IV, 49 ff. 54 ff. vieles. Ueber Kampanus und Kampen D. z. Linden, W. Hofmann S. 150 Anm. 3. 91, 1. Vogt S. 343 f. 92, 1. Hänselmann Vorr. z. Br. KC. S. LXV f. CR. II, 554. Ueber Reinfal, welcher wohl in Istrien gebaut wurde, weitere Nachweise im Lexikon v. Beneke u. Müller.

12. Kapitel.

93, 1. Burkhardt Vis. S. XXVII. 145. Die Wittenb. KD. bei Förstemann N. Urk.-Buch I, 380. Richter I, 220. 94, 1. Richter S. 222. 94, 2. Ebenda S. 220. Die irrige Angabe, Bgh. sei 1536 General-Sup. geworden, zuerst bei Meucius, wie schon Erdmann, Lebensbeschr. v. den Wittenb. Theol. 1801 S. 30 bemerkt hat. 94, 3. Die Kastenordnung der sächs. Visit.-Art. v. 1533 bei Richter I, 230 f. ist der von 1527 (Stud. u. Krit. 1885 S. 232) nachgebildet. 95, 1. Burkhardt, Visit. S. 125. 141 ff. 145 ff. 96, 1. Ueber die Disputation lib. dec. S. 29 f. Erdmann a. a. O. S. 29 f. Köstlin, M. Lth. II, 288. C. Redlich, Korresp. der Diaken u. verordn. Bürger etc. 1885. Ueber die Unterbrechung der Visit. Burkhardt S. 149 u. Anm. 3. 96, 2. Burkhardt S. 148. Medem S. 150.

13. Kapitel.

Kantzow's Darstellung, Urkunden aus Medem u. Bgh.'s KD. für Pommern sind zu Grunde gelegt; außerdem benutzt Cramer, Jock V. Bd. u. Barthold, Gesch. v. Rügen u. Pommern IV. Teil II. Bd. 98, 2 – 100, 1. Medem S. 160 f. 150. 100, s. Kantzow S. 214. Daß nicht der „Avescheit to Treptow" (Medem Nr. 31 S. 181) sond. die Bugenhagensche KD. später als Landtagsabschied galt und bez. ward, hoffe ich demnächst nachzuweisen. Abdr. der KD. bei Richter I, 248 ff. 101, 1. Ueber die Notstände der Pfarrer mein III. Aufsatz Stud. u. Kr. 1885 S. 241 f. 102, 1 u. 2. Richter S. 252 f. 103, 1. Ebenda S. 256. Kantzow S. 215 ff. 102, 2. Richter S. 248 in der lit. Vorbemerkung. Kantzow S. 217 f. 104, 1. Kantzow S. 218. Medem Nr. 49. 50 S. 237 ff. Nr. 54 S. 249. Kantzow S. 218. 223. Der Stettiner Visit.-Bescheid Medem Nr. 55 S. 252. Kantzow S. 223. Jock V, 348. Cramer III. S. 91. Vogt S. 262. 106, 1. Kantzow S. 221. 106, 2. Ebenda S. 223 f. 226 f. Rinn S. 54. 61. de W. IV, 679.

14. Kapitel.

107, 1. de W. IV, 621. 625 f. 108, 1. de W. IV, 657. Vgl. die treffliche Abhandlung G. Rietschel's, Luther und die Ordination. Wittenb. 1883. Ueber Bugenhagens Stellung füge ich noch eine Aeußerung aus dem J. 1524 (Deuteron Cap. XXXIV p. 178) hinzu, daß nämlich die impositio manuum geschehe, ut hoc externo signo coram ecclesia i. e. populo in civitate, cui praedicaturus erat cui imponebantur manus declararetur, hunc esse dignum et spiritu doctum verbi ministrum. Vgl. hierzu Rietschel S. 52 ff. Bgh. denkt hier also nur an die sog. Introduktion. Dagegen erteilt er 1551 seine volle Zustimmung zu den Ausführungen Melanchthons über die Ordination, wie sie Luther eingeführt. CR. VII, 711 ff. Rietschel S. 76 Et pie fecit Lutherus, sagt Mel., qui ad veram Ecclesiam transtulit non solum vocationem sed etiam hanc publicam testificationem, quae fit publico ritu, quia certe inspectio doctrinae per ministros Evangelii facienda est. Dazu unterschreibt Bgh.: Gratias ago tibi, D. Philippe, venerande praeceptor, Tuam hanc sententiam de ordinatione nostra toto corde amplector et defendere volo ut Ecclesiae Christi necessariam. Aber schon lange vorher, schon 1537 war Bugenhagens Bedenken gegen die Einrichtung Luthers überwunden, wie aus der Ordinationsordnung der dänischen KO. (Addit. ad Cragii annal. libr. VI. Hafniae 1737 Addit. II. p. 44. 599) hervorgeht. — Ueber das Gespräch mit Vergerius vgl. dessen Bericht Laemmer Anal. rom. p. 128 ff. Köstlin, M. Lth. II, 378 ff. Rietschel S. 68 f. 108, 2. Libellus fundationis acad. Viteberg a. 1536. ed. Hering. Programm der Univ. Halle 1882 S. 9. 110, 1. Die Berichte über die Wittenberger Verhandlungen aufgeführt bei Köstlin M. Lth. II, 667 Anm. zu S. 345. Vgl. bes. die Korrektur einer Stelle des Walch'schen Textes ebenda Anm. zu S. 348. Ueber Bugenhagens Anteil giebt die interessantesten Data der Bericht des Musculus bei Kolde Anal. S. 116 ff. Vgl. noch die Darstellungen bei Köstlin, M. Lth. II, 333. 345 ff. Baum, Kapito und Buter S. 506 ff. Aufhebung der Elevation durch Bgh. bezeugt durch Lth. 26. Juni 1542. de W. V, 478. Vgl. auch Vogt S. 365 Anm. 1. 110, 2. Bugenhagen schrieb in sein Notizbuch: haec omnia ante ex scriptis utriusque partis, nunc autem et ex colloquio accepi, et bona spe sum, quod haec disputatio et discordia et omnia eandem secuta nunc sint finem habitura et posthac nos habituri inter nos veram charitatem et concordiam. Nam de aliis inde secutis jam ante Marpurgi satis concordatum est (Mskr. 43. 22b). 110, 3. Burkhardt Lth. Br. S. 272. Bindseil Coll. III, 98. CR. III. 286. 370 f. 292. Kolde, Anal. 306. Köstlin, M. Lth. II, 384 ff. Meier, Amsdorf S. 168. 111, 1. Keil, Luthers merkwürdige Lebensumstände III. Teil S. 99 ff.

15. Kapitel.

Das allgem. Geschichtl. nach Fr. Münter K.-Gesch. v. Dänem. u. Norw. 3. T. Lpz. 1883. Pontoppidan Annales eccl. Dan. Lackmann Einl. z. Schlesw. Holst. Hist. 1730. I. Die dänische KO. aus den Additam. ad Cragii Annal. Schumacher gel. Männer Briefe an d. Könige v. Dänem. 1. Teil Kph. u. Lpz. 1758. (bez. mit Schum.). J. J. Müller entd. Staats-Cabinet 4. Eröffnung (abgek. St.-C.). Von Monographieen: Balth. Münter (des Historikers u. Bischofs Sohn) Univ.-Schrift: Symbolae ad illustr. Bugenhagii in Dania commorationem. Hafniae 1836. (bez. Symb.). F. Bertheau,

Bgh.'s Beziehungen zu Schlesw.-Holst. u. Dänem. Ztschr. d. Ges. f. schl.-holst.-
lauenb. Gesch. Bd. 15, 191 ff. **112, 1.** Münter K.-G. 3, 453 ff. St.-C. 315.
334. **113, 1.** de W. V, 33; an demf. Tage Bgh. Schum. I, 3 ff. **113, 2.**
St.-C. S. 337. Vgl. die zuerst ablehnende Antw. S. 334. Der König schrieb
auch an Lth. Ztschr. f. K.-Gesch. II, 301 f. Anal. luth. 304. Schum. 1, 7.
Symb. p. 18. Kwr. Jon. I, 280. St.-C. 344 das churf. Rescr. an den Pomer.
— lib. dec. 31. Ueber Plabs vgl. Schum. I, 4 f. **114, 1.** Bgh.'s Brief
v. 4. Febr. 1538 in Fortg. Samml. 1754 S. 291 ff. Burth. 300. Text-Korr.
nach dem Orig. in Cambridge (Corpus Christi library) danke ich der Güte
des Herrn D. Karl Bertheau. **115, 1.** de W. V, 87 f. Kapp II. Nachlese
4. T. 611. Lauterbecks Regentenbuch Frankf. 1579. Nach beiden Mohnike
die Krönung Christ. III. Stralf. 1832. Script. rer. Dan. tom. VIII. p. CCXL.
Berichtigungen zu Mohnike bei Münter Symb. 30 f. 33. Aufgehellt ist noch
nicht das Verh. des letzten Abschn. bei Lauterbeck Bl. 280. zu Kapp S. 613.
— Zum Liturgischen vgl. das Ritual bei Kapp und den Bericht Lauterbecks
mit dem Pontificale Rom. Clementis VIII. et Urbani VIII. jussu ed. etc.
Mecheln 1845. I, 230—249 de benedictione et coronatione regis; p.
250—260 de bened. et cor. reginae. **115, 2.** Die Namen der Bischöfe
Symb. p. 44 f. Vogt 391. Die Vermutung in Betr. Tausen's stützt sich
auf ein späteres Urteil Bgh.'s, Schum. I, 14. Eine andere Vermutung bei
Vogt S. 391 Anm. 1. Münter Symb. p. 50 ff. möchte annehmen, daß für
Norwegen ordiniert worden sei; doch scheint mir der Abschnitt De Norwegia
Dän. KO. p. 65 dagegen zu sprechen. **116, 1.** Dän. KO. a. a. O. p. 32. 59.
116, 2. Ebenda p. 32. 68. Münter Symb. irrt. Es handelte sich nicht da-
rum, ecclesiae notam denuo imprimi, sond. um Sendung ins Amt. Vgl.
G. Nietschels Schrift, Lth. u. d. Ordination. Zu dem hier S. 74 über Bgh.
Gesagten wird doch noch hinzuzunehmen sein, daß derf. durch die dänischen
Verhältnisse schon genötigt wurde, seine Ansicht zu modifizieren. **116, 3.**
Form und Tragweite dieser Sanktionierung sind noch strittig. Vgl. die Anm.
zu 123, 1. **118, 1.** Br. v. 4. Febr. 1538. u. Schum. I, 12—19. Die pia etc.
ordinatio caeremoniarum pro canonicis et monasteriis in Add. ad Cragii
hist. III, p. 70. **118, 2.** Schum. I, 22. Br. v. 4. Febr. 38. **118, 3.**
Schum. 1, 13. **119, 1.** Schum. I, 9. Br. v. 4. Febr. 38. Symb. 76 ff.
119, 2. Bgh. in der Widmung seines Psalters (Francof. ap. Chr. Egenol-
phum). **120, 1.** Burth. 300. St.-C. 347. 349. Kwr. Jon. I, 283. Schum.
I, 20. Symb. 66. 84. **121, 1.** Schum. I, 9 f. u. ö. **121, 2.** Schum. I, 24 ff.
Barthold Gesch. v. Rügen u. Pom. IV. II. 304 ff. Symb. 65. **122, 1.**
Die Fundat.-Urk. der Univ. in Addit. ad Cragii hist. III. p. 89 --136. Sie
ist wohl nicht das Werk Bgh.'s allein, aber einen großen Anteil bez. die
Reichsräte in dem Schr. an Churf. Joh. Friedr.: Gymnasii publici funda-
tionem tam accurato scripto complexus est. St.-C. 363. Auch der Lehrplan (Add. Crag. p. 101 ff.) ist dem Wittenberger von 1533 ähnlich. Vgl.
lib. fund. ac. Viteb. v. 1536, im Halle'schen Univ.-Progr. 1882 veröffentlicht. S. 9 f. Lämmel hist. Bgh. S. 40 f. **123, 1.** St.-C. S. 352.

365 . Daß die Ordn. schon zwei Jahre angenommen u. gehalten worden, erkl. hier Bgh. ausdrückl. Vgl. auch Petersen S. 260. Anm. J. Bertheau S. 206. Welche weitere Bed. für die rechtliche Anerkennung und Gültigkeit der Dän. KO. jener Vorgang in Odensen hatte, wird nicht deutlich. **123**, 2. St.-C. S. 358 ff. 362 ff. 365 ff. **123**, 3. Schum. I, 27. **124**, 1. Schum. 1, 28.

16. Kapitel.

125, 1. St.-C. S. 368. 365. Irrtüml. B. colloq. II, 158. der Montag als Tag der Rückkunft angegeben. **126**, 1. Köstlin M. Lth. II, 596. Jäncke S. 92. Kwr. Jon. II, 67. Bgh. in der Widmung zum Psalterium von 1544. **127**, 1. Köstlin, M. Lth. II, 411. 530 ff. de W. V, 269 ff. Kwr. Jon. I, 384. 389. Bindseil Melanchth. epp. p. 142—146. CR. III, 738. 868. 920. 986. Vgl. Seckenb. hist. luth. lib. III, p. 268 f. **127**, 2. CR. III, 1060 ff. Köstlin, M. Lth. II, 536. **128**, 1. CR. IV, 134 ff. 198 ff. 281 ff. 285. 301. de W. V, 353. Crucigers Briefe an Bgh. CR. IV, 251. 303 ff. Ein Ausz. aus dem zweiten schon bei Seckendorf lib. III p. 356 f. Die Verhandl. in Worms u. Regensb. bei Köstlin, M. Lth. II, 549 ff. Bgh. erwähnt CR. IV, 142. 146. 172. 565. **128**, 2. CR. III, 356 f. Kawerau Agrikola S. 174. 194—201. bes. 215 f. **128**, 2. Für diese Berufung u. die folg. Bez. Bgh.'s zu Dänem. vgl. Aarsberetninger fra det Kongelige Geheime Archiv ed. C. F. Wegener I. Bd. Kjöbenh. 1852—55. (abgek. Aarsb.) S. 216—21. 228. Daß Bgh. 1541 in Dänem. gewesen (Symb. 52. 102 f. Vogt S. 396) ist ein schon von G. Rietschel (Lth. u. d. Ord. S. 28) widerlegter Irrtum. — **129**, 1. Aarsb. S. 223. Burth. S. 405 ff. **130**, 1. Richter I, 353. Petersen S. 251—257. **130**, 2. Die 26. artt. Ripenses im Ausz. b. Pontopp. III, 269 ff. Vgl. bes. art. 8—23. **131**, 1. Aarsb. 381. **131**, 2—**132**, 1. Anal. S. 385 u. Schum I, 32. 35. Bgh.'s Br. v. 2. Sept. b. Seckendorf p. 397. F. Koldewey, die Ref. des Herzogt. Braun-schw. Wolfenb. 1542—47. Ztschr. des hist. V. f. Nieders. 1868. S. 243—338. bes. S. 302 ff. Brth. Bif. S. 297 ff. Die KO. b. Hortleber vollst.; Ausz. b. Richter II, 56 ff. Die Hildesh. S. 79. Köstlin M. Lth. II, 567 ff. Kolde-wey, Heinz v. Wolfenb. 1883. S. 44 ff. Bgh.'s Br. an Wende v. 26. Febr. 1545 b. Rehtmeyer 5. Kap. S. 162. **132**, 2. CR. V, 370. 380. 413. Seide-mann 380 f. Rehtmeyer Beil. des III. Teils S. 31. CR. VII, 359. 509. 817. Burth. S. 481 ff. **133**, 1—**135**, 2. CR. V, 377. 381 ff. de W. V, 649. OR. 402 f. 458. Schum. I, 41. Beil. S. 46 ff u. Treter Nabt u. f. w. S. 58. Mohnike in der Greifsw. ak. Ztschr. I, 19—106. **136**, 2. Unsch. Nachr. 1718. S. 1140. de W. V, 588. CR. V, 171. 326. 552. Seidemann 368. 372. B. colloq. I, 45. Unsch. Nachr. 1716. S. 386 f. Art. Honter v. Teutsch in Herzogs R.-Enc. VI, 303 ff. G. Rietschel, Lth. u. die Ordination S. 87. **137**, 1. CR. V, 449. Barrentrapp, Hermann von Wied 1878 u. bes. Art. in Herzogs R.-Enc. VI, 7 ff. Richter KDD. II, 30 ff. Vormbaum Ev. Schul-OD. I, 403 ff. **137**, 2. de W. V, 580. CR. V, 480. 370. 364. 450. Auch in den Segenswünschen, welche Bgh. 15. Juli 1555 Chemnitz, ecclesiastico adjutori in Brunswig, nunc sponso suo charissimo, zu dessen Hochzeit mit einem Geschenk sendet, bekundet er das Interesse für sein Braunschweig. Den Br. teilte mir Herr D. C. Bertheau gütigst mit. **137**, 3. CR. V, 807. **138**, 1. Seidemann S. 199. de W. IV, 194. Wrmplm. Nr. 798. 1142. 1735. CR. V, 917. Ratzebergers Handschr. Gesch. ed. Neudecker S. 88f. B. collo. III, 111. Förstemann u. Bindseil II, 377. **139**, 1. B. colloq. II, 299. III, 320. Wrmplm. Nr. 574. de W. IV, 62. Vogt S. 71. **139**, 2. B. colloq. I, 437. III, 426. II, 165. III, 12. Wrmplm. Nr. 797. de. W, V, 754. CR. V, 440. **140**, 1. de. W. V, 753. CR. V, 816. 887. VI, 19. de W. V, 782. 792. Köstlin, M. Lth. II, 609. 619. 624. 628. Kwr. Jon. II, 180. 182f. 195f. CR. VI, 57. Köstlin, M. Lth. II, 635. **141**. Köstlin, M. Lth. II, 636. Bgh.'s christl. Pred. über der Leiche Lth.'s im 12. Teil der Wittenb. Ausg. der Werke Lth.'s S. 159ff. Verzeichnis der Drucke der Pred. b. Jäncke S. 182 Nr. LXXXI.

17. Kapitel.

Das allgem. Geschichtl. bei L. v. Ranke u. Maurenbrecher, Karl V. u. d. Deutschen Protestanten 1865. Stud. u. Skizzen 1874. Der slgd. Darstellung liegt hauptsächlich zu Grunde Bgh.'s 1547 verf. „Wahrhaftige Historie wie es uns zu Wittenb. ergangen ist in diesem letzten Krieg." Benutzt ist auch ein Aufsatz v. Wentrup über die Belagerung. Wittenb. Gymn.=Progr. 1861. **142**, 1. CR. VI, 61. 138. **142**, 2. Aarsb. S. 247. 249. **148**, 1. Schum. I, 143. CR. VI, 651. Voigt, Briefw. S. 87. Fortg. Samml. 1710 S. 517. **148**, 2. CR. VI, 611. 687. Schum. I, 127. Voigt Briefw. S. 59. **148**, 3. Einl. zur wahrh. Hist. Schum. I, 98. 100. 104. Voigt S. 87. Virgils Aeneis I, 203.

18. Kapitel.

Aufsatz v. lic. Vogt: Mel. u. Bgh.'s Stellung zum Interim u. s. w. Jahrb. f. prot. Theol. XII. **149**, 2. CR. VI, 669. 672. 674. 688; 670. 682. 732. **149**, 3. Schum. I, 100f. Voigt Briefw. 90. **150**, 1. Die Gutachten CR. VI, 839. 853. 866. 876. 909. 924. Brief an Moritz 954. Vgl. indes Kawerau, Agrikola S. 270 Anm. 1. **150**, 2. Artikel von Zelle CR. VII, 215: von Jüterbogk S. 248. Leipz. Interim S. 259. Kawerau in der Ztschr. f. preuß. Gesch. u. Landesk. 1880 bes. S. 442. 446. Br. Mel.'s u. Bgh.'s v. 11. Jan. 1549. CR. VII, 300. **150**, 3. Voigt Briefw. S. 93. Bgh. kann nur den Konvent von Klein-Zella meinen, wenn er auch unbestimmt sagt „um Martini": Die Beratung fand vom 16.—19. Nov. statt. S. 95f; zu Zelle nach Martini. **151**, 1. Kawerau, Gutachten Joh. Agrigola's, N. Arch. f. sächs. Gesch. u. Altert.kunde Bd. I, S. 279, Anm. 38. S. 280. Derselbe, Ztschr. f. preuß. Gesch. 1880 S. 445. Desf. Agrikola S. 279ff. Voigt, Briefw. S. 96. Bgh.'s Zorn über Agrikola's Triumphieren bezeugt Mel. CR. VII, 320. **152**, 1. Die Interims=Agende veröffentl. Friedberg 1869: „Agenda, wie es in des Churf. zu Sachs. Landen geh. wird." Ein Beitr. z. Gesch. des Interims. **152**, 2. Preger, Flacius I, 119ff. Bgh.

über Fl. Schum. I, 123 ff. u. Vorrede zu f. Jon. proph. expos. **153**, 1.
Voigt Briefw. S. 91 ff. Schum. I, 109. 112. 116. Script. publ. prop. I,
593. Vorr. **154**, 1. Jonas proph. expos. Vorr. Aarsb. S. 257. lic. Vogt
im Jahrb. f. prot. Theol. XII. Schum. I, 151 ff. **155**, 1. Schum. I, 156 u. ö.
155, 2. Schum. I, 164. 166. 171 f. Aarsb. S. 255. Schum. I, 173. 176 f.
180 ff. Aarsb. S. 263. **156**, 1. Schum. I, 186. Br. Bgh.'s v. 9. Oft.
1552. Bchw. Coll. CR. VII, 1108 f. **157**, 1. Kwr. Jon. II, 286. Die Visit.=
Protokolle im Archiv der theol. Fakultät Halle. P. Eber und Förster visitierten
den Churkreis. Verm. an alle Pastoren. Vollst. Tit. bei Vogt S. 440 Anm. 7.
158, 1. Die Erinnerung Bgh.'s wegen I. Joh. 5, 7 schon hervorgehoben v.
Fr. Delitzsch, Ztschr. f. luth. Theol. XXIV. (1863). **158**, 2. Schum. I, 142.
Jäncke S. 139 f. **159**, 1. Büchersendungen an den König: Schum. I, 64.
86. 82. 95. 104. 107. 112 f. 120. u. auch später. Dazu Aarsb. S. 229.
244. 251. 255 u. ö. Ueber G. Rörer Schum. I, 160. Aarsb. S. 255. Im
J. 1555 verließ er Dänemark wieder, und versäumte, dem Könige von sich
Nachricht zu geben; auch an Wittenberg zog er vorüber (Aarsb. S. 273. 276).
Er starb zwei J. später in Jena. Erdmann Biogr. fämtl. Pastoren S. 10.
159, 2. Schum. I, 103. 118. 121. Mehrere Briefe Bgh.'s Bchw. Coll.
CR. VII, 1062. **160**, 1. 2. Aarsb. S. 274. Schum. I, 194. 211. 214.
Ueber Lth.s Wittwe Schum. I, 147. Vgl. aber auch 175. 179. Bgh.'s Sinn
für Kleinigkeiten CR. I, 811. Mss. theol. 43 Bl. 57. Schum. I, 209. 213.
Ueber Bgh.'s Geiz bei Ratzeberger handschr. Gesch. ed. Neudecker S. 173.
187. Am 6. Jan 1558 vollzog Bgh. seine letzte Ordination. lib. dec. S. 43.
161, 1. Dickmann S. 12. 23. J. Heßhus war 9. Oft. 1557 aus Rostock ver=
trieben. Hackenschmidt in Herzog's R.=E. 6, 76. lib. dec. 36. Christian III.
suchte ihn für die Univ. Kph. zu gewinnen. Aarsb. 293. Er ging aber
nach Heidelb. **161**, 2. lib. dec. S. 43. Blochinger, progr. funebr. in
script. publ. prop. in ac. Vit. III, 167 f. Dickmann S. 12 u. Anm. 56.
Jäncke p. 107 ff. Vogt S. 442. Zitzlaff S. 136 ff. giebt Genaueres über f.
Grabstätte u. das Epitaph. u. S. 141 ff. über seine Familie. Eine Fülle von
Beiträgen hat das Bugenhagen=Jubiläum 1885 gebracht. Verzeichnet und
besprochen von Fr. Nippold im theol. Jahresbericht, herausg. v. Lipsius. V. Bd.
1885. S. 203 ff.